KB182365

팩트로 읽는 **미중의 한반도 전략**

북핵, 사드보복, 그리고 미중전쟁 시나리오

어머니께 이 책을 드립니다.

북핵, 사드보복, 그리고 미중전쟁 시나리오

팩트로 읽는
미중의
한반도
전략

| 주재우 지음 |

종이와
나무

서 언

국제정치 분야에서 최대의 화두는 단연 미국과 중국의 무력 충돌 가능성이다. 사람들은 우리가 살아가는 동안 이 두 강대국이 정말로 전쟁을 한번 치를지에 대해 제일 궁금해 한다. 실제로 이 질문에 대해 많은 분석이 나오고 있으며, 전쟁 불가피론을 주장하는 이들도 적지 않다. 반대로 전쟁 회피 가능성을 제기하는 이들도 있으며, 전쟁 불가능성을 선전하는 이들도 있다.

미국과 중국의 전쟁 가능성을 놓고 벌이는 이런 설전에는 나름대로의 근거와 논리, 이론이 모두 존재한다. 대표적으로 '세력전이론(power transition theory)', '투키디데스의 함정' 등이 있는데 언론 덕분에 우리에게도 전혀 낯설지는 않다. 대체로 중국이 부상하는 신흥 세력으로서 기존의 패권국인 미국이 구축한 질서에 불만을 갖고 이에 도전을 한다는 이야기다. 그리고 그 결론은 중국의 도전에 의한 미중 간의 전쟁이다.

이와 다른 의견을 제시하는 이들은 중국이 개혁개방 이래 보여준 행위에 근거를 둔다. 이들은 중국이 지금까지 국제법과 규범, 제도에 순응해왔기 때문에 국제질서 자체가 올가미의 역할을 하고 있다고 믿는다. 국제기구와 제도가 중국의 행위를 통제한다는 것이다. 중국 역시 이를 범했을 때의 대가를 회피하기 위해 자제를 할 수밖에 없다는 얘기다.

그럼에도 우리는 미국과 중국의 전쟁 가능성을 믿는 경향이 높다. 이유는 한 가지다. 중국이 최근에 보여준 일련의 공세적이고 공격적인 행위 때문이다. 이를 우려한 나머지 우리는 두 강대국의 무력 충돌이 머지않은 미래에 불가피해질 것으로 보고 있다. 패권을 향한 두 강대국의 집념과 야망이 존재하는 한 '한 하늘 아래 두 태양이 존재할 수 없다'는 선현의 말씀이 옳다고 믿는 것이다.

그러나 결론부터 말하자면 미국과 중국의 직접적인 무력 충돌은 발생하지 않을 것이다. 이것이 이 책의 요지이며 필자가 앞으로 개진할 문장들의 귀결점이다. 역사가 이를 증명하고 있다. 근대의 막이 오른 이후 미중 두 양국은 직접적인 전쟁이나 무력 충돌을 피하고 공존하기 위해 지금껏 부단히 노력해왔다. 특히 한국전쟁 이후 두 대국은 갈등과 충돌을 피하기 위해 소통하는 방법을 끊임없이 고민하고 개선시키고 발전시켜 왔다.

미중 간의 전쟁이 불가피하다는 결론에 도달하는 사람들은 결국 이런 두 나라 관계의 역사적 진화 과정을 간과하거나 묵과했다고 할 수 있다. 이 같은 방식으로 미중의 충돌 가능성을 주장하는 대표적인 학자가 시카고대학의 존 미어샤이머(John Mearshimer) 교수다. 그는 당대의 대표적인 현실주의 학자다. 그는 세력전이론에 근거하여 부상하는 신흥 세력과 기존 패권국 간의 무력 충돌이나 전쟁이 반드시 일어난다고 믿는 사람이다.

그러나 그의 주장에는 많은 맹점이 있는데, 동아시아 지리와 역사, 그리고 미중 관계의 진화 과정을 철저히 무시한다는 점을 들 수 있다. 그의 유럽사학관이 동아시아와 미중 관계에 적용되면서 과오는 범해졌다. 그가 가진 유럽사학관의 기본적인 대전제는 다극화 세계가 내재적으로 불안하다는 것이다.

그는 다극화 체제에서는 극을 이루는 강대국 간에 군사력이 불균형을 이루기 때문에, 강대국이 많을수록 전쟁 발발 가능성이 더 높다고 주장한다. 이런 주장은 다극화 체제를 구성하는 국가의 본질, 즉 국력을 오산하거나 오해한 것이다. 다극화 체제는 유사한 국력을 가진 국가들로 결성된 것이다. 국력, 즉 힘의 격차(power disparity)로 양산된 것이 아니다. 동등한 힘(power parity)을 가진 나라들로 짜여진 것이다. 과거 유럽에서 다극화 체제가 출몰했을 때 구성원들은 '강대국 협조 체제(Concert of the Great Powers)'라는 안보 기제로 지역의 평화와 안정을 수호할 수 있었다.

다극화 체제의 비관론자들은 체제의 불안 요인을 다수의 강대국 사이에서 세력의 균형점을 찾기가 어렵다는 데서 찾는다. 여기서 첫 번째 모순이 발견된다. 미중 관계는 다극화 체제가 아니다. 양극 체제다. 이를 간과함으로써 그는 세력 균형 이론의 전제인 '행위자들은 유동적이다'라는 전제 자체를 부정하고 있다. 강대국 주변의 행위자들은 유동적이기 때문에 세력 균형을 위해 연대, 연합 또는 동맹을 맺을 수 있고, 이런 관계에서 이탈해 상대방의 진영에 가입하는 것도 가능하다.

그런데 동아시아의 행위 국가들은 유동적이지 않다. 중국의 부상에 경제적으로는 편승하려 하나 안보적인 측면에서는 아직 이를 거부하고 있다. 중국이 공산주의 가치를 견지하는 한 동아시아 국가들이 역내 권력구조에서 균형을 잡는 데 중국에 힘을 실어주기는 곤란하다. 더구나 역내 대부분의 국가들이 미국의 동맹에 구속되어 있기 때문에 유동적이지 못하다는 사실 또한 미어샤이머는 망각하고 있다.

두 번째 맹점은 지역 패권을 노린 지역의 신흥 강대국과 기존 패권국의 전쟁 분석에서 기존 패권국의 주체를 잘못 설정한 점이다. 미어샤이머는 20세기의 신흥 세력을 빌헬민(Wilhelmine) 독일, 나치 독일, 일본제국과 소련 등으로 보고 이들은 기존 패권국인 미국에 도전장을 냈다가 패하는 운명을 피하지 못했다고 설명한다.

그러나 이들이 패권 도전을 한 대상이 모두 미국은 아니었다. 일본과 소련의 대상은 미국이었으나, 유럽에서는 먼저 영국이었고 후에 미국이었다. 결론은 기존 패권국 영국의 대응 전략과 중재 책략의 실패가 전쟁의 원인이었음을 간과한 것이다. 미국은 중국을 다른 방식으로 다루고 있다. 역사를 교훈 삼아 당근(소통과 대화)과 채찍(제재와 군사적 위협)을 번갈아가며 활용하고 있다.

그는 미국이 이들 도전국들을 무력으로 진압했다고 주장한다. 문제는 미국의 개입이 앵글로-색슨 민족 차원에서 진행되었다는 사실이다. 즉, 미국의 개입을 부른 것은 동맹의 도움 요청이었다. 일본의 경우는 다르다. 미국이 직접적인 침공을 받았다. '테러와의 전쟁'과 마찬가지다. 소련의 경우 미국은 군사적 대응이 아닌 군비 경쟁이라는 새로운 수단으로 그들의 무력 확장에 대응했다.

세 번째, 강대국 간에 직접적인 충돌이 없으면 대리전이라도 치른다는 주장은 미국의 외교사를 무시한 것이다. 그도 많은 이와 같이 '닉슨 독트린'의 진짜 함의를 읽지 못하고 표면적 의미만을 읽고 있다. 닉슨 독트린은 '아시아의 일은 아시아인이 해결할 것'을 독려하는 동시에 '미국의 개입을 축소하겠다'는 의미로 해석되었다. 그런데 미어샤이머 교수를 비롯한 많은 이들이 그 '개입'에 대리전도 포함되어 있음을 발견하지 못했다.

실제로 닉슨 독트린 이후 미국은 아시아에서 대리전을

치른 적도 없고 치를 의사도 없음이 입증되었다. 닉슨 독트린은 그야말로 '손 안 대고 코 풀기' 식으로 미국의 아시아 국가 이익을 수호하겠다는 것이다. 중동을 아시아에 포함시키더라도, 미국이 중동에서 치른 전쟁은 국가 이익 수호를 위해 직접 치러야 할 가치가 있었기 때문이다.

역설적이지만 미국에게 이스라엘과의 동맹 가치는 석유의 안정되고 원활한 수급에 있다. 석유만큼 미국의 국익에 결정적인 이익은 없다. 아니면 미국이 직접 공격을 받은 경우 개입전을 치렀다. 아프가니스탄전의 경우 미국을 직접 공격한 알 카에다(al-Qaeda)를 소탕하기 위해 펼쳐졌다.

마지막으로 그는 일본의 핵무장이 아시아의 다극화 체제 자체를 불안 요인으로 전락시켜 긴장 국면을 더 상승시킴으로써 전쟁 가능성을 높일 것이라고 주장한다. 그는 핵억지력을 완전히 무시하지는 않지만 핵 억지력으로 인해 미국과 중국 사이에 재래식 전쟁(conventional war) 가능성이 대신 높아질 것으로 전망했다. 그리고 그 원인을 핵 억지력보다 강대국 간의 의도를 '오판이나 오산'할 가능성이 높아지는 데서 찾았다.

그러나 핵 보유국 간에 핵 억지력이 유효한데 재래식

전쟁으로 승패를 가른다는 자체가 어불성설이다. 패전이 자명한 나라가 생존을 위해 핵무기 사용을 거절할 리가 없기 때문이다. 이때야말로 이판사판이다. 미어샤이머는 베트남전쟁 이후 미소 강대국이나 아시아에서 대국이 연루된 전쟁이 발발한 적 없다는 사실을 망각했다.

미국의 동아시아 정책은 '닉슨 독트린'이 기본 프레임워크다. 아시아의 일은 아시아인이 책임을 져야 한다. 중국의 동아시아 정책도 맥을 같이한다. 1950년 중국의 저우언라이周恩來가 똑같은 말을 했다. 그리고 60여 년이 지난 2014년 5월 시진핑 주석은 '아시아 교류 및 신뢰구축 회의(CICA)'에서 '아시아의 안보는 아시아의 손으로' 해결해야 한다며 이른바 '아시아 신안보관'을 소개했다.

이런 맥락에서 미국의 정책 기조는 중국을 견제하는 것이다. 중국은 역내 안보에 대한 사명감으로 더욱 적극적으로 이에 기여하려는 방침을 세우고 있다. 여기서 우리는 미중 사이에서 우리의 국익을 어떻게 수호해야 하는지를 고민하지 않을 수 없다.

이 책에서는 미국과 중국이 역내 안보 문제의 선략적 해결을 위해 각자 어느 때 어느 식으로 '방패' 혹은 '창'의 역할을 수행해 왔는지를 역사적으로 조망해볼 것이다. 이들이 역사를 토대로 얻은 교훈과 이를 바탕으로 습득한 지혜를 우리가 거울삼아야 세계 4대 강국이 집중되어 있는 바로 이곳 한반도에서 생존할 수 있기 때문이다.

'창'과 '방패'로써 미국과 중국 양국의 관계를 비유하자면 이들 관계는 한자로 '모순矛盾'이라 표현할 수 있다. 실제로 두 나라 관계는 모순일 수밖에 없다. 이 속에 내포되어 있는 모순을 우리가 정正으로, 때로는 역逆으로 활용할 수 있어야 한다. 미국에게 모순인 것이 중국에게는 합리적일 수 있다.

반대로 중국에게 모순인 것이 미국에게는 합리적인 것으로 받아들여질 수도 있다. 오늘날 우리를 난처하게 만들고 있는 사드(THAAD) 문제 역시 이런 본질적 모순에서 기인한 것이다.

미중 사이에 존재하는 모순을 우리가 활용할 줄 알아야 한다. 그러기 위해서는 미국과 중국을 제대로 알아야 한다. 이들이 모순을 극복할 수 있었던 지혜와 혜안을 우리도 학습해야 한다. 우리는 미국의 동맹국이자 중국의 큰 경제 파트너이기 때문이다. 그리고 한반도의 허리 위에 북

한이 존재한다. 북한은 중국의 동맹국이고 미국을 최대 적
국으로 여긴다. 한국은 북한과 한민족이고 통일을 원하지
만 서로를 적으로 인식하고 있다. 이런 모순 속에서 우리
가 모순을 유리하게 이용하지 않으면 우리의 국익을 수호
하기가 점점 더 어려워질 것이다.

우리를 두고 미중 사이의 모순은 이제 시작됐다. 우리
도 눈을 크게 뜨고 정신을 바짝 차릴 때가 됐다. 언제까지
미국의 품안에서 안일하게 살 수는 없다. 언제까지 중국의
눈치를 보면서 위축되어 살 수도 없다. 북한 문제를 해결
하는데 미중 두 나라의 눈치를 보며 살 수만도 없다. 우리
도 우리의 국익을 설정하고 그 국익을 수호하기 위한 우리
만의 전략을 짜야 한다.

이 책에서 제시되는 사례가 독자들의 궁금증을 다 해
소시키지 못할 수도 있다. 이 책에서 소개되는 사례에 대
해 더 자세한 내용을 알고 싶다면 필자의 『한국인을 위한
미중 관계사 : 한국전쟁에서 사드 갈등까지』(경인문화사, 2017)
를 참조해주길 바란다.

이 책을 우리 어머니와 가족들에게 드린다. 원고의 교
정을 꼼꼼히 봐준 박찬미 제자에게도 감사의 마음을 전한

다. 처녀작에 이어 두 번째 책의 출판을 허락해주신 한정희 사장님과 김환기 이사님께 감사드린다. 그리고 지난 1월에 작고하신 북경 외교학원의 공샤오펑宮少朋 교수님께 이 책을 헌정한다. 나의 멘토로, 지혜와 혜안으로 많은 가르침을 주신 분이다. 선생님의 묘에 참배하러 갈 때까지 이 책이 완성되었으면 한다. 나의 지도교수 량셔우더梁守德 교수님께 항상 감사할 뿐이다(KHU-20140104).

2018년 정초에

저자 주재우

CONTENTS

01

미중 관계에 대한 한국인들의 오판

21세기, 미국과 중국은 과연 한판 붙을 것인가?

미국과 중국 사이에서 우리의 등은 결국 터질 것인가?

등이 안 터지려면 철갑새우가 되어야 하나?

그렇다면 우리의 철갑은 어디에서 찾아야 하나?

이는 지난 몇 년 동안 세간에서 가장 화두가 된 질문들이다. 아직도 이 질문의 해답에 대한 논쟁이 이어지고 있다. 그러나 해답은 여전히 요원해 보이고 미국과 중국은 한판을 준비하기 위한 경쟁에 열을 올리고 있다. 그리고 이들 두 마리 고래 사이에서 우리 한반도는 새우마냥 등이 터지고 있다.

그 대표적인 예로 아시아인프라투자은행(AIIB)의 가입과 고고도미사일방어시스템(THAAD) 배치 문제가 있다. 결국 AIIB는 가입했지만 미중 양국의 눈치를 보다가 가입 마감 하루 전날에 가입하는 해프닝을 벌였다. 사드도 우여곡절 끝에 포대의 일부를 배치했지만 완전체가 아니기 때문에 앞으로 미중 사이에서 더 많은 곤혹이 뒤따를 것이 자명하다.

우리는 미중 두 대국 사이에서 우리 자신을 어떻게 보호할 수 있을까? 우리는 흔한 말로 '지피지기면 백전백승'을 읊어대며 미국과 중국을 잘 알면 스스로를 보호할 수 있다는 생각을 가지고 있다. 그런데 현실 정치에서는 왜 우리 스스로를 보호하지 못할까? 왜 우리의 국익에 따라 결정하지 못하고 미중의 눈치를 봐야 할까? 언제까지 눈치를 봐야 할까? 언제까지 미중 양국의 한 마디에 일희일비 해야 할까?

미중 관계에 대한 자아성찰

결론은 우리가 미국과 중국을 아직도 잘 모르고 있다

는 현실로 귀결된다. 앞서 언급한 예만 해도 미국과 중국이 우리에게 압력을 행사하는 이유의 원천만 알았다면 그 많은 사회비용을 치르지 않아도 됐을 것이다. 우리는 미국이나 중국의 제안에 우리 사회가 먼저 양분되어 반대를 위한 반대, 찬성을 위한 찬성 간의 논쟁으로 적지 않은 사회비용을 지불했다. 이 문제를 놓고 우리가 얼마나 많은 토론과 회의를 했는가? 이게 다 돈이 들어가는 행사다.

미국이 AIIB 가입을 반대하는 연유만 알았어도 2년 넘게 사회적 비용을 치르는 일은 없었을 것이다. 과거 다른 나라가 다른 지역에 설립하려 한, 혹은 설립한 지역개발은행 문제에서 미국이 취한 입장이나 과거 이력만 알았어도 우리 사회가 홍역을 치르는 일은 없었을 것이다. 그러나 우리는 미중 앞에만 서면 그들의 속을 읽으려 하기보다는 늘 '친중親中'아니면 '친미親美'일 뿐이다.

역사적으로 미국은 어떠한 나라 어떠한 곳에서든 지역개발은행 설립 문제가 불거지면 즉각 반대하는 입장을 취해 왔다. 최초로 설립되었던 미주개발은행(Inter-American Development Bank)부터 AIIB 이전의 마지막 은행이었던 유럽개발은행(EBRD)까지 모두 반대했다. 이유는 간단하다. 미국의 외교는 행정부의 외교가 아니다. 즉, 대통령의 외교가 아니다. 미국의 외교는 의회가 모든 의사결정권을 가지고 있는 의회 외교다.

미국이 개발은행에 참여하기 위해서는 지분 확보가 필요하고 그 지분의 재정적 지원은 의회가 결정한다. 그래서 미 대통령과 행정부는 우선 반대하는 것으로 시간을 번 뒤, 가입의 당위성과 정당성을 따진다. 그리고 이런 것들이 준비되었을 때 비로소 의회로부터 동의를 얻을 수 있고 개발은행 가입도 가능해진다. 물론 이 작업이 결코 쉬운 것은 아니다. 미 의회로부터 동의를 얻어내기 위해선 무엇보다 개발은행의 지배구조가 미국의 가치와 이념(자유, 민주주의, 투명성, 정직성 등)을 수렴하고 있음을 증명해야 하기 때문이다.

이 작업이 짧게는 6개월(EBRD), 길게는 10년 이상(아프리카개발은행, AfDB) 걸리기도 했다. 미국은 결코 AIIB를 중국이 설립한다는 이유로만 반대한 것이 아니다. 미국은 AIIB의 지배구조에 대한 중국의 구상을 심각하게 의심할 수밖에 없는 처지였기 때문에 자신의 동맹국들이 (적어도 지배구조를 확실히 파악하기 전까지는) 여기에 동참하지 않기를 바랐던 것이다.

사드도 마찬가지다. 단순히 사드란 무기의 성능 때문에 중국이 극력 반대하는 것이 아니다. 중국도 사드가 북한 미사일의 위협 때문에 배치된다는 사실을 너무나 잘 알고 있다. 사드가 주한미군의 필요에 의해 주한미군기지에 배치된다는 사실 역시 너무나 잘 알고 있다. 무엇보다 이제껏 주한미군기지에 주한미군을 위해 배치되는 무기에 중국이 항의한 적은 없었다.

그런데 어느 날 갑자기 한국 정부가 사드를 운운하기 시작했다. 정부의 입장에선 미국의 동맹국으로서 거들어줘야 한다는 일종의 '의리'였던 셈이다. 그러나 돌아온 것은 중국의 거세진 반발과 항의였고 안보 주권을 운운하며 맞선 우리 정부에게 중국은 더더욱 강해진 보복을 선사했다.

여기서 한 가지 짚고 넘어가야 할 사실이 있다. 미국은 지난 70년 한미동맹 역사에서 주한미군기지에 배치하는 무기(체계)를 사전에 공개하면서 진행한 적이 거의 없었다는 점이다. 주한미군기지는 우리의 치외법권 지역으로 한국의 주권 밖 영역이다. 즉, '미국의 땅'이다.

그래서 미국은 무기의 반입이나 가족의 출입국을 포함

한 미군 관련 모든 활동을 우리에게 '보고'할 의무와 책임
이 없다. 대상이 안 된다. 미군은 다만 국내에서 이동하는
데 한국 정부의 협조가 불가피할 경우에만 '통보'하면 될
뿐이다. 그리고 이 모두는 "주한미군의 지위에 관하여 규
정한 한미행정협정(SOFA, 이하 한미행정협정)" 9조와 10조, 그
리고 "한미상호방위조약" 4조에 규정된 사항이다.

한미행정협정(SOFA, 1966년)

제1조 정의(Definitions)
본 협정에 있어서,

(가) "합중국 군대의 구성원"이라 함은 대한민국의 영역
안에 있는 아메리카 합중국의 육군, 해군 또는 공군
에 속하는 인원으로서 현역에 복무하고 있는 자를
말한다. 다만, 합중국 대사관에 부속된 합중국 군대
의 인원과 개정된 1950년 1월 26일자 군사고문단 협
정에 그 신분이 규정된 인원을 제외한다.

제9조 통관과 관세
1. 합중국 군대의 구성원, 군속 및 그들의 가족은 본 협정

에서 규정된 경우를 제외하고는, 대한민국 세관당국이 집행하고 있는 법령에 따라야 한다.

2. 합중국 군대(동 군대의 공인 조달기관과 제13조에 규정된 비세출자금기관을 포함한다)가 합중국 군대의 공용을 위하거나 또는 합중국 군대, 군속 및 그들의 가족의 사용을 위하여 수입하는 모든 자재, 수용품 및 비품과, 합중국 군대가 전용할 자재, 수용품 및 비품 또는 합중국 군대가 사용하는 물품이나 시설에 최종적으로 합체될 자재, 수용품 및 비품은 대한민국에의 반입이 허용된다. 이러한 반입에는 관세 및 기타의 과징금이 부과되지 아니한다. 전기(前記)의 자재, 수용품 및 비품은 합중국 군대(동 군대의 공인 조달기관과 제13조에 규정된 비세출자금기관을 포함한다)가 수입한 것이라는 뜻의 적당한 증명서를 필요로 하거나, 또는 합중국 군대가 전용할 자재, 수용품 및 비품 또는 동 군대가 사용하는 물품이나 시설에 최종적으로 합체될 자재, 수용품 및 비품에 있어서는 합중국 군대가 전기(前記)의 목적을 위하여 수령할 뜻의 적당한 증명서를 필요로 한다. 본 항에서 규정된 면제는 합중국 군대가 동 군대로부터 군수지원을 받는 통합사령부 산하 주한 외국군대의 사용을 위하여 수입한 자재, 수용품 및 비품에도 적용

<u>한다.</u>

3. 합중국 군대의 구성원, 군속 및 그들의 가족에게 탁송
되고 또한 이러한 자들의 사용에 제공되는 재산에는
관세 및 기타의 과징금을 부과한다. 다만, 다음의 경우
에는 관세 및 기타의 과징금을 부과하지 아니한다.

(가) 합중국 군대의 구성원이나 군속이 대한민국에서
근무하기 위하여 최초로 도착한 때에, 또한 그들
의 가족이 이러한 군대의 구성원이나 군속과 동거
하기 위하여 최초로 도착한 때에 사용을 위하여
수입한 가구, 가정용품 및 개인용품

(나) 합중국 군대의 구성원이나 군속이 자기 또는 그들
의 가족의 사용을 위하여 수입하는 차량과 부속품

(다) 합중국 군대의 구성원, 군속 및 그들의 가족의 사
용을 위하여 합중국 안에서 통상적으로 구입되는
종류의 합리적인 양의 개인용품 및 가정용품으로
서 합중국 군사 우편국을 통하여 대한민국에 우송
되는 것

4. 제2항 및 제3항에서 허용한 면제는 물품 수입의 경우
에만 적용되며, 또한 당해 물품의 반입시에 관세와 내
국소비세가 이미 징수된 물품을 구입하는 경우에는
세관당국이 징수한 관세와 내국소비세를 환불하는 것

으로 해석되지 아니한다.

5. 세관검사는 다음의 경우에는 이를 행하지 아니한다.

   (가) 휴가명령이 아닌 명령에 따라 대한민국에 입국하
   거나 대한민국으로부터 출국하는 합중국 군대의
   구성원

   (나) 공용의 봉인이 있는 공문서 및 공용의 우편 봉인이
   있고 합중국 군사 우편 경로에 있는 제1종 서장

   (다) 합중국 군대에 탁송된 군사화물

1991년 개정안

3. <u>Republic of Korea customs authorities shall not make
   customs examination on military cargo</u> consigned to the
   United States armed forces including their authorized
   procurement agencies and their non-appropriated fund
   organizations provided for in Article XIII. As for the
   cargo consigned to non-appropriated fund organizations,
   the United States authorities will furnish on a routine
   basis to the Republic of Korea authorities pertinent
   information including cargo manifests and shipping
   documents. Other pertinent information will be provided
   on request through the Joint committee or its Ad Hoc

Subcommittee on Illegal Transactions in Duty-Free Goods.

(대한민국 관세 당국은 8조에서 규정한 합법적 조달기관 및 그들의 비세출자금기관을 포함한 미군에게 전달되는 군수화물에 대한 세관 검사를 하지 아니해야 한다. 비세출자금기관에 전해진 화물에 대해 미국 당국은 화물 내역과 송장 등 관련 행정 정보를 대한민국 당국에 제출한다.)

제10조 선박과 항공기의 기착

1. 합중국에 의하여, 합중국을 위하여 또는 합중국의 관리하에서 공용을 위하여 운항되는 합중국 및 외국의 선박과 항공기는 대한민국의 어떠한 항구 또는 비행장에도 입항료 또는 착륙료를 부담하지 아니하고 출입할 수 있다. 본 협정에 의한 면제가 부여되지 아니한 화물 또는 여객이 이러한 선박 또는 항공기에 의하여 운송될 때에는 대한민국의 관계당국에 따라야 한다.

2. 제1항에 규정된 선박과 항공기, 기갑 차량을 포함한 합중국 정부 소유의 차량 및 합중국 군대의 구성원, 군속 및 그들의 가족은 합중국 군대가 사용하고 있는 시설과 구역에 출입하고, 이들 시설과 구역 간을 이동하고, 또한 이러한 시설과 구역 및 대한민국의 항구

또는 비행장 간을 이동할 수 있다. 합중국의 군용 차량의 시설과 구역에의 출입 및 이들 시설과 구역간의 이동에는 도로사용료 및 기타의 과징금을 과하지 아니한다.

3. 제1항에 규정된 선박이 대한민국 항구에 입항하는 경우 통상적인 상태 하에서는 대한민국의 관계당국에 대하여 적절한 통고를 하여야 한다. 이러한 선박은 강제도선이 면제되나, 도선사를 사용하는 경우에는 적절한 률의 도선료를 지급하여야 한다.

한미상호방위조약(1953년)

제4조

상호합의에 의하여 미합중국의 육군, 해군과 공군을 대한민국의 영토 내와 그 부근에 배치하는 권리를 대한민국은 이를 허여하고 미합중국은 이를 수락한다.

* 밑줄과 ( )안의 번역문은 필자 작성

그런데 미국의 행동이 이상해졌다. 사드의 필요성을 2012년부터 간헐적으로, 공개적으로 운운하기 시작한 것

이다. 2014년에 들어와서는 공개적으로 사드 배치의 필요성을 발언하더니 급기야 2015년에는 사드 배치의 불가피성을 들고 나왔다. 전무후무한 행태였다.

미국은 왜 과거와 같이 비밀리에 무기체계의 배치를 진행하지 않았을까? 혹자는 사드 레이더의 전자파 유해성을 근거로 제시한다. 본래 평택 미군기지에 배치하려던 계획이 주민들의 반대로 무산되자 이를 대체할 부지를 찾자면 어쩔 수 없이 한국 정부에 사드의 존재를 공개할 수밖에 없었다는 것이다. 더구나 비밀리에 진행해봤자 그 규모 때문에 들통 날 것이 뻔한 마당에 차라리 공개적으로 진행하는 게 더 낫다고 판단했을 것이라는 추측이다.

그러나 문제는 미국의 동아시아 지역에 대한 정책과 이를 수반할 군비 구축의 입장이 강화된 사실을 간과한 점이다. 미국의 한반도 사드 배치는 단순히 미사일 방어체계(MD) 수립 계획을 관철하기 위한 것이 아니다.

우리는 2013년부터 미국의 국방 예산 감축을 위한 자동예산삭감(세퀘스터, sequester) 발동에 현혹됐었다. 이는 미국이 연방 재정의 만성 적자를 만회하고자 시도한 것으로, 향후 10년간 연방 예산에서 1조 2,000억 달러를 삭감하고

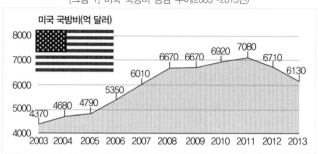

[그림 1] 미국 국방비 증감 추이(2003~2013년)

국방 예산도 10년 동안 5,000억 달러를 삭감하는 것이 목표였다.

그러나 이는 미국의 '재균형 전략('pivot to Asia' 또는 'rebalancing strategy')'의 의미와 무관하다. 미국의 모든 군비 계획은 장기적으로 수립되어 오늘날, 그리고 향후 10년 동안의 사업은 이미 몇 년 전부터 진행 중이기 때문이다. 최소한 미국 군수산업의 생산력은 예산의 자동 삭감 영향을 받지 않는다.

미국 재균형 전략의 핵심 목표는 향후 미국의 지역 리더십을 100년 동안 견지하기 위한 기반을 닦는 것이다. 이를 위해 미국이 집중하는 전략은 두 가지다. 하나는 동아시아 지역에 더 많은 군사력을 배치하는 것이다. 그리고 다른 하나는 역내 미국 동맹국 간에 동맹관계를 맺게 하는 것이다. 즉, 미국이 1955년에 '못다 이룬 꿈(unfinished business)'을 다시 시작하려는 것이다.

1955년 미국은 당시 동남아조약기구(SEATO, 1954)를 매개로 양자 동맹체계(hub and spokes)를 '역내 동맹국 간의 동맹체계(intra-alliance system)'로 전환시키려 했었다. 그러나 실패했다. 그 이유는 영국 등 미국의 전통적 동맹국의 반대가 있었고 무엇보다 일본의 참여가 실질적으로 불가능했기 때문이었다. 일본은 2차 세계대전의 패전국이자 전범국이었기 때문에 '평화 헌법'과 미일안보조약이 일본의 대외적 군사 활동을 불허하고 있었다.

미국이 오늘날 말하는 동맹관계(체제)의 강화는 단순히 양자 동맹관계의 강화를 의미하는 것이 아니다. 기존의 것도 강화하는 동시에 동맹국들 간에 모종의 동맹 성격의 관계를 쌓으려는 것이다. 실제로 일본과 호주 - 뉴질랜드 - 미국의 동맹체제(ANZUS)가 연계 중에 있다. 동남아 지역 내의 국가 간의 군사 관계를 강화하는 것도 이의 방증이다. 오바마 말기에 우리와 일본 관계의 개선 압박 이유도, 한일 군사비밀정보의 보호에 관한 협정(일명 '군사정보보호협정', GSOMIA)의 체결도 미국의 재균형 전략에 근간을 두고 있다.

미국은 앞으로 중국을 견제하기 위해 미일동맹과 한미동맹을 더 적극적으로 활용하려 할 것이다. 이 과정에서 일본의 군사적 역할이 더 확대될 것이다. 그리고 한국은 동아시아에서 미군의 전초기지로서의 역할이 더 증대될 것이다. 이는 한반도가 미군의 요새화 전략의 관건 지역이 될 것이라는 의미다.

여기서 우리는 중국이 우려하는 바를 추측할 수 있다. 중국은 미군이 한반도의 주한미군기지에 더 많은 무기체계를 배치하는 것을 극도로 우려한다. 그러나 이는 미국의 동아시아 군사 전략에서 주한미군의 평택기지와 제주도의 강정 해군기지 역할이 주한미군의 상시 전진배치와 전력 투사의 전초기지로서 불가피한 결과다. 결국 중국은 우리가 앞으로 어떠한 입장에서 이에 대처할지에 대한 계획을 알고 싶어 하는 것이다.

한반도의 전략적 가치를 다시 생각하자

미국과 중국에 대한 이해 부족 외에도 외교 이슈로 우리 사회에 적지 않은 손해와 혼란을 초래하는 문제가 또 하나 있다. 바로 한반도의 지리적, 지정학적 전략 가치가 과도하게 평가되거나 잘못 인식되고 있는 현실이다.

예부터 한반도는 중국 동북 지역에서 파생된 반도로서 동북아 지역의 대륙과 바다의 길목으로 인식되어 왔다. 그 덕에 중국 대륙의 패권이 해상으로 그 세력을 뻗어나가는 것부터, 반대로 해양 세력이 아시아 대륙으로 진출하는 것까지 모든 이동의 필수 관문은 한반도라는 것이 일찍부터 우리들 속에 '사실'로 확립되었다.

하지만 우리의 해묵은 '관념적 사실'을 떠나서, 객관적으로 한반도가 정말 이 정도의 전략적 가치를 지닌 것일까? 결론부터 말하자면, 아니다. 아이러니하게도 역사가 이를 부정하고 있다. 안타깝지만 우리들이 굳게 믿고 있는 '사실'은 일본 중심의 사학관에서 태어난 관념일지도 모른다. 혹은 냉전시대에 일본을 방어해야 한다는 책임과 의무를 합리화하고 정당화하기 위해 미국이 형성한 논리에 우리가 지금까지 함몰되어 있는 것인지도 모른다.

중국이 문호를 개방한 이래 중국의 교류사나 전쟁사를 보면 한반도의 지정학적 전략 가치는 우리가 알고 있는 정도의 것이 아니다. 하나의 길목이라면 길목이라고 할 수는 있겠다. 그러나 대륙 세력이 해양으로, 해양 세력이 대륙으로 진출하는데 반드시 거쳐가야 할 관문은 아니었다.

중국의 문호 개방은 어디서부터 시작되었는가? 아편전쟁에서도 봤지만 홍콩을 중심으로 한 중국의 동남 지역이다. 아편전쟁 이전에는 어디였을까? 바로 그 유명한 비단길, 실크로드다. 신장新疆 등 중국 서북 지역에 형성된 실크로드는 유럽과 중동을 대륙과 이어주는 주요 길목이었다. 그러나 이게 다가 아니었다.

재미나게도 중국에서는 문호 개방 이전이 이후보다 오히려 더 다채롭고 다양한 경로들을 자랑했다. 몽골과 동북 오랑캐들은 중국의 동북 지역을 통해 중국과 교류했다. 또 유럽 해양 세력은 동남아와 서남아시아의 식민지를 거점 삼아 중국 남부 연해 지역을 다리로 건너 들어 왔다. 유럽의 손님들은 여기서 그치지 않았다. 그들은 인도차이나반도, 티베트, 네팔, 인도 등 다양한 육로를 개척함으로써 적

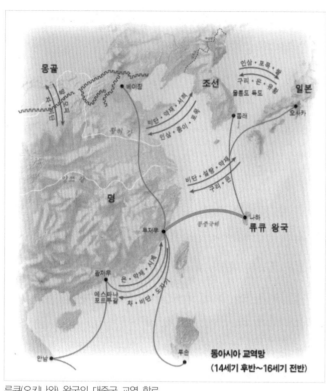

류큐(오키나와) 왕국의 대중국 교역 항로

극적으로 대륙의 문을 두드렸다.

중국의 바닷길은 어땠을까? 중국은 푸젠福建성, 광동廣東성 등을 출발하여 동남아 지역으로 뻗어 나갔다. 한반도보다도 멀리 있는 일본[청나라 이전에는 '류큐 왕국(오늘날의 오키나와)']과는 저장浙江성과 푸젠福建성, 그리고 대만을 통해 교류를 진행했다. 우리의 생각과 달리 중국과 일본의 교류가 무조건 한반도를 통해 진행되지는 않았던 것이다.

물론 중국과 일본의 교류에 한반도가 아예 없었던 것은 아니었다. 고대 한반도에 존재했던 고구려, 백제, 신라 등이 일본에 수많은 중국의 문화와 문물을 전해주었음은 우리 모두가 익히 알고 있는 사실이다. 다만 여기서 강조하고 싶은 것은 중국(대륙)과 일본(해양)이 교류를 진행하는 데 한반도가 필수 관문은 아니었다는 점이다.

그럼 한반도는 언제부터 아시아 대륙과 해양을 이어주는 교두보로 인식되었을까? 간단히 말해 일본이 아시아 대륙으로의 진출 야망을 키우기 시작하면서부터였다. 임진왜란부터 시작해서 대동아전쟁까지, 일본의 목적은 하나였다. 아시아 대륙을 정복하는 것이었다. 그 아시아 대륙은 중국을 의미했고, 중국으로 진입하는데 가장 효과적이고도 유용한 육로가 한반도였다.

일본이 수군을 몰아 바로 중국 대륙에 상륙하지 않은 이유는 간단했다. 대륙을 한 입에 삼킬 수는 없었기 때문이다. 다시 말해, 대륙과의 전쟁이 장기전으로 진행될 것임이 자명한 상황에서 후방 지원 없이 바로 대륙으로 들어가는 것은 자멸의 길로 나가는 것과 같았다. 결국 일본은 이를 해결해 줄 희생양으로 한반도를 선택할 수밖에 없었다. 일본은 한반도가 자신의 든든한 후방 지원 기지가 되길 바랐고 또 그렇게 만들어야만 했다. 대륙 정복이라는 큰 그림을 그려나가는 동안 한반도로 하여금 일본군에게 필요한 자원과 물자를 조달케 하는 것은 일본으로선 불가피한 전략이었다.

냉전시기에 와서는 일본을 지키려는 미국의 의지가 한반도의 지정학적 가치를 상승시켰다. 미국은 일본이 2차 세계 대전의 패전국으로서 국력에 엄청난 타격을 받았기 때문에 공산주의의 위협으로부터 스스로를 방어하지 못할 것이라고 판단했다. 그러나 일본의 공산화는 곧 태평양 지역의 공산화를 의미하는 것으로 이는 미국 서부 지역은 물론 중남미에게도 거대한 위협으로 다가올 것이 자명한 사안이었다.

자연스레 일본의 공산화를 막는 것이 미국의 최대 과제로 떠올랐다. 그리고 당시 미국을 위시한 자유 진영의 관점에서 일본은 태평양 지역 공산화의 최전선 전초기지였고 한반도의 남한은 그 마지노선이었다. 결국 한반도의 공산주의에 대한 지리적·지정학적 억지력의 가치는 바로 이런 맥락에서, 간단히 말해 일본과 미국을 위해 부여된 것이었다.

사실 우리가 갖고 있는 반도에 대한 환상(착각)은 유럽 진출의 교두보를 반도에 국한하는 것과 다를 바 없다. 즉, 해양세력이 유럽에 진출하기 위해서는 이탈리아, 발칸, 스칸디나비아 등의 반도 지역을 필히 지나야만 한다고 이를 진실인 양 굳게 믿는 것이다. 그러나 유럽도 중국 대륙과 마찬가지로 진출할 수 있는 다양한 경로를 지니고 있다. 스페인, 프랑스, 그리스, 덴마크 등 여러 나라가 유럽 대륙의 진출 경로로 작용할 수 있다. 결국 대륙의 입장에서 반도는 해양과 대륙을 이어주는 유일한 교두보로 인식되지 않는다. 그들은 다만 전략적인 교두보가 될 수 있을 뿐이다.

중국의 입장에서도 같은 논리가 적용될 수 있다. 중국 역시 다양한 경로를 통해 대외적인 위협과 맞닥뜨려 왔다. 영국, 프랑스, 스페인, 네덜란드, 이탈리아, 미국 등 다양한 외부 세력은 광동廣東성과 타이구太古, 텐진天津, 상하이上海,

1840년 전후의 중국 광동성 쩐주장(珍珠江) 무역항의 모습

닝보寧波, 신장, 티벳, 윈난 雲南성, 푸젠 성 등 다양한 연해 지역을 통해 중국으로 밀려들어 왔다. 이들은 한반도를 통해 들어오지 않았다. 한반도보다 더 가깝고 더 접근이 용이한 중국의 연해 지역이 많았기 때문이다.

중국 지도만 봐도 중국의 안보 위협을 쉽게 이해할 수 있을 것이다. 아시아 대륙의 중심에 자리 잡고 있는 중국은 오늘날 14개 국가(러시아, 북한, 몽골, 카자흐스탄, 키르기스스탄, 타지키스탄, 파키스탄, 아프가니스탄, 인도, 네팔, 부탄, 라오스, 미얀마, 베트남 등)와 국경을 맞대고 있다.

중국의 해상 국경선은 1만 4,500km로 이 자체로만 보면 세계 10위지만 북극이나 북극 지역에 해안선을 가진 국가와 섬나라를 제외하면 미국 다음으로 가장 긴 해안선을 가지고 있는 국가가 된다. 해상 국경선을 마주하고 있는 나라로는 한국, 북한, 필리핀, 베트남, 말레이시아와 브루나이 등 6개 국가다.

중국은 사방팔방이 다 뚫린 나라다. 이는 국가로서 최고의 이점이 될 수 있는 동시에 최악의 약점이 될 수 있다. 이렇게 많은 지역 국가들에 둘러싸인 대륙 국가는 세계 어디에도 없었다. 유럽의 전통적 대륙국가인 독일(프러시아)이나 프랑스 제국도 이렇게 많은 국가에 둘러싸인 적이 없었다. 로마제국이나 그리스제국은 반도의 위치에서 출발해 대륙을 평정하고 통합한 세력이었다.

이런 지리적 여건으로 중국은 역사적으로 자신이 세계의 중심이라고 인식할 수밖에 없었다. 중국의 세계 관념은 이런 전통적 대륙국가의 관점에서 발아했다. 자기가 세상의 중심이고 변방의 나라나 부족은 주변에 불과하다. 그리고 이들과의 평화로운 유대관계는 자국의 평화와 안정의 밑바탕이었다.

재미난 것은 중국의 전통적 대외관이 오늘날에도 유효

하다는 점이다. 중국이 주변국과의 관계를 중시하는 것도 이런 맥락에서다. 결국 중국에게 있어 주변 국제 환경의 평화와 안정이 오늘날 중국 발전의 필수불가결한 전제조 건이라는 말은 거짓이 아니다.

중국이 위협적인 존재로 느껴질 때 주변국은 연합이나 동맹을 추구했었다. 주변 지역의 세력 조합이 중국을 위협 할 수 있는 수준에 달할 때 중국의 반응은 주변국과의 분 쟁 혹은 주변국과의 안보 딜레마로 나타났다.

그럼에도 불구하고 중국이 군비 경쟁이나 무력 충돌을 피하고 싶었던 이유는 이것이 내부 불안의 원천이 되는 동시에 중국의 힘을 소진시키는 주요 원인이었기 때문이 다. 어느 쪽이든 중국은 자국에게 유리한 질서가 흔들리는 것을 여전히 달가워하지 않는다.

비근한 예로 중국은 건국 이후 외세로부터 군사적, 정 치적, 사상적 갈등으로 인한 포위를 몇 차례 경험한 바 있 다. 50년대 초엔 한국전쟁을 계기로 미국의 동맹 포위망을 경험했고 60년대부터 80년대까지는 소련의 포위망에 둘 러싸여야 했다. 때문에 중국은 미국이 발표한 '재균형 전 략("pivot to Asia" 또는 "rebalancing strategy")'이 21세기의 새로운 포위망을 형성하지 않을까 하고 촉각을 곤두세우고 있다.

전통적 대륙국가로서 중국에겐 주변국이 외세와의 유대나 연합, 또는 동맹관계를 강화하는데 노이로제가 있는 게 사실이다. 중국의 적지 않은 역사적 경험들을 들춰보면 그런 노이로제가 십분 이해되고도 남음이 있다.

전통적 해양국가로 분류되는 미국의 세계 관념도 실은 대륙의 성격이 농후하다. 미국은 지리적으로 북미 대륙에 위치한 국가이고 그 면적(982만 6,675km²)은 세계 3위에 달한다. 중국과 달리 미국은 멕시코와 캐나다라는 단 두 나라와만 국경을 맞대고 있다. 미국이 전통적 해양국가로 규정된 이유는 태평양과 대서양, 두 대양의 한 가운데에 자리 잡고 있기 때문이다.

이런 지리적 조건에서 미국은 해외 국익의 추구를 위해 부득불 원정을 택할 수밖에 없었다. 자연히 원정 부대가 발달했고 이는 육군보다 해군과 공군을 중시하는 풍토로 진화되었다. 현재 이들이 육군보다 더 강한 무기력과 군사권을 가지고 있고, 최강 공군력이 해군에 속해 있는 것 등이 모두 이런 배경의 산물이다.

더불어 원정 부대로 획득한 해외 국익의 효율적인 수

호와 극대화를 위해 역내 거점국과의 관계가 미국에게 중요한 변수로 떠올랐다. 이는 오늘날 '동맹'의 개념으로 그 구조를 이루고 있다. 미국에게 역내 동맹체제는 자국의 역내 국익을 극대화하는데 제일 관건적인 요소라고 해도 과언이 아니다.

미국이 하와이를 부속하고 필리핀을 식민화한 사실 등이 상기한 전략적 사고와 무관하지 않다. 오늘날 일본을 동맹체제의 축으로 설정하고 한국, 필리핀, 호주, 뉴질랜드, 싱가포르와 태국을 동맹의 기반으로 삼아 베트남 등 다른 지역으로 실질적 동맹을 확대해 나가는 것 역시 마찬가지다. 미국의 최종 목표는 자신의 동맹국들 간에 동맹관계를 구축하고 이를 강화해 나감으로써 결국엔 하나의 결정체를 만드는 것이다.

문제는 중국이 아시아의 중심에 위치하고 있는 이상, 미국의 역내 거점은 중국의 주변에 위치한 열도국가(일본, 필리핀 등)나 반도국가(한국, 베트남, 싱가포르 등)가 될 수밖에 없다는 사실이다. 나아가 미군과 동맹국 간의 전진배치능력(forward deployment capability)과 전력투사능력(power projection capability)의 증강을 위한 노력 역시 중국의 주변부에서 벌어질 가능성이 농후하다. 때문에 미국의 동아시아 전략은 중국의 눈에는 자신에 대한 포위망을 구축하는 것, 자신을 억제하기 위한 전략으로 비쳐질 수밖에 없다.

미국이 중국의 주변에서 동맹국들과의 유대를 강화하는 행위는 역내 영향력의 증강은 물론 이를 기반으로 역내 국제관계에서 중심이 되겠다는 의지의 실천이다. 이 과정에서 미국은 역내 국익의 극대화를 위해 당연히 영향력과 리더십을 강화하려 들 것이다. 이는 중국에게 자국의 주변 안보 환경 흔들기로 인식되어 미중 간 골을 더 깊게 만드는 원인이 될 것이다.

누차 설명했듯 대표적인 대륙국가로서 오랜 시간 중심을 지킨 중국은 주변 지역에 '외세'가 출현하는 것을 극도로 경계한다. 그 덕에 중화인민공화국 건국 이후부터 지금까지 중국의 지상 최대 과제 중 하나가 주변 지역에서의 '외세' 축출이다. 중국이 주한미군 철수와 한미동맹 해체를 강하게 주장하는 이유가 바로 여기에 있다.

미중 관계는 다차원적이고 다층적이며 매우 입체적이다

우리는 엄마 아빠가 집안에서 싸울 때 왜 싸우나 하고 종종 의아스러울 때가 많다. 둘이 싸울 때 이유가 불분명하기 때문이다. 더러 이유가 있다면 그 이유는 종종 하찮을 때가 많은 것도 사실이다. 그러나 그 속을 뒤집어 보면 원인은 집안에 있던 것이 아니고 외적의 원인, 또는 내적인 원인이 쌓이고 쌓여 곪아 터져 나오는 경우가 허다하다.

아빠는 외부에서 스트레스 받은 일을 집안으로 끌어들여와 엄마나 자식에게 시비를 거는 경우가 많다. 엄마는 아빠의 가사나 육아에 무관심한 태도나 자세에 불만이 폭발한다. 아빠는 주말에 집에서 쉬고 싶어 한다. 엄마는 아빠가 도와주고 나가 놀아주기를 바란다. 아빠는 회사나 인간관계에서 받은 스트레스를 가족들에게 푼다. 그런데 이런 인과관계를 자식의 눈에서 부부싸움의 원인으로 알아내기란 쉽지 않다.

우리 속담에 '종로에서 뺨맞고 한강에 가서 눈 흘긴다'는 말이 있다. 화를 나게 만든 진짜 원인이 아닌 엉뚱한 곳 혹은 제3자에게 가서 화풀이를 한다는 의미다. 미중 관계가 이러하다. 미국과 중국 둘만의 이익 갈등 혹은 이견 충돌이 양국 갈등의 유일한 이유로서 늘 작용하는 것은 아니다. 오히려 중동 지역 등 엉뚱한 곳에서 벌어진 사건이 동북아 지역 내 양국 간의 마찰로 표출되는 경우가 허다하다.

최근의 비근한 예로 2009년 덴마크 코펜하겐의 기후협약 회의를 들 수 있다. 당시 미중 양국 간에 벌어진 갈등의 불씨는 양국이 동북아로 그 무대를 옮겨 갈등을 일으키는 단초가 되었다. 2010년 천안함 폭침 사건을 비롯한 아세안 지역포럼(ARF)에서 힐러리 클린턴(Hillary Clinton) 전 국무 장관의 남중국해에서의 '항해의 자유' 돌출 발언, 중일 간 조어도(釣魚島, 댜오위다오, 센카쿠 열도) 영토분쟁에서 미국의 일본 지지 선언, 그리고 대북 문제에서의 갈등 등 일련의 사태들은 이의 방증이었다.

만약 2009년 코페하겐에서 버락 오바마(Barack Obama) 전 대통령이 중국에게 무례함을 겪지 않았더라면, 그래서 기후협약이 순조롭게 진행되었더라면, 미중 양국은 동북아 관련 문제에 어떤 태도로 임했을까? 오바마는 2009년 대통령 취임식 자리에서 자신을 '아시아의 첫 대통령'이라 소개할 정도로 아시아에 큰 호감을 가진 대통령이었다.

2009년 덴마크 코펜하겐 기후변화 회의에서 원자바오 총리(좌)와 오바마 대통령
(우)의 어색한 기류

특히 그는 취임 당해 연도에 중국을 방문한 첫 미국 대통
령이 되었을 정도로 중국에 상당한 관심과 호감을 가진
인물이었다.

　그러나 코펜하겐의 회의가 이런 그의 마음을 산산이
무너뜨렸다. 당시 발생한 중국의 외교적 무례함은 오바마
를 거의 '반反 중국' 대통령으로 바꿔 놓았다. 이후 중국에
서 개최된 다자회의(APEC, G-20)를 제외하고 오바마가 단
독으로 중국을 방문하는 일은 없었다. 오바마의 마음은 이
제 중국과 반목하는 것으로 넘어가 있었다.

2016년 9월 G-20 항저우 정상회의에 도착한 오바마 대통령. 중국이 미 대통령 전용기에 하강 계단을 제공하지 않아 전용기 비상구를 열고 내려야만 했다.

한 번 발생한 불씨는 북한 문제에 있어서 오바마의 '전략적 인내(strategic patience)', 중국 문제에 있어서 국제법과 규범 고수 등 비타협적인 자세를 취하는 근간이 되었다. 오바마는 중국을 견제하는 동시에 이를 위해 한미일 3국의 관계를 더욱 강화시키려는 노력도 아끼지 않았다. 특히 그는 노골적으로 한일 관계 개선을 주장하고 나섰다. 그런 노력의 일환으로 2014년 3월 그는 헤이그 핵안보회의에서 한미일 3국 정상 간의 만남을 주선하기도 하였다. 그의 한일관계 개선 압박은 2015년 11월 한일 정상회담이 개최될 때까지 계속되었다. 한일 양국 관계의 진전과 비례해 우리의 사드 배치 논의도 탄력을 받기 시작했다.

우리가 미중 관계 속에서의 한반도 운명을 논할 때 가장 많이 하는 말이 있다. 우리의 전략 사고가 다차원적이고 다층적이며 입체적이고 유연해야 한다는 것이다. 다분히 원론적인 말이지만 이는 미중 관계가 그만큼 복잡하다는 사실의 방증이다. 문제는, 우리가 이를 머리로는 이해하면서 행동으론 옮기지 못하고 있는 현실이다. 아니 좀 더 노골적으로 말해서 우리는 그런 전략을 짜지도 못하고 있다. 그래서 우리의 등은 미중 두 대국 사이에서 성할 날 없이 터지기만 하고 있다.

우리는 아직도 갑오전쟁(청일전쟁, 1894) 시대가 재현될지 모른다는 두려움을 안고 있다. 우리 주변의 4강이 너무 센 나라들이기 때문에 이런 두려움은 어쩌면 자연스러운 감정일지도 모른다. 여기 저기 눈치 보며 행동하는 것 역시 이런 맥락에서 보면 절로 고개가 끄덕여지는 일이다. 그러나 이런 생각에 함몰되어 행동하다 보면 결국 우리는 사대주의라는 한계에서 벗어날 수 없다.

자연스레 우리의 대미, 대중 외교는 왜 아직까지도 한계를 보일 수밖에 없는가 하는 질문이 대두된다. 왜 우리는 1차원적인 사고의 굴레에서 벗어나지 못하고 있나? 대중 전략을 짜면서 왜 미국의 반응을 의식할 수밖에 없는가? 왜 한미동맹의 틀 안에서 대중 전략을 짜려 하는가? 왜 대중 관계에서 한미 관계의 손익을 계산하고 있는가?

정리하자면, 우리의 전략 사상을 짜는데 미국과 중국이 독립변수가 아닌 종속변수가 될 수는 없는가라는 질문을 하고 싶다. 미중 양국의 눈치 보는 일 없이 순수하게 우리 국익에만 집중해 정책을 결정하는 일이 정말 불가능한 것일까? 그들 앞에서 우리의 국익을 주장할 수 있는 방법은 없을까?

사실 갑오전쟁, 일제강점기, 한국전쟁 등과 같은 과거의 아픔보다는 10대 경제 대국, 10대 군사 대국, UN 안보리 이사국, 문화 대국 등 휘황찬란한 단어가 더 익숙한 세대로서 납득이 어려운 질문들이다.

미중 관계의 다차원성, 다층성과 입체성은 무엇을 의미하는가. 미중 관계 전략을 짜는 데 있어 미중 양자 관계의 틀만 보는 것은 비현실적이라는 의미다. 미중 양국의 관계는 국제 체제라는 큰 틀 안에서 작동한다.

변수는 중국의 국제적 위상이다. 이슈에 따라 중국은

세계적인 국가 혹은 지역 대국이 된다. 때문에 우리가 미중을 바라봄에 있어 우선 이슈에 따라 중국의 위상을 정의하고 그 정의에 따라 미중 양국의 전략적 사고 범위를 가늠해 운용해야 할 필요가 있다. 다시 말해, 미중 양국이 현재 밟고 있는 국제무대의 규모에 비례해 시각의 반경을 움직여 그들을 관찰하고 이해해야 한다는 의미다.

가장 대표적인 사례들을 생각해보자. 베트남전쟁에서 미국은 '명예로운 퇴진'을 위해 왜 베트남이 아닌 중국과의 관계 개선을 꾀했을까. 탈냉전 시기 초기였던 1992년, 미국은 왜 갑자기 대만에 F-16 전투기 150대를 판매한다고 했을까. 대만해협을 둘러싼 미중의 대결이 이 사건의 유일한 촉매는 아니었다. 갈등의 시발점은 의외로 다른 곳에 있었다. 당시 중국이 중동에 미사일을 판매하고 있다는 사실을 알아낸 미국이 이를 보복하기로 결정한 것이 이 사건의 배경이었다. 즉, 아시아의 서쪽에서 피어오른 미중 양국 간 갈등의 불똥이 대만해협으로 튄 것이다.

동북아 지역에서 미중 관계는 매우 다차원적인 틀 속에 놓여 있다. 역사적으로 미중은 최소한 3각 이상의 편대 속에서 움직여 왔다. 미중소(러) 이외에도 미중일, 중소(러)

일, 미소(러)일, 미중과 인도, 중소(러)와 인도, 미중과 베트남, 중소(러)와 베트남, 미중소(러)와 베트남, 미중과 대만, 미중과 남북한, 미중소(러)와 남북한, 미중과 인도와 파키스탄, 미중과 그 외 동남아 국가 등 미국과 중국 두 나라의 관계는 매우 다차원적인 다자관계 속에서 그 흐름을 진행해 왔다.

이런 다자관계 속에서 미중 관계가 진화될 수밖에 없는 가장 큰 요인은 앞서 언급한 미국과 중국의 지리적 위치 때문이다. 전통 대륙국가인 중국과 전통 해양국가인 미국의 이익 갈등이나 충돌엔 부득불 제3자나 제3의 국가가 밀접하게 연계될 수밖에 없다.

이 구조 속에는 나라들 간에 먹이사슬이 존재한다. 모든 국가들이 전략적 취약점을 안고 있다. 그 취약점을 모든 국가들이 다차원적인 전략 사고를 가지고 공격한다. 취약점에 대한 레버리지를 행사하는 것, 다시 말해 먹이사슬의 존재를 적극 이용하는 전략이다.

일례로, 중국의 먹이사슬에서 가장 큰 아킬레스건은 일본이다. 중국은 무슨 연유에서인지 전통적으로 일본을 가장 두려워한다. 중국이 러시아와 청나라 시절부터 1950년까지 세 차례나 동맹조약을 맺은 이유도 일본을 견제하기 위해서였다. 그래서 미국은 중국과 관계 정상화를 논의할 때 '일본 카드'를 쓰면서 중국을 압박하곤 했다.

일본도 중국의 먹이사슬 구조를 너무나 잘 알고 있다. 일본의 입장에서 중국의 아킬레스건은 소련(러시아)이다. 때문에 일본 역시 외교안보 영역에서 '소련(러시아) 카드'를 종종 활용했다. 중국이 일본과 소련(러시아)이 가까워지는 것을 두려워하기 때문이다.

일본은 중국으로부터 외교안보 이익을 얻고자 소련(러시아)과 가까워지는 시늉이라도 하면서 중국을 압박했다. 가장 대표적인 사례가 1978년 중일평화우호조약의 조기 체결이었다. 중국이 이 조약의 체결을 미루고자 할 때 일본은 쿠릴열도(북방 4도) 영토 문제 해결과 소련과의 평화조약 체결 카드로 압박했다.

중국도 일본도 소련도 미국도 모두 알고 있었다. 일본의 '소련 카드'가 현실적으로 불가능하다는 것을. 그럼에도 불구하고 일본은 제스처(외교적 발언부터 소련과의 고위급 접촉까지)만으로도 중국을 움찔하게 만들었다. 그리고 중국엔 자신이 중국으로부터 원하는 것을 모두 얻어내는 데

1978년 8월 중일 평화우호조약 조인식

성공했다.

이렇게 다양한 외교 카드를 구비해야 미중 관계를 비롯한 수많은 대외관계에 좀 더 효과적이고 다층적인 접근이 가능해진다. 그러나 우리의 현실은 어떤가. 다층적인 태도는 고사하고 외교에 있어 관심과 기대가 온통 국가원수에게만 쏠려 있다. 설상가상 최고 지도부는 실무급을 불신한다. 실무급은 말만 '실무實務'일 뿐 의사결정권은 차치하고 협상권도 쥐고 있지 못하다.

오늘날 외교 세계의 이슈가 다양하고 과다한 상황에서 모든 것을 수장이 결정할 수는 없다. 실무진에서 최대한의 협상권을 가지고 협상에 임해야 최대한의 결과를 도출해

낼 수 있는 기반을 마련할 수 있다. 수장은 최종 결정하고 합의 사안을 공식화하면 된다.

대표적인 예가 미중 경제전략대화다. 여기서는 70여 개의 관련 부처와 위원회가 모두 동시 다발로 대화와 협상을 진행한다. 모든 부처의 장관과 위원회의 위원장이 참가하는 것은 아니지만 대신 각 부처와 위원회의 실무 책임자들이 협상에 임한다. 이들은 자국의 국익에 부합하고 이익을 극대화할 수 있는 기반 닦기에 집중한다. 그러나 우리의 실무 책임자에게는 이런 기반을 닦을 권한이 부여되지 않는다. 권위주의의 하달식 업무체계 맹점이 강력하게 작용하기 때문이다.

주변 4강의 대중국 외교나 대미국 외교를 보면 다양한 분야 내 다층적, 즉 수장에서부터 실무진 사이에 분업화된 체계가 함께 움직이면서 자국의 이익 극대화를 위한 모든 기반 마련에 전심전력을 다한다. 일례로 미국이 중국 외교에서 활용하는 인재의 풀은 다층적이고 다양하다. 각 분야의 실무진, 전문가, 수장, 그리고 전직 고위급 인사에 이르기까지 다양한 인재들이 자국을 위해 일사천리로 움직인다. 이들이 추구하는 공통된 목표는 하나다. 문제 해결을 위한 실마리를 다양하고도 다층적인 경로를 통해 얻고자 하는 것이다.

반면 우리는 아직까지도 전문가나 실무진이 아닌 측근 외교, 비선 외교, 정상 외교에 집착하고 있다. 이런 외교 수단에 의존하다 보면 끝끝내 사대주의라는 비판에서 벗어날 수 없다. 자승자박自繩自縛이다. 우리의 미국과 중국에 대한 시각과 사고의 반경을 확대하기 위해서는 다층적이고 다차원적인 사고가 전제되는데, 상기한 외교 수단은 이를 속박한다.

대통령 측근이 문제가 아니다. 상대국에게 공신력公信力 있는 인사가 필요하다. 비선이 문제가 아니다. 과거 냉전 시대에는 비선으로 접근하는 게 유효했었다. 그러나 오늘날과 같이 정보통신의 발달로 공개도와 투명도가 향상된 상황에서 비선 접근 방식은 위험 부담이 굉장히 크다. 설사 기대한 결과를 획득한다 해도 지탄을 면하기가 어려울 것이다. 그렇다고 정상외교가 다는 아니다. 게다가 지금은 국가 정상이 모든 것을 다 협상하고 결정하는 시대가 아니다. 이는 중국공산당도 일찍이 깨달은 사실이다. 중국에서 문제 해결의 실마리를 찾아내는 이른바 '소조위원회小組委員

솔'의 설립이 증가하는 것은 바로 이런 깨달음의 산물이다.

한국은 여전히 고민 중

미국과 중국 사이에서 일련의 '압박'을 겪으면서도 우리는 아직도 머리를 긁고 있다. 미중 관계가 악화되면 전쟁이 발생할지에 대해 갑론을박 하고 있다. 나아가 그 때가 되면 어느 나라 편에 서야 할지를 놓고 설왕설래 하고 있다. 이제는 이런 편 가르기에서 벗어나 우리의 안보와 국익을 지키기 위한 자주적 전략을 짜야 하지 않을까.

안타깝게도 현재까지 우리 전문가들이 내놓은 소위 '답'은 그야말로 추상적이다. 그런데 이들 답에는 한 가지 공통분모가 있다. 바로 '한미동맹'이다. 이를 기반으로 부상하는 중국에 대응하는 방법을 찾으려 한다. 그러나 한계를 느꼈는지 최근엔 다른 방법도 소개되고 있다.

언론에서 부상하는 중국을 '올바르게' 다루는 법을 찾기란 절대 어려운 일이 아니다. 미국이 중국을 다루는 법부터 베트남, 싱가포르, 북한 등의 나라들이 중국을 다루는 전략까지 다양한 기법(?)이 다양한 사례와 곁들여 소개되고 있다. 그러나 우리가 처한 지리적, 지정학적, 지경학적 상황과 환경은 그들과 다르다. 때문에 우리가 실제로 활용할 만한 사례는 거의 없다고 봐야 할 것이다.

어쨌든 우리 전문가들은 한미동맹을 기반으로 한 대미, 대중 전략을 나름의 전술적 개념으로 소개하고 있다. 몇 가지 사례를 간추려 소개하라면 이렇게 정리할 수 있겠다.

연미화중聯美和中 : 미국과 연맹을 강화하고 중국과 협력
맹미견중盟美牽中 : 미국과 동맹을 강화하고 중국을 견제
선미후중先美後中 : 미국 먼저, 중국 나중
결미연중結美聯中 : 미국과 결속하고 중국과 연합
연미연중聯美聯中 : 미중 양국과 연맹을 강화
연미방중聯美防中 : 미국과 연맹을 강화하고 중국을 방어
연미통중聯美通中 : 미국과 연합하고 중국과 통하는 전략
구동축이救同縮異 : 중국과의 차이점을 줄여가는 실리적 방책

마지막으로 '구동존이(求同存異, 차이를 인정하며 같은 점을 추구)' 등과 같은 것이 연쇄적으로 소개된 바 있다.

그러나 '구동존이'를 제외하고는 이 모든 사고가 우리의 미국과 중국에 대한 신뢰 수준에 차이가 존재한다는

사실을 노골적으로 인정하면서 출발한다는 것이 문제다. 이렇게 미국과 중국에 대한 우리의 신뢰가 차별화된 상황에서는 효과적인 전략적 사고가 태동할 수 없다. 그렇기 때문에 미중 사이에서 최선의 생존 해법이라고 단정하기에는 상기한 전략적 개념들 속에 치명적인 결함이 존재한다. 이는 두 나라에 대한 우리의 전략적 균형을 처음부터 잡을 수 없게 만든다.

'구동존이'의 경우 역내 국가가 역사문제를 덮어두고 가려는 행태와 별반 차이가 없다. 과거 우리나라 산아제한 정책의 슬로건('덮어놓고 낳다보면 거지꼴을 못 면한다.')이 상기되는 부분이다.

구동존이를 한반도에 적용하면 한중 간에 첨예한 입장 차이를 보이는 한반도 안보 문제를 우선 덮고 가자는 셈이다. 그 결과 한중 간의 안보 협력 수준은 경제 수준은커녕 거지꼴의 양상을 면치 못하고 있다. 안타깝게도 장기적인 시간을 두고 점진적으로 해결해 나가기에는 한반도 및 한국의 안보 문제에 긴박한 것이 너무나 많다.

미중 사이에서 우리의 문제는 이런 다양한 전략적 개념에 있는 것이 아니다. 근본적으로 우리에게 있다. 우리가 우리 스스로의 입장과 목표를 정하지 못한 채 미국과 중국에 대한 전략을 만들겠다는 것 자체가 어불성설이다.

우리 스스로가 미국과 중국에 대한 이해가 부족한데 어떻게 우리의 대미, 대중 목표나 입장을 정할 수 있겠는가, 라고 반문하고 싶은 대목이다. 목적의식이 없고 입장 정리가 되지 않은 상황에서 우리가 대미, 대중 외교를 휘황찬란한 어휘로 묘사하는 것 자체가 속 빈 강정이다.

그래서 이 책은 미중 관계의 진화 과정을 소개함으로써 우리가 보다 현명한 전략적 사고와 판단을 하는데 도움이 될 수 있는 지침서가 되고자 한다. 미중 관계가 앞으로 무력 충돌을 피할 수밖에 없는 이유를 양국 간의 긴밀한 소통의 역사로 설명하고자 한다. 미중이 서로를 어떻게 대처했는지에 대한 사례를 직접 판독함으로써 대미, 대중의 전략을 수립하는 데 있어 우리에게 보다 다차원적이고 입체적이며 유연한 전략적 사고가 함양되길 기대한다. 결론은 은감불원殷鑑不遠(본받을 만한 좋은 전례는 가까이 있음)을 기억하며 '박쥐(사대주의)'가 되는 것을 최대한 지양해야 한다는 것이다.

02

미국에게 중국은 누구인가?

미국은 중국을 줄곧 경제 이익을 제일 많이 확보할 수 있는 세계 최대의 시장으로만 인식해 왔다. 시장이라는 관념에서 벗어나본 적이 없다. 중국이 대국으로 존재해 왔기 때문이다. 중국의 인구는 유사 이래 최대를 유지했다.* 최대 인구를 가진 중국의 경제 규모도 인류사에서 장기간 수위를 차지했다. 1840년 아편전쟁 전후에도 중국이 세계

---

* 1790년 미국의 인구는 400만이 채 안 됐다. 1820년에 거의 1,000만 명에 이르렀고 1840년에 1,700만 명을 초과했다. 이에 반해, 중국은 1790년에 3억이 넘었고, 1820년에 3억 5,000만 명 이상, 1840년에 4억 1,200만 명이 넘었다.

경제에서 차지하는 비중은 최고였다. 이후 서구 세계에게 곧 추월을 당했지만 시장 규모 자체는 세계 최대였다. 때문에 중국 시장을 선점하는 나라가 세계를 제패한다는 인식이 미국 속에 자연스럽게 확립되었다.

미국을 포함한 서구는 이런 세계 최대 시장을 점령하기 위해 다양한 교역 제도와 개념을 가지고 중국을 계몽하는 데 앞장섰다. 계몽의 수단은 외교적인 것과 무력적인 것을 병행하는 것이었다. 목표는 서구식 무역 제도와 개념을 중국에 확립하는 것이었다. 개항을 통해 새로운 제도 및 개념과 사상을 전파하고 이를 중국이 수용하고 실천하게 만드는 것이었다.

이 같은 노력은 오늘날 공산당이 통치하는 중국에서도 유효하게 적용되고 있다. 과거와 다르게 중국이 개혁개방을 자처하고 나섰음에도 서구 세계가 중국의 제도 개혁과 정치 민주화를 꾸준히 그리고 틈틈이 독려하는 이유는 중국에서 취하고 싶은 경제 이익 때문이다. 중국에서 경제 이익을 극대화하자면 이들이 주장하는 환경이 구비되어야 한다. 즉, 완전한 시장 개방, 법치 제도와 기관, 그리고 민주 사회 등이 중국 내에 자리 잡아야 한다. 미국을 포함한 서구 사회가 예부터 정치, 외교, 경제, 문화, 인적 교류 등의 방면에서 중국과의 관계를 부지런히 발전시켜 나간 데엔 이러한 희망이 자리 잡고 있었다.

이 과정에서 이익의 범주가 냉전이라는 요소로 확대되었다. 즉, 경제 이익뿐 아니라 안보 이익도 미중 관계의 개선과 발전을 추동하는 요인으로 작용했다. 그러나 안보 이익은 국제정치 체제의 변화로 인해 그 우선순위가 떨어지는 결과를 보았다. 물론 오늘날 군사안보 전략의 이유로 중국에 대한 안보 이익을 완전히 무시할 수는 없다. 미국이 부상하는 중국을 효과적으로 견제하면서 자신의 패권 지위를 수호하기 위해서는 불가피한 선택이다.

현실은 그러나 미국을 딜레마에 빠뜨리지는 않는다. 반면 우리를 비롯한 중국 주변국들은 중국의 경제 영향권 내에서 경제냐 안보냐 하는 딜레마에 종종 빠진다. 미국이 다른 이유는 간단하다. 미국은 경제 이익을 우선시 한다. 그리고 경제 이익은 군사 및 안보 이익을 내포하고 있다. 냉전 시기 미국은 군수사업을 통해 중국으로부터 경제 이익을 취했다. 탈냉전 시기에는 민수용으로 전환이 가능한 첨단 군사기술의 판매를 통해 이득을 취하고 있다.

미국의 대중국 경제 이익의 규모는 상상을 초월한다. 세계 최대 경제 대국 두 나라가 서로에게서 취하는 이익이 그 어느 나라나 지역에 비해 월등히 크기 때문이다. 그래서 두 나라 간에 무력 충돌이나 전쟁은 세계경제를 무너뜨릴 수 있다. 이 역시 두 나라가 전쟁을 피할 수밖에 없는 결정적인 요인으로 작용하고 있다.

미중 양국의 경제 상호의존은 단순히 구조적인 측면에서의 의존 관계가 아니다. 상호 보완적인 관계가 아니라는 뜻이다. 세계경제의 흐름을 좌지우지하는 구조 속에 양국 경제 관계가 맞물려 있다. 물자와 제품의 흐름부터 자금의 흐름까지 모든 것이 이 두 나라를 통해 이뤄진다고 해도 과언이 아니다. 때문에 미중 양국에게 전쟁이란 그야말로 세계를 폐허로 만드는 것이다. 지난 두 차례의 세계대전보다 더 참담하게 세계를 폐허로 만들 수 있다. 두 번의 세계대전이 낳은 폐허 상태를 극복할 수 있었던 이유는 미국이 생존했기 때문이다. 그러나 미중이 전쟁으로 멸하면 세계도 멸할 수밖에 없다.

중국 시장에 눈을 뜨다

미중 관계는 200년이 넘는 역사를 가지고 있다. 200년 동안 미국이 중국에 가진 관심은 단 하나다. 경제! 중국 시장의 장악이다. 중국에서 미국의 이익을 극대화하는 것이다. 이는 미국의 대중국 정책의 출발점이자 지상 최대의 목표다. 유일하게 불변한 미국의 대중국 인식이다.

1784년 8월 미국의 '중국 황후(皇后, Empress of China)'호 상선이 6개 월 간의 긴 항해 끝에 중국 광동성의 황푸黃埔에 도착했다. 이때 이뤄진 첫 교역으로 미중 관계가 시작을 알렸다. 1600년대 영국 식민 통치 시대 미국에서 유일

중국을 향한 미국의 첫 상선 '중국 황후'호

하게 발달한 산업은 조선업이었다.

1631년부터 시작한 미국의 조선업은 1648년 세계 최초의 400톤급 화물선을 건조할 정도로 빠르게 발전했다. 18세기 미 상선의 항해 능력은 세계 최고였다. 미 상선은 세계 어느 선박보다도 빨랐으며 민첩했다. 때문에 아시아와 지중해 등지의 원양 무역에 종사하고 있는 많은 서구 열강들로부터 운송 및 수송에 대한 수요가 높을 수밖에 없었다. 운송 및 중개업에 매진한 결과 미국은 1792년 중국의 2대 교역국으로 부상한다.

미국의 교역량은 중개업으로 급상승했지만 기타 산업의 저조한 발달로 정작 대중국 수출품에는 한계가 있었다. 가령 19세기 중엽까지 미국의 대중국 수출 상품은 대부분이 단향목, 가죽 및 피혁 상품, 해달 가죽, 물범 가죽, 해삼과 인삼 등이었다. 그리고 미국은 중국에서 영국으로부터 독립한 후 조달하지 못하던 차茶를 수입했다. 그러나 차가 고가품이었기 때문에 미국 역시 대중국 무역에서 적자를 면하지 못했다.

미국의 적자는 중개업으로 만회되었다. 미국은 세계 최고의 성능을 자랑하는 수송선과 화물선으로 유럽과 중국 사이를 왕래하며 중개업에 매진했다. 영국에서 대서양을 타고 남아프리카를 거쳐 아시아로 진입하거나 지중해를 통해 중국에 도달했다. 긴 여정이었다. 이 과정에서 오리건 주(州)가 발견되었다. 미국은 이를 태평양 항해의 거점으로 활용하기 시작했다. 이후 서부개척 시대가 열리면서 오리건 주와 캘리포니아 주는 명실상부한 동아시아 무역기지로 부상한다.

그러나 미국 서부 지역의 동아시아 무역기지 개발 노력은 난제를 만난다. 바로 러시아라는 외세의 개입이었다. 1805년 부동항을 찾아 베링 해협을 따라 내려오던 러시아가 캘리포니아 주의 샌프란시스코를 차지하려는 야심을 품었다. 러시아의 야심은 1819년 스페인과 미 서부 지역의 국경선을 정리한 존 퀸시 애덤스(John Quincy Adams) 대통령에 의해 발각된다. 이에 러시아는 1821년 2월에 북위 51도 이상, 즉 베링 해협과 알래스카 지역, 그리고 캐나다 서부 연안 지역에서 다른 나라의 조업과 항해를 금하면서 미국의 서부 연안 지역을 점령하려는 야욕을 노골화했다.

이때 미국은 어느 유럽 국가도 '미주'에 자국의 식민지와 제도를 건설 및 확립할 수 없다는 입장을 밝히게 된다.

1821년 '먼로 독트린' 이후 유럽의 미주 진입이 없었음을 보여주는 지도

이를 골자로 미국이 대외적으로 선언한 정책이 바로 '먼로 선언(Monroe's Doctrine)'이다. 오늘날 먼로 선언은 카리브해 지역이나 중남미 지역에 외세의 진입을 차단하기 위한 것으로 인식되고 있다. 그러나 당시 거론됐던 '미주'는 미국의 서부(오리건에서 캘리포니아)와 서남부(텍사스 등) 지역을 의미했다. 즉, 러시아의 미 서부 진출을 겨냥한 엄중한 경고의 선언이었다.

미국의 대중국 무역 적자 폭이 운송업과 중개업에도 크게 줄어들지 않자 미국은 끝내 아편 무역을 선택한다. 당시 영국의 동인도회사가 아편을 독점하고 있어 미국은 터키산 아편을 중국에 수출했다. 1834년 동인도회사의 중국무역 독점권이 폐지되면서 아편 무역이 더 수월해졌으나 미국은 의외로 이에 별 반응을 보이지 않았다. 미국의 상선이 아편을 운반하고 밀수에도 가담했지만 정작 미국 상인들은 아편 거래에 소극적이었다.

1840~1842년 아편전쟁으로 영국과 중국은 〈남경南京조약〉을, 미국과 중국은 1844년에 〈망하望廈조약〉을 맺는다. 망하조약이 미국에 보장한 무역 특혜는 남경조약과 그 후속조약인 〈호문虎門조약(1843)〉의 그것(치외법권, 고정관세, 5개 항구 개방 및 거주 가능 등)과 같았다. 즉, 미국과 영국의 대중국 무역 조건이 동일했다.

미국의 중국 정책은 처음부터 중국 시장을 장악하는 게 최종 목표였다. 그러나 정책 기조는 협력을 강조했다. 미국의 대중국 정책 기조는 두 가지 정책으로 입증됐다. 하나는 1861년에 주중 미 공사를 통해 밝힌 '협력 정책', 다른 하나는 1899년에 소개된 '문호 개방 정책'이었다.

미국은 다른 제국주의 열강과 마찬가지로 중국에서의 경제 이익을 최우선시 하되, 그들과는 다른 태도로 대륙에 첫발을 내디뎠다. 미국의 첫 번째 공식 대중국 정책은

1861년 미국의 첫 주중 공사로 부임한 사무엘 쇼(Samuel Shaw)가 선언한 '협력 정책'이었다.

이 협력 정책의 목표는 중국 내에서 미국의 경제 이익을 극대화하자는 것이었다. 이를 위해 채택된 전략은 두 가지였다. 하나는 제국주의 열강의 일원으로서 영국과 프랑스 등 기타 열강들과 협력하고 그들의 정책을 따르면서 자신의 이익을 극대화하는 것이었다. 이와 동시에 중국 청나라 정부와 협력함으로써 중국과의 갈등을 감소시키고 미국의 영향력을 확대 및 강화하는 것이었다.

미국의 중국 접근법은 기타 열강과 달랐다. 가장 주목할 부분은 조약에서 윤허하는 범위 밖의 권익을 욕심내지 않았다는 점이다. 이는 중국과 체결한 조약을 최대한 존중한다는 의미였다. 즉, 미국은 조차지 밖의 중국 영토를 욕심내지 않았고 중국의 영토주권 역시 침해하지 않았다. 이는 미국이 중국의 영토 완정에도 존중의 뜻을 드러냈던 대목이다.

미국은 서양의 문화와 문물을 전파할 때도 이의 수용을 강요하지 않았다. 미국은 기본적으로 중국의 전통과 문화부터 먼저 이해하고 자기네 것을 전파하겠다는 생각을 가지고 있었다. 이런 미국의 태도에 중국은 깊은 인상을 받았다. 열강으로부터 위협을 느낄 때 청나라 조정은 미국에게 종종 도움을 요청했다. 일례로 청불전쟁, 청일전쟁 때 미국의 중재를 호소한 바 있다.

미국의 두 번째 대중국 정책은 '문호 개방 정책'이었다. 이 정책의 목적은 공평하고 공정한 협정을 통해 중국 시장을 서구의 마구잡이식 약탈로부터 구제하는 것이었다. 이 정책을 중국에 관철하기 전 미국과 영국이 사전 협의를 가졌다. 누가 먼저 이 정책 구상을 제안했는지는 오늘날까지 논쟁거리다. 많은 중국 역사학자들은 미국이 먼저 제안하고 협의를 주도했다고 평가한다.

사실 미국의 진짜 의도는 중국이 조약국에 대한 모든 책임을 회피할 수 없도록 함정을 파는 것이었다. 미국이 중화제국의 완정에 한몫 톡톡히 해냈다는 점에는 의심의 여지가 없다. 그러나 중국은 그 대가로 모든 국제적 책임을 준수해야 했다.

미국의 이런 움직임은 다음과 같이 설명할 수 있다. 미국은 다른 제국에 비해 후발주자였다. 따라서 이익을 확대하는 대신 이미 차지한 이익을 보호하는 데 주안점을 둘

수밖에 없었다. 그리고 중국을 사이에 둔 열강들 간의 경
쟁 속에서 자연히 미국에겐 중국 시장을 장악하는 것이 곧
세계를 제패하는 것이라는 의식이 싹트기 시작했다.

중국의 의화단 운동이 전개되던 시기, 미국은 중국 청
나라에게 '문호 개방'의 각서를 1899년과 1900년 두 차례 제
시한다. 첫 번째 각서엔 미국의 원칙이 이렇게 기술되었다.

첫째, 미국 공민의 이익은 자국이 장악한 중국의 세력 범
위 내에서 어떠한 강국 때문에 배타적인 대우를 받
아 손해 보지 않는 것이 간절한 소망이다.
둘째, 중국 시장이 세계 상업계에 개방을 유지하길 간절
히 바란다.
셋째, 북경에서 국가가 연합 또는 협조적 행동을 취하면
서 청 정부의 긴급한 행정 개혁이 적극 추진될 수
있도록 지지하길 희망한다.

1900년의 두 번째 각서는 각국에게 '중국 영토와 행정
의 실체를 유지할 것'에 대한 동의를 요구했다. 이는 조약
과 국제법이 보증하는 각 우호국의 모든 권리를 보장하는
한편, 전 세계와 중화제국이 동등하고 공평한 무역을 진행
하는 원칙을 보장하는 것이었다.

문호 개방 정책은 미국 정부가 자유시장 이론을 이용한 중요한 조치로 자유무역 체제를 구축하는 시금석이 되었다. 1903년 〈미중상약美中商約(정식 명칭은 미중 간 맺어진 '통상행선속정조약通商行船續訂條約'이다.)〉을 통해 비즈니스 간 보호하는 조항을 규정했고 중국에게 지적재산권을 보호해야 하는 이념을 이때부터 심어주기 시작했다.

문호 개방 정책을 견지한 미국은 실천 과정에서도 정책의 정신을 살리기 위해 노력했다. 일례로 미국은 〈신축辛丑 조약(1901)〉 체결로 얻은 배상금의 일부를 중국 유학생의 미국 유학을 지원하는 데 할애했다. 1909년부터 매년 약 100여 명의 중국 유학생을 미국에 파견했다. 5년째 되던 해부터는 매년 50명을 지원했다. 미국의 사업은 자금이 다 고갈될 때까지 계속되었다. 청 정부는 이에 대한 반응으로 북경에 미국에 갈 중국 유학생을 교육하기 위한 예비학교를 세웠는데 이 학교가 청화대학교의 전신인 청화학당이다.

미국은 중국 시장의 의미를 일찍이 깨우쳤다. 중국 시장의 장악이 곧 세계의 제패라는 인식을 19세기 중엽부터 가지게 됐다. 당시 미 국무장관(1865~1869)이었던 윌리엄

1872년 중국의 첫 미국 유학생, 커네티컷(Connecticut) 주 하트포드(Hartford) 시

수어드(William H. Seward)는 먼로주의 구현 후 아시아 시장의 장악을 모토로 중국 시장을 겨냥하는 정책을 본격적으로 펴기 시작했다.

이때부터 미국의 '해상 제국'의 꿈이 본격적으로 추진되기 시작했다. 미국은 해상 제국이야말로 진정한 제국의 길이고 아시아 장악이 미래의 전리품임을 확신했다. 아시아가 미래 세계의 주요 무대가 될 것이라는 인식이 미국속에 일찍이 싹텄다. 그리고 그 아시아의 중심에는 잠자는

용, 중국이 있었다.

미국은 아시아라는 세계 제1의 시장만 장악할 수 있다면 영국으로부터 세계경제의 주도권을 빼앗아올 수 있다는 확신을 가지고 있었다. 이 같은 의미에서 미국은 중국의 지정학적 전략 가치보다 시장으로서의 경제적 효용성과 가치를 더욱 중시했다.

중국을 경제적으로 장악하기 위해 미국은 하와이를 부속시켰고 1898년 스페인전쟁의 승리로 필리핀을 할양받았다. 이 모든 것이 중국을 염두에 둔 외교적 책략이었다. 미국에게 이들 도서는 세계의 패권을 장악할 수 있는 거점이었다.

중국 시장 장악을 위한 미국의 경제적 행보는 1869년부터 본격화되었다. 수어드 국무장관은 주중 미 공사관에 전보를 보내 중국 내의 무역, 철도 건설과 전신 등의 방면에서 사업을 적극 추진할 것을 명령했다. 그 결과 중국에서 부를 축적한 미국 상인과 기업인들은 귀국한 뒤 미국 산업을 진흥시키는데 혁혁한 공을 세웠다.

100년 후 미중 관계의 동인은 안보

중화인민공화국이 건국된 1949년 이후, 미국의 대중국 관계 개선을 추동한 것은 안보 이익이었다. 한국전쟁에서 중국과 전쟁을 치른 미국은 당연히 중국에게 적대 정책을 펼쳤다. 이런 정책 기조에 중국에 대한 경제 제재도 뒤따랐다. 미중 양국 관계는 냉전체제 속에서 단절의 세월을 보냈다.

그러나 미국의 의식 속에는 중국과의 관계 개선이 사라지질 않았다. 특히 1960년대에 들어오면서 미국 내에서는 중국 정책에 대한 재평가의 필요성이 대두되기 시작했다. 그 동기는 안보전략적인 것이었다. 베트남전쟁과 소련의 확장 정책이 주요 원인이었다. 미국은 1964년부터 베트남전쟁에 개입했다. 소련의 확장 정책은 1962년 쿠바 미사일 사건으로 가시화되었다.

미국은 소련을 견제하고 베트남전쟁에서 '명예로운 퇴진'을 일궈내기 위해 중국 변수를 생각하기 시작했다. 그러면서 중국 시장에 대한 향수도 다시 일어났다. 1965년 12월 딘 러스크(Dean Rusk) 미 국무장관은 기자회견에서 중국 수도를 처음으로 '베이핑(북평, Peiping)'이 아닌 '페킹(북경, Peking)'으로 지칭했다. 그리고 얼마 뒤 미 의사와 의대생의 중국 및 기타 사회주의 국가 방문 제재가 해제되었다. 이듬해인 1966년 3월에는 학자와 작가의 중국 방문도 허가되었다.

리차드 닉슨(Richard Nixon)은 1968년 대선을 앞둔 당시 공화당의 유력한 대선 후보였다. 그는 대선을 준비하면서 미 정부의 고위관료들과 중국과의 관계 개선 필요성을 일찍이 1965년부터 논의하기 시작했다. 1966년 미 상원 외교위원회에서 새로운 중국 정책의 필요성에 대한 청문회가 개최되었다. 닉슨의 경쟁자들도 모두 미중 사이의 교두보 구축 필요성과 대중국 무역 제재와 금수 조치의 일부 해제 등을 선전했다.

1964년 중국의 첫 핵 실험 성공도 미국의 대중국 관계 개선의 추동 요인 중 하나로 작용했다. 실험 성공으로 중국이 미국의 주요 적국으로 공식 규정되었지만 중국 핵의 평화적 해결을 위해서라도 중국과의 외교관계 개선은 필요했다. 미국이 중국 핵 실험 이듬해인 1965년부터 개선 방안을 모색하기 시작한 것도 공교롭게 핵 보유국임이 인정된 결과 때문이다. 중국 핵의 안전 보장을 위해 핵 실험 금지 조약 등 일련의 핵 관련 조약에 중국의 가입이 필요했다.

그러나 당시 중국이 문화대혁명으로 폐쇄정책을 고집하고 있었기 때문에 미국 내 많은 학자와 전문가들은 중국을 고립에서 탈피시킬 수 있는 유도 정책을 우선 마련해야 한다고 주장했다. 결국 유화적인 제스처와 시그널을 보냄으로써 미국의 진정한 의도를 알려야 했다.

1966년 3월 미 부통령 휴버트 험프리(Hubert Humphrey)는 TV 연설에서 미국의 대중국 정책이 억제정책 및 고립정책에서 탈피했으며 중국과 대화를 모색하는 것으로 전환되었다고 선언했다. 같은 시기 129차 미중 대사급 회담에서 미국 측은 처음으로 중국을 공식 국호로 불렀다. 이듬해 미 정부는 대중국 무역 정책을 재검토하는 한편, 루마니아를 통해 중국에 관계 개선 의지를 전하기 시작했다. 1969년 닉슨은 대통령 당선 후 대사급 회담을 이용해 특사를 통한 미중 양국의 관계 개선 의사를 전했다.

이 모든 행동의 저변에는 미국의 안보 이익이 있었다. 베트남전쟁의 조기 종결과 미국의 명예로운 퇴진을 위해 중국의 도움이 절박했다. 중국은 북베트남의 후방 지원세력이었다. 미국은 한국전쟁과 마찬가지로 중국이 북베트남에 영향력을 발휘해 평화회담에 적극 임해줄 수 있기를 희망했다. 또한 소련의 확대주의가 날로 심해지고 중국도 소련을 주적으로 정의한 마당에 미중이 함께 소련에 대응하는 것이 양국의 공통된 안보전략이익이라는 인식이 팽배해지기 시작했다.

닉슨 자신은 이미 중국을 대국이라고 인식했다. 때문에 이런 대국이 더 이상 고립되어서는 안 되고 오히려 국제사회의 평화와 안정을 위한 노력에 동참할 필요가 있다는 새로운 전략 구상을 강조하기에 이르렀다. 그는 중국이야말로 미국이 안보 협력을 꾀해야 할 대상이라고 누누이 강조했다. 그 이유는 전략적으로 아시아에서 소련을 견제하는 데 중국이 가장 유용한 파트너라고 생각했기 때문이다.

중국 역시 독자적으로 소련에 대응하기 버거운 상황에서 협력할 수 있는 파트너가 필요했다. 소련이 공동의 적으로 규정된 이상 미중 양국에게는 안보전략이익의 일치를 볼 수 있는 교집합이 생긴 것이다. 이견이 없었던 것은 아니다. 중국은 일본에서부터 유럽까지 대소련 방어선(일명 '일조선─條線')을 구축하는데 미국이 동참할 것을 요청했다. 미국은 이 전략의 가치에는 공감했으나 아시아에서의 방위 부담을 줄이려고 했기 때문에 거절했다.

미국이 중국과의 관계 개선에 있어 노렸던 또 하나의 안보이익은 미국 동맹체제에 대한 중국의 재평가였다. 중국은 시종일관 인도차이나반도의 월남, 한반도의 한국, 대만과 일본 열도에 주둔하는 미군의 철수를 요구했다. 동맹체제의 해산도 요구했다. 때문에 미국은 이런 중국의 요구에 외교적 대응이 필요했다. 즉, 중국의 인식을 바꿔야만 했다.

미중 관계 개선을 앞두고 미국이 선택한 카드는 중국이 집착하는 '일본 위협론'이었다. 일본 위협론은 오늘날의 중국 위협론과 같은 논리다. 경제적으로 부상한 나라가 군사적 부상을 도모하는 것은 필연이기 때문에 결국 위협으로 부상할 수밖에 없다는 것이다. 중국은 일본이 군국주의를 부활시키고 정상국가로 회귀할 수 있다는 우려에 사로잡혀 있었다. 그리고 과거로 귀환한 일본이 군사력을 한반도로 확장시키지 않을까 하는 상상에 불안해하고 있었다.

미국은 이런 중국에게 신의 한 수를 사용한다. 닉슨 독트린의 주장에 걸맞게 아시아의 사무를 아시아인에게 넘겨주고 싶다는 솔직한 심정을 고백했다. 그리고 그렇기 때문에 인도차이나반도의 월남, 대만, 한반도의 한국과 일본에서 모두 철수할 의사가 있음을 전했다. 그런데 그 순간 미국은 자신이 남기고 간 권력 공백을 누가 채울 것인가를 반문했다. 중국도 예상한 질문이었다. 그런데 중국이 특히 허를 찔린 지역은 대만이었다. 대만이 자신의 영토라고 착각(?)한 중국에게 일본의 대만 진군은 상상도 못한 결말이었다.

그러면서 전세는 역전된다. 중국은 미일동맹과 한미동맹의 긍정적 역할과 기능을 인정하기 시작했다. 주둔하는 미군의 역할 역시 긍정적으로 평가했다. 단, 미국과 대만 당국 간의 방위조약 폐기와 대만에 주둔한 미군 철수 입장은 견지했다. 중국의 변화는 미국이 동맹관계를 이용해 일본을 통제할 수 있다는 확신에서 비롯됐다. 이때를 기점으로 중국은 오늘날까지 동아시아에서의 미국 동맹체제를 긍정적으로 바라보게 됐다. 그러나 미국 동맹체제의 폐기와 미군 철수는 장기적인 목표로 아직 견지되고 있다.

그래도 경제 이익

주지했듯이 미중이 18세기에 처음 교역을 시작하고 약 100년이 흐른 후, 미중 관계 정상화의 주된 동인은 안보로 바뀌었다. 중국 시장의 잠재력이나 중국에서의 경제 이익을 경시한 것은 아니다. 냉전 때문에 미국은 미중 관계 정상화에서 공개적으로 경제 이익을 강조할 수 없었다.

냉전이라는 독특한 시대는 인위적인 경제 제재 및 금수 조치를 설정했다. 그러나 중국은 개혁개방을 선택함으로써 냉전체제에도 불구하고 이 모든 제재의 빗장을 거둘 수 있었다. 중국의 개혁개방 이후 미국의 대중국 정책의 본색이 드러났다. 안보 이익보다는 경제 이익이 정책의 중심이 되었다.

소련의 위협이 상대적으로 감소되면서 미중 양국 간에는 공동의 적이 사라지게 되었다. 소련 역시 80년대 중반부터 개혁개방 정책을 채택하면서 국제사회에 동참하려는 입장으로 바뀌었다. 이의 일환으로 소련은 80년대 초부터 중국과의 관계 개선 의사를 계속 타진했다. 미국과의 관계 개선도 80년대 중반부터 개진되었다. 제2의 데탕트가 몰려오고 있었다.

중국의 시장이 개방되면서 그 파급 효과는 순수한 경제 이익에서 군사 협력을 통한 경제 이익으로 확대되었다. 교역이 정상화되면서 군수산업의 중국 시장도 탄력을 받게 된다. 개혁개방 초기 중국 시장은 구매력이 약했다. 미국 제품이 제대로 팔릴 수 없는 실정이었다. 그러나 군수 시장은 다른 이야기였다.

중국의 현대화 사업 중 하나가 국방 현대화였다. 국방 현대화는 단순히 무기 체계의 개선이나 향상을 의미하는 것이 아니었다. 선진 기술의 도입을 의미했다. 선진 기술이 고부가가치 제품이었기 때문에 미국은 중국 군수시장 진출을 적극 추진했다. 이것이 중국 개혁개방 초기 미국의 중국 시장 진출 전략이었다.

미국의 전략은 수교 이듬해인 1980년 미 국방장관의 북경 방문을 통해 알려졌다. 군사 교류가 표면적인 목적이었으나 그 이면에는 중국 군수시장 진출이 있었다. 1981년 미국은 이를 위해 제도 개선에 나섰다. 중국을 '우호적인 비동맹 국가'로 분류해 미국의 더 많은 군사기술을 전수받을 수 있도록 자격을 부여했다. 당시 그 어느 사회주의 국가도 부여받지 못한 지위였다. 이 지위의 의미는 중국이 미국의 치명적인 무기를 구매할 수 있게 되었다는 것이다. 중국은 즉각 호크 미사일, 마크48 잠수함 어뢰와 병력 호송 장갑차를 요청했다.

기술 이전은 1983년 5월 로널드 레이건(Ronald Reagan) 대통령이 최첨단 기술의 대중국 수출금지 해제 메시지를 당시 미 상무부장관 말콤 볼드리지(Malcom Baldridge)를 통해 북경에 전하면서 시작되었다. 레이건 행정부는 중국에게 미국의 비동맹국이나 우호적인 국가에 해당되는 수준의 최첨단 기술 이전을 허락하기로 결정했다.

이는 곧 '군민양용軍民兩用', 즉 민수용과 군수용으로 호환 가능한 기술의 중국 이전을 허락한 것이다. 중국은 소련과 동구에게 판매 금지된 기술을 미국으로부터 직접 구매할 수 있게 되었다. 이 금수 조치의 해제로 미 군수산업은 중국과 대규모 판매 사업 계약을 맺기 시작했다. 1982년 미국의 한 군수기업은 중국과 5억 달러 수출 계약을 맺었다. 1985년에 이 수출 규모의 달러 가치는 50억 달러로 뛰었다.

1984년 6월 미국은 또 하나의 군사 해금 조치를 단행한

다. 레이건 대통령은 중국을 미국의 해외 무기 판매 프로
그램(America's Foreign Military Sales Program)에 회원국으로
가입시켰다. 이로써 중국은 미국 정부로부터 미국 무기를
직접 구매할 수 있게 되었고, 무기 구매를 위한 자금 지원
도 받을 수 있게 되었다.

이후 5년 동안 중국은 미국의 무기 체계를 대규모로 구
입한다. 중국은 대포 포탄과 발사체 생산 제조 공장의 현
대화를 위해 2,200만 달러를 지불했다. 800만 달러로 미국
어뢰를 구입하고, 6,200만 달러로 포병위치탐지레이더를
구매하고, 5억 달러로 자국의 전투기 현대화를 시작했다.

중국은 또한 소련의 미그-21기를 카피한 F-8 전투기
55대의 레이더와 내비게이션 장치 등과 같은 항행 장비를
위해 5억 5,000만 달러의 계약을 미국과 체결했다. 1989년
천안문사태 이전까지 미중 군사 교류에서 미국의 무기 판
매가 차지하는 비중은 무려 60~70%에 달했다. 1988년 미
국의 중국 기술 이전 비용은 17억 달러를 기록했다. 이는
당시 미국의 대중국 수출에서 3분의 1을 차지하는 비중이었
다. 당시 중국 군수시장은 미국에게 그야말로 노다지였다.

그래도 경제다

미중 경제 관계는 수교 전부터 급성장하는 면모를 보였다. 1971년 490만 달러에 불과하던 미중 양국의 무역 총액이 이듬해에는 9,250만 달러로 급증한다. 급격한 변화는 양국의 무역 구조에서도 나타났다. 1971년 첫 교역 당시 미국은 중국에 수출하는 것이 거의 없었다. 때문에 초기 양국의 무역 구조는 미국의 적자 즉, 미국의 일방적인 수입으로 나타났다. 그러나 1972년에 양국의 무역 구조는 미국의 흑자를 보였다. 중국의 대미 수출은 3,230만 달러를 기록했고, 미국의 대중 수출도 6,020만 달러를 기록했다.

수교 후 미중 양국의 교역 총액은 1978년의 11억 달러에서 1979년에 23억 달러를 기록하더니 1980년에는 49억 달러로 증가했다. 이는 1980년에 25억 달러를 돌파할 것이라는 예상을 깬 성장이었다. 1988년에는 135억 달러로 증가하면서 중국은 미국의 4대 교역국, 미국은 중국의 3대 교역국이 되었다.

미국의 주요 수출 상품은 곡물, 비료와 화학제품이었다. 그리고 주요 수입 제품은 농산품, 원유와 방직물이었다. 교역 초기 미국의 대중국 투자는 투자 환경의 이유로 매우 저조했다. 그러나 1983년 1,800만 달러를 시작으로 1986년 10억 달러에 거의 육박하면서 그 역시 가파른 성장세를 보이기 시작했다. 1988년에는 15억 달러를 기록해 5년 만에 거의 10배로 성장했다.

이후 미국의 흑자 구조는 적자로 돌아서게 된다. 미국의 대중국 무역이 적자를 보게 된 가장 큰 이유 중 하나는 1979년 수교 이후 중국에게 부여된 최혜국대우(Most-favored-nation treatment, 이하 'MFN') 지위에 있었다. 당시만 해도 미국은 이것이 미중 무역을 활성화시키고, 특히 미국이 대중 무역에서 이득을 취하는 데 지대한 도움이 될 거라 믿었다.

중국에게 부여된 MFN은 두 나라의 교역량이 기하급수적으로 증가하는 결과를 가져왔다. 그러나 이것이 양국 모두에게 해피엔딩을 선사하진 않았다. 1982년 미국 무역 흑자(6억 2,800만 달러)가 전년(17억 3,700만 달러) 대비 50% 이상 감소되면서 미국이 긴장하기 시작했다. 그리고 이듬해인 1983년 미국의 길고 긴 적자 역사가 시작되었다. 미국은 이후 대중국 무역에서 흑자를 두 번 다시 보지 못했다.

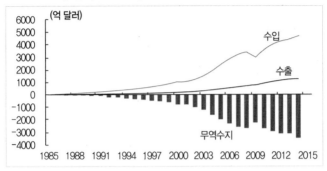

[그림 2] 미국의 대중국 무역 적자 추이(1985~2015)

수입

수출

무역수지

(억 달러)

6000
5000
4000
3000
2000
1000
0
-1000
-2000
-3000
-4000

1985 1988 1991 1994 1997 2000 2003 2006 2009 2012 2015

흑자를 봤던 나라가 적자를 보게 되면 통상마찰이 뒤따르는 법이다. 중국은 개혁개방을 하면서 국제금융기구로부터 차관 도입이 가능해졌다. 그 차관으로 제조업과 농업 등 1차산업에 필요한 기기설비와 장비를 구매할 수 있었고 그 결과 생산력이 증가했다. 중국의 미국 시장 공략이 한 층 더 거세질 수밖에 없었다. 미국의 제조 시장이 이미 '아시아의 네 마리 용(홍콩, 싱가포르, 한국, 대만)'의 거친 공세를 받고 있었는데 여기에 중국이 합류한 것이다.

미국과 중국의 통상마찰은 미국의 이의 제기로 시작되었다. 미국의 대응 전략은 진부한 수입통제(일명 '수입 쿼터')였다. 중국 제조업이 성장하면서 미국 시장에 대한 공략도 거세졌다. 이에 미국은 수입 증가율을 조절하는 합의서를 이용해 중국을 통제하려 했다. 그러나 중국은 미국의 제안을 거절했을 뿐만 아니라 미국이 합의서를 다시 제시하지 않자 감히 미국에 보복을 단행하기에 이르렀다. 아무도 예상할 수 없었던 중국의 반응이었다.

미국은 중국의 주요 수출상품이었던 방직물에 제재를 가했다. 방직물과 관련 미중 양국은 매년 수출입 합의서를 맺었는데, 이는 중국의 주력 수출상품을 적절히 통제할 수 있는 수단이었다. 그 결과 중국의 대미국 방직물 수출은 연 3~4%의 증가율을 유지했다. 그러나 미국에게 무역 적자가 발생하면서 이에 제동을 걸기 시작했다. 미국은 이제 1.5~2%대의 증가율을 요구하고 나섰다. 중국은 6%로 맞추자고 대응했다.

협상이 실패하자 미국은 1983년 1월 방직물 합의서를 종결시키고 일방적인 제약을 결정했다. 이에 중국은 미국산 면화, 콩, 화학직물의 수입 금지와 미국산 곡물의 수입 감축으로 대응했다. 중국의 결정은 미중 양국 간의 곡물 합의서를 위배한 처사였다. 이후 두 나라는 1984년 임시 합의서를 전환점으로 방직물 교역을 재개했다.

미국의 중국 시장 고평가는 계속해서 이뤄졌다. 특히 대통령을 위시한 미 행정부는 미 의회와 척을 지면서까지 중국 시장에서 미국의 국가 경제 이익을 수호하는 데 발 벗고 나섰다. 가장 유명한 사례는 천안문사태 이후 중국의 MFN 지위 부여 문제에서 나타났다. 국가차원에서 중국에 서의 경제 이익을 수호하려는 노력은 조지 부시(George H. Bush) 대통령 때부터 빌 클린턴(William Clinton) 대통령 시기 까지 계속 진행되었다.

이들 대통령은 중국 시장을 장악하려는 미국인의 염원 에 부응했다. 역설적인 대목이다. 미 의회가 미국인을 대 표하기 때문이다. 그러나 중국과의 경제 문제에 있어서만 큼은 미 국민과 미 의회가 계속 엇박자를 보였다.

두 행정부는 천안문사태 이후 중국의 MFN 지위 갱신 문제를 인권 문제와 결부하려 했던 미 의회의 시도에 모두 반대했다. 미 의회의 시도를 때론 미 행정부와 대통령이, 미 행정부나 대통령의 시도를 때론 미 의회가 반대했다. 미 국민들도 미 의회의 결정에 반대했고 미 행정부를 설득 하기 위한 노력을 멈추지 않았다. 그리고 미 행정부의 결 정을 적극 지지하고 나섰다.

부시 대통령은 미 의회도 모르게 비밀 특사를 중국에 보내 중국과의 관계 회복을 모색했다. 그 이유는 역시 경제 때문이었다. 천안문사태에 대한 제재로 미국 경제에 이익을 가져다주는 큰 규모의 사업들이 모두 중단되어 버린 상황이었다. 그는 경제 제재의 조기 해제가 미국 사회와 미 국민이 반대하는 일이란 걸 잘 알고 있었다. 미국은 천안문사태 때 중국 정부가 보여준 무자비한 인권 탄압을 아직 기억하고 있었다. 결국 부시 대통령은 민군양용 분야의 것부터 조기 해제하기로 마음먹는다.

그의 결심은 독단적으로 행동에 옮겨졌다. 7월에 그는 첫 제재 조치를 해제한다. 그것은 미국 군사장비의 대중국 판매 허가였다. 그가 제재 해제를 서두른 이유는 보잉사 여객기 4대를 중국에 파는 사업 때문이었다. 미 항공사는 민수와 군수 사업에 종사하는 두 개의 정체성을 가진 기업이다. 비행기에 들어가는 엔진과 첨단 부품은 대부분 군수로 분류되기 때문에 평시에도 비행기는 군수통제의 대상 품목이 된다. 그래서 보잉사도 (비록 여객기도 제조하지만) 제재의 대상이 될 수밖에 없었다. 부시는 이를 해제하는 것이 미국의 경제뿐 아니라 미중의 우호관계에도 중요하다는 생각에 사로잡혀 있었다.

미 의회의 계속된 대중국 경제 제재에 대해 미 국민들은 예상 밖으로 반기를 들었다. 미 기업인들은 미 의회에서 추구하는 제재안이 미국의 경제 이익에 가져다 줄 손해가 자명하다는 이유로 비협조적이었다. 미 의회는 제재안과 관련해 미 기업인들과의 청문회를 준비했다. 그러나 시작부터 포춘 500대 기업(Fortune 500)은 증인 출석에 응하지 않았다. 미국의 제조업에서부터 농업까지 모두 중국의 MFN 지위 박탈에 찬성하지 않았다.

미국 기업은 미 의회와 초지일관 상반된 입장을 유지했다. 중국을 포함한 아시아가 세계 3대 경제체로 부상하고 있는 상황에서 아시아에서 제일 큰 시장을 제재하려는 것은 설득력이 없었다. 미국 기업인들은 클린턴 대통령에게 미 의회의 제재안을 수용하지 말 것을 압박했다. 일례로, 1993년 5월 미국의 298개 대기업과 37개 무역 단체들이 공동 명의로 클린턴에게 MFN의 무조건 연장을 촉구하는 서신을 보냈다.

미 기업인들의 압박은 국내외를 가리지 않았다. 1994년 3월 31일 300개의 미국 기업 대표들은 북경 미 상공회의소에서 개최된 당시 국무장관이었던 워렌 크리스토퍼(Warren Christopher)와의 조찬 자리에서 무역과 인권을 결부하는 것은 퇴보를 의미한다고 비판했다. 미 기업의 압박은 눈덩이처럼 불어나기만 했다. 1994년 3~5월 사이엔 약 800개의 미국 기업과 무역상사가 클린턴에게 전화와 서한을 보내 무역과 인권 문제를 분리할 것을 종용했다.

82개의 미국 기업은 자체 조사 보고서를 통해 미국 기업의 중국 활동이 중국의 인권 개선에 유리하게 작용한다는 결론을 제시했다. 중국 MFN 문제 해결의 압박은 기업계에서 전직 관료들로도 확장되었다. 일례로, 1997년에는 3명의 전 대통령(포드, 카터, 부시), 6명의 전 국무장관(키신저, 밴스, 헤이그, 슐츠, 이글버거, 베이커 등)과 10명의 전 국방장관이 클린턴에게 중국의 MFN을 무조건 지원해야 한다는 서한을 보냈다. 그렇지 않을 경우 홍콩에 소재한 1,100개의 미국 기업도 큰 타격을 면치 못할 것이라는 게 핵심이었다.

대중국 제재를 해제하려는 미 행정부의 노력은 금융 분야로도 확산되었다. 이유는 간단했다. 중국의 결제 능력이 국제자금의 순환구조에 전적으로 의존했기 때문이다. 그래서 대중국 금융 제재는 이런 국제자금의 선순환구조

를 악순환의 구조로 전환시키는 결과를 초래했다. 해제의
필요성은 중국의 개혁개방 초기 경제적 상황과도 근본적
으로 깊은 관련이 있었다는 의미다.

자금이 부족한 중국이 미국 기업에 결제하기 위해서는
차관이 부득이했다. 때문에 국제기관과 선진국의 대중국
차관 금지를 해제해야 외국 기업 제품에 대한 중국의 구매
력과 지불능력이 저하되는 것을 방지할 수 있었다. 즉, 자
금의 순환이 이뤄져야만 미 기업이 중국에서 돈을 벌 수
있었다. 그래서 부시 대통령은 천안문사태 제재가 시작된
지 채 반년도 안 된 12월에 미수출입은행의 대중국 제재를
해제하고야 만다.

1990년 여름 부시는 다른 선진국과 다국적 기업들에게
대중국 제재의 완화를 종용하기 시작했다. 7월 미국 휴스
턴에서 개최된 G-7 정상회의에서 그는 세계은행의 대중국
차관 재개를 이들과 합의에 성공한다. 그 결과 중국은 이
듬해부터 세계은행으로부터 차관을 다시 제공받게 되었
다. 결과적으로 중국은 천안문사태 이전의 신용 수준을 회
복하는데 3년도 걸리지 않은 셈이 되었다.

미 대통령들의 노력은 여기서 끝나지 않았다. 미 의회

가 제재안을 통과시키면 이를 거부하고 행정명령으로 맞대응했다. 미 의회와의 전쟁은 1994년 MFN과 인권 문제를 분리하기로 결정하면서 종결되었다.

미국이 중국에서의 경제 이익 확보에만 혈안이 된 이기적인 국가는 아니다. 미국이 중국에게 개혁개방을 장려하고 경제 교류와 무역의 활성화를 촉구하는 데는 정치적인 이유도 있었다. 미국 외교의 최대 지상 목표는 세계의 민주화다. 미국의 가치, 즉 자유(freedom), 인권(liberty), 민주주의(democracy)와 시장경제(market economy)를 전파해 세계를 민주주의 사회로 만드는 것이다. 이에 중국도 예외는 아니다.

미국은 개혁개방을 중국에서 자신의 지상 최대 목표를 실현시키려는 매개로 적극 활용한다. 이를 위해 중국을 국제사회에 융화시키고 민주주의 사회와 동화하게끔 하려고 적극 등을 떠밀고 있다. 미국의 중국 내 경제 이익을 극대화하기 위해 중국의 변화를 적극 도모하고 있다. 중국에게 경제무역 제도 개혁의 노력 강화를 요구하는 동시에 이의 실천을 수반하는데 필수불가결한 정치 개혁에 대한 요구도 강화한다.

결국 미국의 대중국 꿈은 하나다. 중국을 민주주의 국

가로 탈바꿈시켜 미국의 제도권에 편입하게 하는 것이다. 그래서 미국은 중국을 이 방향으로 유인하기 위한 정치적 공세를 만만치 않게 전개하고 있다. 2005년 미국이 중국에게 '책임 있는 국가'가 될 것을 요구한 사건이 이의 비근한 예라 할 수 있다. 중국은 미국의 이런 모든 노력을 '화평연변(和平演變, 비정치적 수단으로 정치적 목표를 달성하려는 책략, 평화로운 체제 변화 유도를 의미)'의 모략으로 비판한다.

미중 관계에서 미국만 경제 이익을 중시하는 게 아니다. 중국도 미중 관계에서 자국의 경제적 이익을 지극히 중시한다. 중국의 대미 정책 핵심 목표 역시 경제다. 중국이 가장 많은 해외직접투자(FDI)를 받는 국가도 미국이고 중국에게 가장 큰 해외시장도 미국이다. 그리고 가장 큰 무역 흑자 대상국이다.

이런 상황에서 미국이 만성 적자를 겪으면서도 중국에 보복제재를 단행하지 못하는 이유는 하나다. 이로 인해 발생할 역폭풍에 대한 두려움 때문이다. 미중 양국의 경제적 상호의존 관계는 이제 더 이상 사전적 의미의 것이 아니다. 단순한 교역 관계를 넘어서 산업구조상의 보완적 관계의 의미도 초월했다. 이들의 상호의존 관계는 세계경제 및 금융체제의 근본을 망가뜨릴 수 있는 관계를 의미한다.

앞서 지적했듯이, 세계경제의 기본인 국제자금 및 금융시장은 순환구조를 가지고 있다. 때문에 자금이 유통되지 않거나 순환에 어려움이 발생하면 기업은 물론 국가에게도 치명적인 영향이 미친다. 미국이 감히 대중국 제재를 선택할 수 없는 이유, 그리고 미국 역대 행정부가 중국을 환율조작국으로 규정하지 못했던 이유가 모두 여기에 있다.

이제는 미중 양국이 안정적인 발전을 희망할 수밖에 없다. 미중 경제관계의 관점에서 보면 미국이 경제적으로 안정되어야 중국에도 매우 이롭다는 논리가 형성될 수밖에 없는 구조다. 이는 다시 말해 오늘날 미중 관계의 경제적 불균형 구조를 중국도 달가워하지 않는다는 의미다. 특히 장기적으로 중국은 미중 경제관계의 구조가 균형을 찾기를 희망한다. 이는 곧 미중 양국이 앞으로 협력을 강화할 수밖에 없는 현실적 이유를 의미한다.

미중 경제관계의 구조가 장기적인 불균형을 유지하고 미국의 경제와 시장이 더 퇴보하면 중국 경제에도 심대한 타격이 올 것이 자명하다. 미국 시장의 구매력 저하는 중국에게도 불리하다. 장기적으로 미중 관계가 균형을 회복해야 중국에도 이득이라는 말이다. 결국 균형을 찾기 위한 미중 양국의 노력이 지속될 것이다. 미중 양국이 협력을 강조할 수밖에 없는 이유를 짐작할 수 있는 대목이다. 이는 미국이 중국 시장을 선점해 세계를 제패하려는 본래의 염원을 달성하기 위한 유일한 방법이다.

03

중국에게 미국은 누구인가?

중국몽中國夢, 중국의 꿈이 화두가 된 것은 시진핑習近平 주석이 2012년 집권하고 난 후의 일이다. 그는 지난 18차 중국공산당 전국대표대회(이하 '18차 당대회')에서 '중국의 꿈'을 처음 소개했다. 중국의 꿈에 대한 명확한 개념 정의는 되어 있지 않다. 아직도 논의 중이다. 지금까지 알려진 바로는 중국이 사회주의 국가로서 '강한 대국'이 되는 것이 그 꿈의 구체적인 형체다. 그리고 그 실체는 아직 모호하지만 중화민족의 부흥을 일궈내고 중화민족의 질서를 재현하는 것이다.

오늘날의 용어로 중국의 (강대국) 꿈의 의미는 종합국

'중국몽' 홍보 포스터

력에서뿐 아니라 삶의 질까지도 대국 수준의 반열에 오르는 것이다. 그래야만 중국이 꿈꾸는 질서를 최소한 동아시아지역에서 확립할 수 있을 것이다.

중국은 일찍이 그 꿈을 품어왔다. 중국공산당이 창당되어 혁명을 부르짖던 시기, 그들의 꿈은 혁명으로 제국주의의 통치와 반식민지 국가에서 벗어나 공산주의 국가로 다시 태어나는 것이었다. 중화인민공화국이 건국된 후에는 정치 대국, 경제 대국, 외교 대국, 군사 대국으로 거듭나길 원했다. 그 중 경제 대국으로서의 꿈이 일련의 정책 실패

19차 중국공산당 전국대표대회 회의 전경(2017년 10월)

로 도태되자 개혁개방을 통해 다시금 재기되었다. 1978년 개혁개방 정책이 채택된 이래 지난 40년 동안 중국 경제가 걸어온 눈부신 성장은 지금의 중국을 세계 제2대 경제 대국의 반열에 올려놓았다.

지난 제19차 중국공산당 전국대표대회(이하 '19차 당대회')는 중국의 남은 과제를 대대적으로 밝히는 자리였다. 중국은 이제 21세기의 남은 일정을 세계에서 '부강하고 민주주의적인 문명과 조화롭고 수려한 사회주의 현대화 강국富强民主文明和諧美麗的社會主義現代化强國(줄여서 '사회주의 현대화 강국)'으로 마무리하길 원한다. 종합국력을 비롯한 생태환경, 문화와 문명의 영역, 그리고 제도와 사상에 이르기까지 그들은 원대한 이상만큼이나 장대한 범주로 세계에 자신들의 당찬 포부를 서슴없이 드러냈다.

시진핑 주석은 중국이 건국 이래 '세 번의 일어남'을 거쳐 오면서 강대국으로 도약할 수 있는 발판이 마련되었다고 설명했다. 첫 번째 부상은 중국 인민들이 '일어서다站起來'로 구현되었고 두 번째 부상은 '부유해짐福起來'으로 그 발판이 만들어졌다. 이제는 '강해짐强起來'을 통해 삶의 질 면에서도 강대국이 되는 동시에 사회주의 실현을 반드시 일궈내겠다는 결의를 만천하에 알렸다.

세계가 인정하는 강대국으로 향해 가는 중국에게 미국은 어떠한 의미를 가질까. 이 꿈을 이루는데 미국이 어떠한 역할과 공헌을 할 수 있을까. 미국이 이 꿈의 실현에서 장애 요인은 아닐까. 오늘날 국제정치학은 중국과 같이 부상하는 신흥 세력이 미국과 같은 기존 패권국이 구축한 질서나 제도에 대해 불만을 갖기 쉽다고 한다. 그래서 신흥 세력이 기존 패권국에 도전할 수밖에 없다는 결론을 내린다. 과연 중국도 그런 전철을 밟을 것인가.

이에 대한 해답을 단언할 수는 없다. 그러나 역사적으로 한 가지 분명한 것은 중국의 꿈을 이루는데 미국은 걸림돌이 된다는 것이다. 건국 이래 중국은 주변지역에서의 외세 척결을 목표로 삼아 왔다. 중화민족의 부흥과 중화 중심의 질서를 구현하는데 반드시 극복해야 하는 장애요소이기 때문이다.

미국이라는 장애요소를 해결하는데 중국은 당분간 '도광양회(韜光養晦, 자신을 드러내지 않고 때를 기다리며 실력을 기른다)'의 자세를 유지하면서 '유소작위(有所作爲, 해야 할 일은 적극적으로 나서서 이뤄낸다)' 하는 식으로 외교에 임할 것이다. 중국의 원대한 꿈은 단기간 내에 성취하기가 어렵기 때문이다. 중국에게는 시간이 필요하다. 도광양회 유소작위는 시간이 필요한 중국이 취할 수 있는 유일한 책략이다. 대신 이 과정에서 중국의 꿈을 이루기 위해 해결할 수 있는 문제는 해결하기 위해 적극 노력할 것이다. 그것이 주변지역에 산적한 미국의 일부 척결을 의미해도 만족할 것이다.

중국 꿈의 변천사

중국 외교의 지상 최대 목표는 1949년 중화인민공화국 건국을 기준으로 지난 100년(1840, 아편전쟁~1949, 건국) 동안 겪은 수모와 굴욕을 극복하고 중화민족의 옛 명예와 명성을 회복하는 것이다. 외교 영역에서는 중국이 대국으로 인정받고 인식되는 것이다. 즉, 국제사회에서 대국으로서 자리매김(positioning)을 제대로 하는 것이다. 오늘날 이 지고지순한 목표가 시진핑 총서기에 의해 '중국의 꿈'으로 표현되고 있다.

중국 외교의 꿈은 마오쩌둥毛澤東 때부터 추구됐다. 그는 중국의 '대국大國화'에 상당히 집착했다. 중국이 대국으로 인정받고 인식되어야한다는 강박관념을 가졌다. 그래서 건국 이후 중국 외교의 핵심 내용은 대국으로서 자리매김하기 위한 투쟁의 연속이다. 결과적으로 이 일련의 투쟁 목표와 과정을 꿰면 중국의 꿈이 된다.

건국 직후에는 '세계의 혁명 중심 국가'가 되기 위해, 냉전의 절정기에는 '제3세계 국가의 중심'이 되기 위해, 그리고 냉전 후에는 어떠한 '대국'이 되어야 하는지에 대해 고민을 거듭해왔다. 궁극적으로 중국은 과거 '세계의 중심'의 영광을 회복함으로써 아편전쟁 이후 겪은 수모와 고통을 완전히 극복해 세계적인 대국으로서 자리매김하길 원한다.

중국은 일찍부터 국제사회로부터 '대국'으로 인정받고

싶어 했다. 실제 대국으로 인식은 되었다. 당시 대국의 정의 기준이 간단했기 때문이다. 영토, 인구, 자원과 철강 생산량의 규모가 대국의 여부를 결정했다. 그래서 미국을 위시한 서구 열강이나 소련도 중국을 대국으로 인정했었다. 아시아의 대국을 넘어 세계적인 대국으로 중국은 이미 당시부터 인정받고 있었다.

그러나 중국은 그냥 대국을 원하지 않았다. 대국 앞에 수식어를 원했다. 정치 대국, 군사 대국, 경제 대국 등 모든 분야에서 대국으로 자리매김하고 싶었다. 그러나 대다수의 영역에서 능력이 부족했기에 이를 순차적으로 달성해 나갈 수밖에 없었다.

대국화의 영역별 순서를 결정하는 데는 두 가지 요인이 크게 작용했다. 시대적 상황과 대내적 여건이었다. 시대적 상황에 따라 중국이 선택한 대국화의 영역은 당시 중국이 처한 국내적 상황과 밀접한 관계가 있었다. 이에 근거한 중국의 판단 결과는 1961년에 드러난다. 중국은 우선 군사와 정치 분야에 집중하기로 했다.

중국이 첫 번째 대국화로 선택한 영역은 군사 분야였다. 냉전의 시작과 함께 세계가 미국의 민주주의 진영과 소련의 공산주의 진영으로 나뉘면서 이른바 '양대 진영'이 형성되었다. 양대 진영의 극심한 정치적, 사상적 대립으로 모두가 3차 세계대전의 발발 가능성을 우려했다. 이 와중에 발발한 첫 전쟁이 한국전쟁이었다.

한국전쟁 이후에도 중국과 미국 간에 무력 대결은 종식되지 않았다. 한국전쟁부터 두 차례의 대만해협 위기사태까지, 매 4년마다 중국은 미국으로부터 핵 공격의 위협을 받았다. 잦은 위협 속에 중국은 자연스레 군사 대국으로 자리매김해야겠다는 생각을 하게 된다. 즉, 핵 보유국이 되기로 결정한 것이다.

50년대 중반부터 중국은 핵 개발 지원을 받기 위해 소련과 투쟁했다. 약 10년이 지난 1964년 1월 마오쩌둥은 프랑스 의원단들에게 '중국도 (핵)폭탄을 가져야 한다. 왜냐면 힘을 의미하기 때문이다. 이는 진리다'라고 하면서 군사 대국의 꿈을 공표했다. 결국 1964년 9월 첫 핵 실험에 성공한다. 핵 보유국 즉, 군사 대국으로 자리매김하는 데 성공한 것이다.

두 번째 대국화 영역은 정치 분야였다. 중국이 본격적으로 정치 대국화를 모색한 것은 스탈린 사후, 그리고 소련의 핵 개발 지원 약속을 얻은 후부터였다. 마오쩌둥은 자신의 군사적 야욕을 소련공산당 총서기 니키타 흐루쇼프(Nikita Khrushchyov)의 국내외 정치적 야욕(내부적으로 당권력, 대외적으로 공산진영의 수장)과 부득불 잠시 타협하는 것으로 소련의 지원 약속을 확보해냈다.

이후 1960년대 초부터 마오는 정치 대국화, 즉 공산진영의 수장이 되어 중국을 공산주의 혁명의 선도자로 이끌고자 했다. 존 스튜어트(John Stewart) 전 주중 미 대사에 따르면 마오는 '아시아의 레닌'이 되고 싶어 했다고 한다. 그의 정치 대국화의 논리는 흐루쇼프가 마오 자신보다 어리고 공산혁명의 경력도 자기보다 모자란다는 사실에 근거했다. 중국의 정치 대국화의 욕망은 결국 중소 균열의 이데올로기 요인으로 작용했다. 비록 공산진영에서 소련의 영도적 지위를 완전히 대체하진 못했지만 최소한 대등한 위치로 인정받는 데는 성공했다.

세 번째 대국화 욕망은 국제적인 대국으로 부상하는 것이다. 즉, 제3세계 진영에서 중국의 자리매김을 확실히 하는 것이었다. 중국이 주장하듯 제3세계의 리더가 되겠다는 것은 아니었지만 대신 제3세계의 권익과 이익을 대변하는 세력이 되겠다는 의미였다. 제3세계 외교에서 평등하고 동등한 관계의 원칙을 견지했던 중국이 그들의 리더가 되겠다는 것은 어불성설이었다.

중국이 국제적인 대국으로 인정받는 데 제3세계가 관건이라고 판단한 근거는 이들이 UN을 비롯해 국제사회에서 차지하는 비중이 3분의 2에 달했기 때문이다. 이는 중국이 주장하는 국제관계의 민주주의 원칙에서 다수의 지지 확보가 중요하다는 전략적 사고에서 출발한 것이다. 그리고 그 효과를 중국은 UN 의석 회복 과정에서 확인했다.

중국의 국제 대국으로서의 야망은 70년대 이후부터 본격적인 행보를 걸었다. 그 결과 중국은 '비동맹 운동(Non-alignment movement)'과 '77집단(77 Group)' 등에서 주도적인 역할을 한때 수행했다. 오늘날까지도 중국은 자신을 제3세계의 대국으로 정의하면서 이들의 권익과 권리를 대변하는 역할을 하고 있다.

마지막으로 중국이 꿈꾸는 대국의 형상은 경제 대국이다. 이는 개혁개방 정책 채택 이후부터 여전히 진행 중인 꿈이다. 중국은 경제 대국으로 자리매김하기를 오래 전부터 갈망했다. 군사 대국이나 정치 대국 이전에 중국은

천안문광장에서 펼쳐진 '대약진운동' 선전 활동

경제 대국이 되고 싶어 했다.

이는 중국이 소련 '일변도—邊倒' 정책을 채택한 이유 중의 하나였다. 큰 포부를 안고 1차 5개년 경제발전계획을 발족시켰다. 예상 밖의 경제적 성과와 중소 분열의 시작은 중국을 독립적 발전이 가능하다고 현혹시켰다. 그리고 현혹된 결과는 '대약진 운동'의 시작이었다.

대약진 운동 첫 해의 성과 역시 기대 이상의 것이 되면서 유명한 일화가 나왔다. 마오쩌둥은 소련에서 본래의 15년이 아닌 2년 내에 영국을 따라잡고, 미국도 곧 추월이 가능한 경제 강국이 될 것이라고 호언장담했다. 그러나 이후의 결과는 참담했다. 대규모 아사자의 출현과 피폐해진 경제는 문화대혁명을 낳았다.

약 20년 동안 중국의 경제 발전은 없었다. 중국 경제가 피폐해질 대로 피폐해진 상황에서 중국은 문화대혁명의 종결과 동시에 개혁개방을 채택한다. 경제 대국으로 오르기 위한 노력이 다시 시작된 것이다.

그 결과 오늘날 그 꿈의 일부를 이뤘다. 명실상부한 세계 제2대 경제 강국의 반열에 올랐다. 경제 대국으로서의 자리매김이 절반 이상의 성공을 거두었다. 2021년 '샤오캉 사회少康社會'와 2049년의 '사회주의 현대화 강국(종전의 '대동사회大同社會')' 구현으로 중국의 경제 대국으로서의 자리매김은 완성될 것이다.

중국은 대국으로 자리매김하기 위해 다양한 전략을 시도했었다. 때론 소련과도 손을 잡아보고, 때론 독자적인 노선(예컨대 대약진운동, 문화대혁명)도 걸어봤다. 그리고 결국 '개혁개방'을 통해 국제사회와의 공조 전략을 채택하기에 이르렀다. 중국은 아직 자신의 자리매김이 완성되었다고 생각하지 않는다. 그래서 이 자리매김이 끝날 때까지 이른바 '도광양회, 유소작위' 하겠다는 것이 오늘날 중국 외교의 기본적인 전략이다.

중국의 꿈과 미중 관계

미중 관계는 이런 자리매김을 둘러싼 싸움의 연속이다. 미국의 기본 목표는 기존의 자리를 수호하는 것이다. 즉, 미국의 패권적 지위를 절대 유지하는 것이다. 2010년 9월 당시 힐러리 클린턴 국무장관은 '아시아 회귀 전략(Pivot to Asia)'을 통해 21세기 미국 외교의 목표를 '향후 100년 동안 미국의 수위(primacy) 지위를 견지하는 것이다. 미국은 이 세기世紀를 반드시(must) 이끌 수 있고(can lead) 이끌어 나가야(will lead)한다'고 표현했다.

반면 아직 자리매김이 확실하게 안 된 상황에서 2004년 당시 중국의 원자바오溫家寶 총리는 해외공관장 회의에서 '도광양회 전략이 앞으로 100년간 더 유지되어야 한다'고 역설했다. 그의 발언은 중국이 어떻게 자리매김해야 하는지에 대한 중국공산당의 고뇌가 역력히 드러나는 것이었다.

중국의 자리매김의 의미는 '생존 공간' 차원에서의 공

간 확보를 의미하는 것이 아니다. 중국이 침략이나 강제적 수단을 동원하여 생존을 위한 공간을 확충하거나 확대하려는 것 역시 아니다. 다만 자신의 자리매김을 위한 공간 확보를 원하는데, 이것을 대국으로서 자신의 활동 영역과 범위를 확대하고 확충하려는 의미로 설명하고 있다.

미국은 자리를 공고화하려 하고 중국은 새롭게 자리매김하려고 한다. 양자의 목표가 상충하는 가운데 상대의 의도와 행위를 바라보는 양국의 인식은 응당 다르게 나타날 수밖에 없다. 그리고 이런 인식의 차이가 양국 관계에 갈등을 야기하는 오해나 오인(misperception)의 원천이다.

다시 말해, 중국은 자신이 대국으로 성장하려고 노력하는 가운데 발목을 잡는 것이 다른 대국이라는 인식을 가지고 있다. 중국은 이 과정에서 기존 대국의 행위나 태도를 폄하하는 발언도 한다. 때문에 중국의 대국 야욕은 다른 대국에게 위협과 도전으로 인식된다. 과거 미국이 중국을 최대 위협으로 인식한 바 있고 소련도 중국을 최대 위협국으로 인식했었다.

중국 역시 이 두 강대국을 자신의 최대 위협 존재로 각각 다른 시기에 인식한 바 있다. 이런 인식 변화 속에서 중국의 이들 강대국에 대한 정책 기조와 전략 목표도 상응하게 변화했다.

중국은 이들의 위협 속에서 국익의 가장 기본적인 목표인 자신의 생존권 확보를 위해 다양한 전술적 변화를 도모했었다. 소련과 동맹을 맺어 보기도 했다. 미국과의 관계 정상화를 통해 소련에 공동 대응하는 전술도 택해 봤다. 또한 미국의 자본민주주의 진영에서 미국과의 동맹에 불만을 가진 세력과 소련에 대한 불만 세력을 연합해 이른바 '중간지대'를 구축하려는 전술도 시도해 봤었다.

식민통치에서 독립한 일련의 신생독립국가와의 연대 전술을 통해 미국과 소련이 지배하고 있는 세계질서를 개편하려는 시도도 해봤었다. 이런 중국의 비전이 1974년 UN총회 특별회의에서 처음으로 소개되었다. 이후 중국은 다시 비동맹 원칙을 강조하면서 발전중국가(개발도상국)와의 관계 강화를 강조한다.

개혁개방을 채택한 후 중국은 외교에 대조정을 단행한다. 이 조정은 '독립자주적인 외교'를 표방하기 위한 일련의 새로운 원칙들을 포함했다. 평화외교 원칙, 비동맹 원칙, 불不대항 원칙, 제3국 겨냥 반대 원칙, 반제국주의/반패권주의 원칙(이후 90년대에 중반에 들어와 반제국주의는 사라짐), 전방위 외교 방침 등이 소개되었다.

이런 원칙이 제대로 실천되기 위해 두 가지 전제조건이 제시되었다. 하나는 미국과 양호한 전략관계를 유지·발전시키는 것이다. 다른 하나는 소련과 관계 개선을 하는 것이다. 개혁개방 이후 중국 외교의 궁극적인 목표는 국가 건설과 경제발전을 담보할 수 있는 중국의 (주변)국제환경을 평화롭고 안정적으로 발전시켜 나가는 것이다. 이 국정 목표는 아직까지 유효하다.

중국이 미국과 소련에 대해 이 같은 외교정책의 기조를 채택한 데는 두 가지 이유가 있었다. 하나는 중국과 미국 사이의 군사안보 전략관계가 희석되기 시작했기 때문이다. 중국이 개혁개방 정책을 채택하면서 중국과 미국 관계의 핵심이 군사안보에서 경제로 전환되었다. 이 과정에서 두 나라는 국제정세에 대한 인식에 일치를 본다. 즉, 소련의 위협이 감소되면서 공공의 적이 사라졌다는 데 인식을 같이한다.

두 번째 이유는 자연스럽게 보이기 시작한 소련과의 관계 개선 희망이었다. 80년대 소련이 직면한 대내외적 위기가 이를 추동했다. 당시 소련은 내적으론 경제의 도태, 외적으론 동구지역에서 폴란드를 위시로 점점 거세지는 반反 소련 움직임 등을 겪고 있었다. 소련은 이러한 상황을 타개하기 위해 대내적으로 1986년 개혁개방 정책(페레스트로이카와 글라스노스트)을 채택하는 한편 대외적으로 중국과의 관계 개선을 먼저 요구하기 시작했다.

중국은 소련 위협의 가장 큰 요인이던 소련 주둔군의 철수를 조건으로 내세웠다. 이른바 '3대 장애'를 제거하라는 것이었다. 이는 몽골 및 극동 지역, 베트남 및 인도차이나 지역과 아프가니스탄에서의 철수를 의미했다. 1985에 소련 최고지도자로 부임한 미하일 고르바초프(Mikhail Gorbachev)가 이를 1986년에 수용하면서 중소관계 개선 협상은 탄력을 받기 시작했다.

중국 외교정책 기조의 본질적인 조정은 중국이 두 강대국과의 미래상을 실질적이고 실용적인 관계로 계산하기 시작하면서 가능해졌다. 이 조정의 핵심 키워드는 단연코 비동맹, 전방위와 반패권주의이다.

비동맹 원칙은 어떠한 나라와도 동맹을 맺지 않을 뿐아니라 연합해서 어떠한 나라도 전략 카드(협상 카드)로 활용하지 않는 독립자주적인 자세로 외교에 임하겠다는 의미다. 전방위 외교 원칙은 전세계의 나라와 아우르면서 중국 외교의 지평을 넓혀나간다는 것이다. 이 무대는 국제기구와 조직을 포함한다. 80년대 중국이 가입한 국제기구와 조직 수가 기하급수적으로 증대한 사실이 이를 방증한다. 그러면서 중국은 자연스럽게 이 시기부터 다자외교를 하나의 외교 전략으로 강조하고 나섰다. 반패권주의 원칙은 패권주의를 추구하는 어느 나라도 모두 반대한다는 것이다. 중국은 이 원칙이 특정국가(가령 미국이나 소련)나 제3국을 겨냥하지 않는다는 입장을 오늘까지 고수하고 있다.

냉전 후 미국이 유일한 초강대국으로 우뚝 서자 중국은 국제체제의 다극화, 즉 다양한 강국 세력의 존재를 인정하면서 이들을 국제 체제를 구축하는 독자적인 한 축으로 인식하기 시작했다. 그리고 중국은 이들과의 공조를 통해 새로운 국제질서를 창출하려고 아직도 노력하고 있다.

미국과 중국이 국익 추구 전략을 수립하기 전에 먼저 냉정하게 평가하는 것이 있다. 국제체제 속에서 자신의 위치, 위상과 역할이다. 이는 오늘날 미국과 중국 관계의 기반을 형성하고 개진 방향을 설정하는 기본적인 프레임워크로 작용한다.

미국의 외교는 현재의 국제질서 견지를 목표로, 자국의 패권적 위치, 위상과 역할을 공고히 하기 위한 국익 확보에 초점이 맞춰져 있다. 중국의 외교 목표는 가시적인 차원에서 우리가 상식적으로 알고 있는 국가이익 추구에 맞춰져 있는 것처럼 보인다. 그러나 중국은 오늘날의 국제질서 속에서 자신을 대국으로 자리매김 하는데 역점을 두고 있다. 이 자리매김이 완성되어야 중국의 마지막 목표인 중화질서의 구축이라는 꿈을 실현할 수 있기 때문이다.

21세기에 들어와서 중국이 '대국외교, 신형대국관계, 신형국제관계'를 강조하는 것도 중국의 꿈을 구현하기 위한 정비작업이라고 볼 수 있다. 중국이 스스로를 대국(개도국으로서의 대국을 의미함)으로 인식하기 시작하면서 다른 대국과의 외교관계 발전전략을 정립하려는 노력이었다. 이 세 가지 대국외교 개념은 공통적으로 충돌과 대립을 하지 않고, 평화적으로 갈등을 해결하며, 서로의 입장과 이익을 존중하고, 서로 윈-윈할 수 있는 공조의 기반을 마련하는 데 초점을 두고 있다. 궁극적인 목표는 평화적으로 공존하자는 것이다.

이런 맥락에서 중국은 대미관계를 대국외교의 원칙과 목표 속에서 개진하기 위해 노력하고 있다. 그러나 중국의 노력이 아직 그 효과를 보지 못하고 있는 것은 미중 사이에 전략적 불신이 있기 때문이다. 두 나라 사이에 신뢰가 부족하기 때문이다. 미중 사이에 존재하는 불신의 뿌리는 각자가 견지하는 관념의 차이에 있다.

관념의 차이는 인식의 차이에서 비롯되고, 인식의 차이는 사물을 판단하는 가치 기준의 차이에서 발아한다. 가치 기준의 차이는 당연히 각자가 견지하는 이데올로기와 가치의 차이 때문이다. 가치 기준의 차이로 두 나라는 정보를 각자 '보고 싶은 것만 보고, 듣고 싶은 것만 듣는' 식의 편파적 방법으로 수집할 수밖에 없다. 그러나 단편적인 정보는 오해와 오판을 양산하는 근원이 된다. 결국 미중 양국 사이에 전략적 불신은 필연적 산물인 것이다.

일례로, 북한 도발의 위험 수위를 두고 두 나라의 인식이 다르다. 북한 도발 원인에 대한 중국의 입장이나 견해는 북한의 것과 일치한다. 이러한 사실은 서해 북방한계선(NLL)에서 발생한 북한의 일련의 도발 행위(대청해전과 연평도해전), 북한의 일방적인 폭격(천안함과 연평도), 북한의 미사일 및 핵 실험 도발에서 적나라하게 나타났다.

안보 위협의 인식 차이는 중국이 군사안보 전략에서 미국과 갈등을 유발할 수밖에 없게끔 하는 요인이 된다. 이를 기반으로 하는 민족주의 역시 갈등을 부추기는 요인으로서 한몫 하고 있다. 그러나 민족주의는 여기서 수단에 불과하다. 중국이 부상과 함께 자신만의 독특한 세계관을 가지고 세상을 인식하면서 자신의 정당성을 공세적으로 주장할 때, 중국 주변지역의 안정은 보장되기 더욱 어려워질 것이다. 그래서 중국에겐 주변의 안정, 다시 말해 바깥 세상과 근접하기 위해 그들과의 가치 공유가 필요하다. 이것이 미국이 중국에게 개혁개방의 심화를 부추기고 민주화를 요구하는 근본적인 이유다.

중국 꿈을 위한 도광양회는 끝나지 않았다

중국은 자신의 꿈을 향해 다양한 외교 전략을 꾀하고 있다. 이런 상황에서 중국은 계속해서 새로운 외교 개념을 소개하고 있다. 지난 11월에 폐막한 19차 당대회에서는 '신형국제관계, 인류운명공동체'를 소개하면서 우리의 혼란을 가중시키고 있다. 이 두 가지 목표를 새로운 시대에 추구해야 할 목표로 설정하고 시진핑 사상을 수반하는 외교 개념으로 소개했다. 이의 구현을 위해 중국이 앞으로 새로운 역할을 통해 세계에 새롭게 공헌하겠다는 결의도 보였다.

새로운 역할을 강조한 중국이 과연 어떠한 태도로 이를 보여줄지 무척 궁금해진다. 더 공세적으로 나올지, 아니면 더 유화적으로 나올지 아직은 불투명하다. 다만 중국의 꿈을 구현하기 위해서 '다 된 밥에 재를 뿌리는' 식의 접근 방법만은 확실히 지양할 것이다.

중국은 중국의 꿈을 이루기 위한 기반 마련에 박차를 가할 것이다. 이미 군사 대국이고 경제 대국이자 정치 대국으로 인정받고 있다. 미국으로부터는 전략적 대국으로도 인식된 지 오래다. 마오쩌둥과 덩샤오핑鄧小平 시대에 대국으로 인정받는 것이 하나의 꿈이었다면 이제는 새로운 꿈을 펼치기 위한 시대를 준비하는 노력에 집중할 것이다. 이것이 새로운 시대 시진핑 사상의 근간이다.

19차 당대회는 지난 100년, 즉 1921년 중국공산당 창당 이후의 100년을 첫 100년의 시대로 규정했다. 그리고 두 번째 100년의 시대가 이후에 열린다고 선언했다. 이 두 개의 100년 시기의 교착점은 시진핑의 연임시기(2017~2022)다. 이를 과도기라고 설명해도 무난하다. 이 과도적인 시기에 중국공산당은 이번 당대회를 통해 새로운 100년의 시대를 맞이할 만반의 준비를 다짐했다.

두 개의 100년 시대를 완성할 계획도 설명했다. 우선 80년대 초 덩샤오핑이 예견했던 '샤오캉 사회(小康社會, 여유로운 사회)'를 2021년까지 구현하는 것으로 첫 번째 100년을 완성시킬 것이다. 그리고 건국 100주년을 맞는 2049년까지 두 가지 목표를 두 시기로 나눠 달성하는 것으로 두 번째 100년을 완성할 것이다.

시진핑은 두 번째 100년을 두 시기로 분할했다. 2020~2035년이 첫 시기, 2035~2050년이 두 번째 시기로 각각 규정되었다. 그리고 첫 15년 동안의 국정 목표를 '사회주의 현대화'의 실현으로 정했다. 그리고 두 번째 15년은 '사회주의 현대화 강국'을 구현하는 것으로 그 방향이 정해졌다.

19차 당대회에서 중국이 천명한 사회주의 현대화 강국을 실현하기 위해서는 국내에 산적한 문제의 원만한 해결이 전제된다. 중국이 대내적으로 당면한 문제는 가히 상상할 수 없는 규모다. 가장 대표적으로 빈곤문제가 있다. 지난 40년 동안의 지속적인 경제성장과 개혁개방을 통해 최빈곤층(UN에 따르면 이 계층은 하루에 1달러도 쓰지 못한다)은 70년대 말의 3억에서 4,300만으로 감소했다. 그러나 여전히 중국엔 1억 5,000만 명에 이르는 빈곤층이 존재한다.

중국이 이른바 '중화질서'를 구축하기 위해서는 이를 수행할 수 있는 국력이 구비되어야 한다. 가령, 중화질서가 이뤄졌을 때 중국 경제력의 세계 비중을 복기할 필요가 있다. 당시 중국은 30%의 비중으로 중화질서를 호령했다. 오늘날엔 미국이 25%의 비중으로 자신이 세운 국제질서의 명맥을 유지하고 있다. 현재 중국의 명목상 GDP가 세계에서 차지하는 비중은 15% 선이다. 아직도 갈 길이 먼 중국이다. 중국의 경제력이 미국의 그것을 제치고 세계 수위首位에 오르기에는 아직도 족히 2~30년은 걸릴 것으로 예상된다.

군사력 문제도 마찬가지다. 중국이 단기적으로 세계 군사 대국의 반열에 오를 것 같지는 않다. 미국과의 국력에서 가장 큰 격차를 보이는 것이 군사 분야다. 이런 격차가 감소할지 증대할지는 아직 미지수다. 다만 중국이 앞으로 어떠한 군사 역할을 하고 싶은지가 이를 결정하는 관건적 요인이 될 것이다. 세계 경찰이 될 것인지, 아니면 지역을 호령하는 군사 대국으로 만족할 것인지가 향후 중국의 자리매김을 결정할 것이다.

중국이 미국의 세계 경찰 역할을 대체하겠다면 군사 대국의 길은 멀고도 험난할 것이다. 그러나 중국이 중화질서의 지리 범위를 주변지역으로 국한하면 이야기는 달라진다. 현재 중국의 국방개혁이나 군사 발전 전략을 보면 초점은 후자에 맞춰지는 것으로 보인다. 만약 지역질서의 구축을 위한 군비 구축이 목표라면 중국의 군사 대국 꿈은 세계 경찰이 되는 것보다 상대적으로 더 가까운 장래에 가능할 것으로 보인다.

상기한 경제력과 군사력 외에 중국이 중국의 꿈을 위해 충당해야할 필수불가결한 조건이 하나 더 있다. 바로 주변지역 국가와 공유할 수 있는 가치를 마련하는 것이다. 미국이 오랫동안 표방하는 가치를 우리는 익히 잘 알고 있다. 민주주의, 자유, 인권과 시장경제다. 그러나 중국은 아직까지 이를 모색 중이다. 유교 문화로 어필하려는 시도가 있었다. 그러나 이는 인류가 추종할 수 있는 가치는 아

중국 특색의 사회주의 핵심가치 선전 포스터

니다. 그야말로 문화와 풍습, 제도로 실천될 수밖에 없다.

중국이 중국의 꿈의 한축인 인류운명공동체를 구현하기 위해서는 이 공동체가 추구할 가치를 마련해야 한다. 그리고 그 가치는 주변국에 의해 수용되어야 할 것이다. 즉, 인류가 보편적으로 받아들일 수 있는 가치여야 한다. 이를 의식이라도 하듯 중국공산당은 지난 18차 당대회가 개최되었던 2012년에 다음과 같은 이른바 '중국 특색의 사회주의 핵심 가치'를 소개했다. 이를 부강富强, 민주民主, 문명文明, 조화和諧, 자유自由, 평등平等, 공정公正, 법치法治, 애국愛國, 경업(敬業, 맡은 바 최선을 다하다), 성신誠信과 우선(友善, 우호) 등의 단어로 축약했다.

문제는 이들 단어 개념이 우리의 것과 본질적으로 다르다는 점이다. 중국이 말하는 민주나 자유, 평등, 공정과 법치 등이 가장 대표적인 예이다. 중국은 민주의 개념이 우리의 것과 별반 차이가 없을 거라고 설득하려 들 것이다. 왜냐하면 '인민'을 근본으로 설명할 수 있기 때문이다. 주권이 국민에게 있고 모든 권력이 국민에게서 나온다는 우리의 국민 중심·국민을 기반으로 하는 가치와 일맥상통하다고 보여질 수 있다.

그러나 공산당의 주권이 국민을 기반으로 하는 반면 권력은 국민으로부터 나오지 않는다(마오쩌둥은 혁명 시기에 권력이 총구에서 나온다고 역설했다). 중국은 이에 대해 당과 당원이 국민을 대표한다고 하겠지만 그 정통성은 가히 의심할 만하다. 국민의 주권이 간접적으로 대표되고 간접적으로 행사되는 격에 지나지 않는다. 이런 개념과 관념의 차이 때문에 중국이 말하는 가치는 중국 특색의 사회주의라는 범위를 초월하지 못한다. 자유, 평등, 공정, 법치 등도 마찬가지다.

이런 맥락에서 중국이 중국의 꿈을 구현하기 위해서는 경제력과 군사력과 같은 하드 파워 뿐 아니라 가치와 같은 소프트 파워도 반드시 겸비해야 한다. 그러기 위해서는 상당한 시간이 소요될 것이다. 그 때까지 중국이 도광양회를 할 수밖에 없는 이유가 이로써 유효해진다. 2004년 원자바오 전 총리가 해외공관장 회의에서 발언했듯이 중국이 도광양회를 앞으로 100년은 더 해야 하는 이유를 읽을 수 있는 대목이다.

동북아 평화 수호자의 꿈?

중국이 앞으로 100년 동안 도광양회의 자세로 외교에 임할 것인지는 더 두고 봐야 한다. 그러나 중국 국내 상황의 변화로 정권의 유지나 강화를 위해 대외적으로 민족주의를 이용할 수밖에 없으면 도광양회의 자세는 하루아침에 물거품이 될 수 있다. 민족주의는 강경한 입장을 대내적으로 선전하고 국내의 불만이나 관심을 외부 세계로 분출시키면서 정권의 지지를 확보할 수 있는 유효한 대내외적 통치 수단이다. 이 과정에서 중국 외교 행태는 공세적으로, 공격적으로 전환될 수 있다.

중국의 외교 행위가 과도하게 공격적으로 변하면 갈등

은 심화될 수밖에 없다. 경직된 접근 방식이 더 큰 화를 부를 수 있다. 갈등의 심화가 충돌로 이어지는 결과를 피할 수 없다. 중국에게 대외적으로 물리적 충돌이 발생할 경우 이기면 중국의 꿈이 한 층 더 가까워지는 결과를 볼 수 있을 것이다. 그러나 만약 실패로 끝나면 중국의 꿈은 더 도태될 것이다. 중국인의 자부심이나 자긍심에는 크나큰 상처를 줄 것이고 100년 전의 치욕과 수모가 다시 연상될 것이다. 그리고 무엇보다 정권의 정당성에 치명적인 결과를 가져다 줄 것이다.

이런 이유에서 중국의 외교 행태가 충돌을 야기할 만큼 공격적으로 변모할 여지에 대해 우리는 냉철하게 판단해볼 필요가 있다. 중국이 중국의 꿈을 실현할 때까지는 내재적 억지력이 효과적으로 작동할 것이라고 판단된다. 중국은 중국의 꿈 실현이라는 대전제 하에서 모든 노력과 시간을 집중하고 있다. 때문에 이 꿈을 담보로 중국이 자제력을 발휘해야만 한다는 논리가 성립된다.

다만 영토분쟁에 있어서만큼은 무력 수단도 마다하지 않겠다는 중국의 입장은 심각하게 받아들일 필요가 있다. 이는 자국 내 분리나 독립하려는 지역에 철저히 적용될 것이다. 이들 지역은 현재 티베트, 신장과 대만으로 규정되어 있다. 그러나 주지하듯이 중국이 영토분쟁을 벌이는 곳은 이들이 다가 아니다. 단지 외국과 연계되어 있기 때문에 공식적인 규정에서 제외된 것뿐이다.

중국은 전통적으로 분리나 독립 세력에 대해 외부의 간섭을 불허하고 영토주권의 문제를 내정이라고 정의했다. 그리고 외국과의 분쟁 지역에 대해서는 자신의 고유한 주권을 역사적인 연유로 설명하면서 협상을 통한 외교적 해결을 강조해왔다. 그러나 협상이 실패했을 때 중국은 무력 수단을 선택했다. 1962년 인도와, 1969년 소련과, 1979년 베트남과의 영토분쟁이 무력 사용을 주저하지 않은 사례들이다. 이 모든 사례의 공통점은 중국의 무력 분쟁에 당사국 외 강대국은 개입하지 않았다는 사실이다.

그러나 오늘날 남중국해의 영토분쟁은 상황이 다르다. 미국의 개입이 가능한 상황에서 중국은 섣불리 무력에 의존하지 못할 것이다. 더욱이 남중국해 분쟁지역은 중국 고유의 영토에서 독립이나 분리하려는 것이 아니다. 중국의 기본 입장은 이들 지역을 다른 나라에게 빼앗기는 것을 막자는 것이다. 때문에 이곳에서의 영토분쟁을 티베트, 신장이나 대만의 것과 비교하는 자체가 어불성설이다. 중국의 무력 해결은 미국의 개입이 없을 때만 가능할 것이다.

이 같은 맥락에서 중국공산당이 남중국해나 동중국해의 조어도(댜오위다오, 센카쿠 열도)를 핵심이익으로 운운하지 않는 이유를 유추해볼 수 있다. 전문가들은 60년대와 70년대의 사례를 이용해 중국 핵심이익의 범위를 확대 적용하는 경향이 많다. 그러나 이들은 사례의 전제조건을 간과하는 과오를 저질렀다.

중국-인도 분쟁에서 소련은 정치적 지지만 보였을 뿐 군사적 개입이나 연루는 보이지 않았다. 중국-소련 분쟁에서는 미국이 수수방관했다. 그는 단지 모두가 보유한 핵무기를 들어 자제력을 호소했고 다행히 핵 억지력은 전쟁의 진화를 제약하는 데 유효했다. 그래서 중소 두 나라가 자제력을 발휘할 수 있었다. 중국-베트남 분쟁 역시 마찬가지였다. 중국은 미국에게 사전 양해를 구함으로써 묵인을 이끌어 냈다.

역사는 현재를 비추는 거울이라고 했다. 남중국해나 동중국해를 둘러싼 해양 영토분쟁에서 중국이 무력 해결 방식에 의존할 가능성을 과거 사례로 유추해보면 낮을 수밖에 없다는 결론이 도출된다. 미국의 개입이 자명한 가운데 중국이 도발할 확률은 제로(0)에 가깝다.

남중국해는 미국에게야말로 핵심이익이다. 동맹국과 우방국가의 안보를 담보하기 위해서는 미군 군함의 남중국해 항해의 자유가 보장되어야한다.

해양 영토분쟁이 무력 충돌로 진화되는 것을 방지하기 위해 중국이 취할 수 있는 유일한 수단은 외교적 해결 방식밖에 없다. 공동개발을 통해 공동으로 이익을 취하든지, 일정 부분을 양보하는 식의 선택밖에 없을 것이다. 중국의 과거 영토분쟁 협상 결과를 보면 대부분 후자의 결과로 마무리된 것이 사실이다. 중국이 손해를 보면서 접점을 본 것이다.

중국의 꿈을 실현할 때까지 중국의 외교 목표는 하나로 유지될 것이다. 그리고 이를 위해 중국 주변 국제환경의 평화와 안정 수호에 집중할 것이다. 갈등이 없을 수는 없을 것이다. 그러나 갈등의 군사화 방지가 중국의 꿈 실현에 유리하다는 판단이 견지되면 중국의 도광양회는 당분간 지속될 것이다.

동아시아의 가시 같은 존재

중국과 중화민족의 최대 목표는 중국 주변지역에서의 외세 척결이다. 이 외세는 현재로서는 미국을 의미한다. 즉, 미국의 동맹체제와 주둔하는 미군의 철수다. 중국의 이런 꿈은 일찍이 마오쩌둥에 의해 제기되었다. 그는 동아시아에서 미군의 존재 자체가 사라지는 것을 꿈꿨다. 그러나 그로선 불행하게도 역내 수많은 안보 변수들로 인해 이를 이루지 못하고 세상을 떴다.

중국이 미국의 동맹체제와 주둔 미군의 철회를 주장한 역사적 배경에는 반제국주의 사상이 있었다. 중국은 건국 초기부터 미국을 제국주의로 정의했다. 그리고 미 제국주의 타도와 파괴를 정치·외교 슬로건으로 채택했다. 미 제국주의 반대 슬로건이 만연했을 때 그 내용과 의미는 일본 제국주의를 반대했던 것과 일맥상통했다. 반대 성명을 보면 표현과 단어에만 차이가 있을 뿐이었다.

중국이 미국과 관계 정상화를 추진하던 시기에도 이 같은 반미 슬로건은 수그러들지 않았다. 닉슨의 첫 방문에서도 이 표어들은 미국 방송 기자와 신문 기자들의 카메라에 고스란히 담겼다. 중국의 미 제국주의에 대한 인식이나 위협 느낌은 사라지지 않았다. 아직도 유효하다. 왜냐하면 중국을 견제하기 위한 포위망을 구축하는 미국의 태세가 더 강화되고 있기 때문이다.

중국이 개혁개방을 하면서 미 제국주의를 반대하는 표어들은 사라졌다. 그리고 정책에서도 미국과의 협력을 추구해야 하는 필요성이 강조되고 있다. 그럼에도 불구하고 군사적으로 미국의 존재를 의식할 수밖에 없는 이유는 중국의 전통적 대륙 안보관에 있다. 사방팔방이 노출되어 있는 중국에게 포위란 쉽게 침략으로 전환될 수 있는 움직임이다.

중국이 개혁개방 이후 미국과의 군사 교류를 강조한 것도 미국과 군사적 신뢰를 구축하기 위해서다. 교류를 통해 중국 군사의 현실을 보여주고 미국의 오해를 불식시키기 위한 것이다. 중국의 군사적 의도를 투명하게 보여줌으로써 미국도 중국을 적대시하는 정책에서 탈피할 것을 기대하고 있다.

그러나 중국의 부상이 세간의 화두가 되면서 중국 부상의 군사적 함의에 대한 미국의 우려는 더욱 커져만 갔다. 매우 역설적인 부분이다. 중국 군사의 투명성이 턱없이 부족하다는 것이 미국의 반론이다. 중국의 국방예산 지출 내역이나 증대 이유 등에 대한 미국의 끊임없는 이견 제기가 이의 방증이다.

중국은 후생복지와 인건비 등의 이유로 국방예산의 증대를 설명해왔다. 그러면서 국방 현대화의 관건인 연구개발 비용이나 그 사용처에 대해서는 함구하고 있다. 이런 상황에서 미중 양국의 군사 분야에서의 신뢰 구축을 기대하기는 쉽지 않다.

중국은 군사적 신뢰 구축이 미국과의 관계 발전에 관건임을 의식하지만 더 심각한 문제로 미국의 군사동맹체제와 주둔군의 의도와 목표에 대해 의구심을 떨치지 못하고 있다. 미군의 역할이 일본의 군국주의 부활과 정상국가로의 회귀를 억제하는 효력을 발휘한다고 중국도 긍정적으로 평가하지만 중국의 눈에는 필요 이상으로 확대되고 증강되고 있기 때문이다.

중국이 미국의 역내 동맹체제의 해체와 주둔 미군의 철수를 중화민족질서의 전제로 확신하는 이유를 알 수 있는 대목이다. 미국이 역외 국가임에도 불구하고 이 지역에 군사적 존재를 강화하는 것은 협력 대신 압박의 수단으로 이를 활용하겠다는 의도로 밖에 해석되지 않기 때문이다. 이런 상황에서 중국은 미군의 압박과 압력 속에서 살 수밖에 없으며 이는 중국이 원하지 않는 형국이다.

중국이 지금까지 미군이 결부된 주변지역의 안보 상황을 해결하는 조건으로 동맹의 해체와 미군의 철수 조건을 내세운 것도 이를 방증한다. 중미 수교에서 대만과의 군사 동맹 파기와 주대만 미군 철수의 조건이 증거다. 또한 한반도의 휴전체제를 평화체제로 전환하기 위한 평화협정의 전제 조건에서 북한과 같은 입장을 취하는 것도 이와 같은 이유에서다. 즉, 한미동맹의 파기와 주한미군의 남한에서의 철수를 조건으로 내세우고 있다.

미국 존재의 척결을 사안별로 접근하는 것이다. 그리고 문제의 해결을 위해 전제조건으로 미국의 철수를 제시한다. 베트남이 그러했고, 대만이 그러했고, 이제는 한반도가 그러하다. 중국에게 다행히도 필리핀은 그 스스로가 동맹과 미군을 배척해냈다. 이제 남은 것은 한반도와 일본이다. 그러나 일본에 대해서는 중국이 섣불리 미일 동맹의 파기나 주일미군의 철수를 주장하지 못한다. 일본 군국주의의 부활 가능성 때문이다.

베트남에서 미국 존재가 사라졌다고 믿었던 중국에게 최근 타격이 발생했다. 미국과 베트남이 남중국해 문제를 이유로 군사 관계를 강화하고 나섰기 때문이다. 중국의 미국 존재 척결 전략이 도태되는 상황이다. 어렵사리 베트남 전쟁의 종결로 미군이 철수했고 소련과의 관계 정상화로 소련의 군사세력도 철수되었는데 미국이 회귀하고 있다. 중국은 이에 민감해질 수밖에 없다.

그래서 중국의 꿈이 실현되기 위해서는, 즉 중화질서가 회복되기 위해서는 미국의 존재 척결이라는 전제조건이 충족되어야 한다. 이를 위해 다시 강조하지만 중국은 사안별 조건으로 이를 내세울 것이다. 최근 한반도의 비핵화를 위해 중국이 제시하는 '쌍궤병행(한반도 비핵화 프로세스와 북미 평화협정체제 협상을 병행 추진하는 것)'과 '쌍중단(북한의 핵·미사일 개발 활동과 대규모 한미 연합훈련을 동시에 중단)'에 이 같은 함정이 도사리고 있다는 사실을 간과해서는 안 된다.

중국이 의미하는 평화협정은 우리가 이해하고 있는 것과 상당한 괴리가 있다. 중국이 주장하는 평화협정은 북한의 전제조건을 그대로 수용하기 때문이다. 즉, 한미동맹과 주한미군의 철수가 내포되어 있다. 앞으로도 중국은 이와 유사한 방식으로 한반도에서 미국 존재를 소거하기 위해 부단한 노력을 해나갈 것이다. 이러한 전략 목표를 달성하기 위해 다양한 전술도 구사할 것이다. 이의 비근한 사례가 오늘날 우리가 겪고 있는 사드 제재다. 그들은 우리를 괴롭히는 것으로 자신의 세를 과시하는 한편 이로써 자신의 목표를 달성하려는 또 다른 쌍궤병행을 펴고 있다.

04

미중 전쟁은 없다

2010년부터 세간엔 미중 양국 사이에 무력 충돌이 불가피할 것이라는 관측이 봇물처럼 터져 나오기 시작했다. 그리고 2017년 한 권의 책이 미중 충돌의 불가피성을 피력하며 미국 서점가를 강타했다. 미국 하버드대학교의 역사 교수인 그레이엄 앨리슨(Graham Allison)이 저술한 『예정된 전쟁(Destined for War)』이 바로 그 주인공이다. 책에서 앨리슨 교수는 투키디데스의 함정 이론을 근거로 미국과 중국 사이엔 불가피하고도 숙명적인 전쟁이 일어날 것이라고 예언했다.

투키디데스가 주장한 함정 이론에서의 '함정'은 신흥

부상국에 대한 기존 패권국의 두려움이다. 이론에 따르면 패권국은 그 두려움으로 인해 무장을 하고 무력을 동원해 전쟁을 일으킴으로써 신흥 부상국의 부상을 저지한다. 그러나 패권국의 승리는 오래가지 못한다. 초기에 승리를 달성한 후 30년도 못 가서 신흥 부상국에게 패권이 넘어가기 때문이다. 투키디데스는 이를 패권국이 전쟁에 모든 힘을 다 탕진한 결과라고 설명한다.

지금 미국은 중국의 부상을 두려워하면서 중국에 대한 군사적 포위망을 확대해가고 있다. 그리고 이것이 오바마 정부 때 '아시아 회귀(pivot to Asia, return to Asia)' 정책 또는 '재균형 전략(rebalancing strategy)'이라는 이름으로 추진되었다. 도널드 트럼프(Donald Trump) 대통령의 아시아 정책 역시도 이를 근간으로 하고 있다.

결국 미국의 대중국 군사 도발은 불가피해질 것이라는 전망이다. 미국의 관점에서는 중국이 그래서 미국의 '함정(두려움)'에 빠져들고 있다는 것이다. 중국이 빠져들고 있는 함정은 소련과 마찬가지로 군비 경쟁으로 나타나고 있다.

그러나 2010년부터 나타나는 중국 외교의 공세적 행태가 두려움에서 비롯된다고 주장하는 이들은 되레 중국이

SCRIBE

CAN AMERICA AND
CHINA ESCAPE
THUCYDIDES'S TRAP?

DESTINED
FOR
WAR

'Allison is one of the keenest observers
of international affairs around … In *Destined
for War*, he lays out one of the defining challenges
of our time.' JOE BIDEN

GRAHAM ALLISON

그레이엄 앨리슨의 『예정된 전쟁』 표지

함정(두려움)을 놓고 있다고 본다. 중국은 미국이 이에 걸려들기를 기다리고 있다고 주장한다. 그 근거로 남중국해에서의 영토분쟁과 해양권을 둘러싸고 중국이 미국의 공세에 두려움을 느낀 나머지 무장을 날로 증강하는 행태를 제시하고 있다. 그래서 투키디데스의 함정 이론에 근거한 미중 무력 충돌 불가피론은 우리의 혼란만 더 가중시키고 있다.

미중 전쟁 불가피론자는 앨리슨 교수 말고도 많다. 미국의 현실주의 국제정치학파의 대표적인 인물로 꼽히는 존 미어샤이머부터 세력전이론학파의 잭 레비(Jack Levy)와 데이비드 램키(David Lamke)까지 수많은 인물들이 다양한 이론을 근거로 이 같은 주장을 펼쳤다.

이들에 따르면, 1684년 주권국가가 탄생한 이래로 신흥 부상국은 자국의 부상과 함께 기존의 국제체제와 질서에 자연스레 불만을 품어 왔다. 불만을 표출하는 과정에서 기존의 패권국에 도전장을 내민다는 것이다. 신흥 부상국의 도전이 외교적 타협을 보지 못하면 최후의 수단으로 무력이 동원되는데 무력 동원의 시작은 다름 아닌 선전포고이다. 이들은 그렇기 때문에 신흥 부상국과 패권국 간에 세계질서의 재편을 두고 전쟁이 불가피하다는 주장을 펼친다.

이들은 특히 유럽의 사례를 많이 든다. 그리고 가장 비근한 예로, 독일과 영국 간의 패권 경쟁이 두 차례의 세계대전으로 이어진 사실을 제시한다. 동아시아에서는 중국의 패권적 지위에 도전장을 낸 것이 일본이었다. 일본의 도전으로 청나라 및 러시아제국과의 전쟁이 각각 모두 불가피했다는 주장이다.

두 전쟁에서 모두 승리한 일본은 결국 세계에 도전장을 내밀었고 1937년 중국을 침공함으로써 본격적으로 중국 대륙을 삼키려는 행보를 시작했다. 그리고 중국 대륙에서의 승세를 이어가 끝내는 1941년 미국을 침공하는 것으로 2차 세계대전의 태평양전쟁 서막을 열었다.

20세기에 들어와서 세력전이론이나 현실주의 이론에 근거해 권력, 힘의 (재)배분 과정에서 신흥 부상국과 기존의 패권국 간에 전쟁이 불가피하다는 주장의 사례가 많이 발생했다. 역사적인 관점(투키디데스의 함정)이나 권력의 재분배에서 전쟁의 필연성은 그 연유를 떠나서 모두 이념의 차이로 말미암아 미중 양국 사이엔 신뢰가 존재하지 않는다는 사실에서 출발하고 있다. 그래서 미중 전쟁 불가피론자는 미국과 영국의 패권 교체가 평화적으로 이뤄진 사실을 역설한다.

그러나 아테네와 스파르타의 사례만 봐도 이념의 차이와 투키디데스의 함정 이론을 결부시켜 미중의 전쟁을 예측하는 이들의 판단이 시작부터 잘못된 것임을 알 수 있다. 이들 간의 전쟁이 이념에서 비롯되지 않았기 때문이다. 독일이 일으킨 세계전쟁도 엄밀히 따지면 이념의 문제가 아니었다. 유태인에 대한 증오나 나치즘, 파시즘이 이념의 갈등 요소가 아니었기 때문이다. 독일은 게르만 민족의 '생활공간 확장'을 꾀한 것이었고 기치로 내건 사상은 민족주의에서 비롯된 것이었다.

미국과 중국이 전쟁을 한다면 이는 아마도 역사에 이념 갈등으로 인한 두 강대국의 전쟁으로 기록될 것이다. 그리고 인류 역사상 이념의 이유로 처음 발생하는 강대국의 전쟁이 될 것이다. 그러나 전례가 없기 때문에 아직도 전쟁 가능성에 대한 분석은 난무하게 이뤄지고 있다. 전례가 없는 이유는 미국과 소련 간에 이념을 기반으로 했던 패권 경쟁이 소련의 붕괴로 전쟁 없이 종결되었기 때문이다. 미소의 냉전은 아이러니하게도 '평화롭게' 막을 내린 셈이다.

상이한 이념을 각기 추구하고 있는 민주주의의 패권국인 미국과 사회주의의 추종국이자 부상하는 중국 사이에 전쟁은 정녕 피할 수 없는 것일까. 이념이 국가 간의 갈등으로 작용하는 기본적인 원인은 이념이 관념과 인식을 좌우하기 때문이다. 다른 관념과 인식을 가지고 세상을 보면 다른 판단과 결정을 할 수밖에 없다. 그리고 다른 판단과 결정은 서로 다른 입장과 행위를 양산한다. 이는 미국과 중국이 국제문제를 협상하는 데 있어 항상 난항을 겪는 이유이기도 하다.

그런데 다행스럽게도 중국의 외교 행태가 이념적인 영향을 덜 받고 있다. 개혁개방을 추진하기 시작하면서 중국의 정책에서 이데올로기의 색채가 많이 바래기 시작했다. 21세기 들어서는 철저하게 국가 이익을 중심으로 의사 결정을 내리고 있다. 그럼에도 불구하고 전쟁 불가피론자들은 미중 양국의 국가 이익 개념도 이데올로기의 영향에서 자유롭지 않다고 주장한다.

일례로, 중국이 주장하는 핵심이익이 이의 근거다. 중

국은 핵심이익에 관해서는 타협이 불가능하고 무력을 포함한 모든 수단을 동원해 보호할 의지를 21세기부터 천명해왔다. 그리고 이 같은 의사를 미국에 피력하는 데 외교적 노력을 아끼지 않고 있다.

미국과 중국이 21세기에 전쟁을 피할 수 있을 것인가는 전 세계가 궁금해 하는 문제다. 이 책의 결론부터 말하자면 미중 양국은 전쟁을 하지 않을 것이고 오히려 전쟁을 피하려 들 것이다. 소련과는 달리 미중 양국에겐 한국전쟁에서 직접 전쟁을 치러본 경험과 두 차례의 대만해협 위기 사태와 베트남전쟁에서 간접적으로 군사적 대치를 한 경험이 있기 때문이다.

이런 역사적 경험을 토대로, 그리고 그로부터 얻은 교훈을 거울삼아 미중 양국은 무력 충돌을 피하기 위해 수많은 소통의 방법을 모색했고 발전시켰다. 그리고 이런 다양한 외교적 노력의 결과는 오늘날까지 양호하게 나타나고 있다. 노력을 가하기 시작한 이래로 두 나라 간에 무력 충돌이 없었다는 사실만으로도 두 나라의 외교적 노력은 높은 점수를 받을 만하다. 이번 장에선 미중 양국의 외교적 노력이 어떻게 전개되었는지, 그 결과 어떠한 소통의 방식이 마련되었는지, 그리고 그 소통 방식이 어떠한 결과를 양산했는지 등을 알아볼 것이다.

한국전쟁과 소통 채널의 부재 결과 : 한국전쟁의 미중 전쟁

한국전쟁에서 미국과 중국의 전쟁은 냉전 후 대국이 맞붙은 첫 전쟁이었다. 그렇다면 두 나라의 전쟁은 피할 길이 없었던가? 두 나라 다 전쟁을 원하지는 않았다. 그러나 이들의 의지나 의사와는 무관하게 전쟁은 치러졌다. 그리고 무승부로 끝났다. 전쟁 발발 3년 후인 1953년 7월 두 나라와 북한이 체결한 정전협정은 전쟁을 휴전으로 전환하는 동시에 한반도의 분단을 상징하는 38선을 다시 불러들였다. 한반도에서의 전쟁은 기술적으로나마 종결되지 않았다. 그래서 우리는 아직도 북한과의 군사적 대치 상황에서 자유롭지 못하다.

한국전쟁에서 미국과 중국 간의 전쟁이 불가피했는지에 대한 질문에 답하기 전에 이들의 개입이 불가피했는지에 대한 질문에 우선 답을 찾아봐야 한다. 미국의 개입 근거는 무엇이었는지, 중국의 개입이 정당화될 수 있었는지, 우리는 이런 질문에 대한 해답을 종종 이데올로기, 즉 이념에서 찾는다. 남한이 이른바 '민주주의' 정권이었고 북한이 '공산주의' 정권이었기 때문에 미국과 중국은 정치이념적인 이유로 각각 남북한을 도와줄 수밖에 없었다는 것이다.

그런데 문제는 미국과 한국 사이에 당시만 해도 군사방위조약, 즉 군사동맹조약이 없었다는 사실이다. 북한과 중국 역시 동맹관계가 아니었다. 한국이 미국의 우방이었고 북한이 중국의 공산주의 동지였음은 틀림이 없다. 그렇다고 이들의 개입이 정당화되는 것은 아니다. 당시의 많은 전문가들에게 두 나라의 개입으로 확대될 전쟁의 결과가 자명했기 때문이다. 세계대전이 불가피할 것이라는 전망이 팽배했다. 이를 미국과 중국 모두 감수하고 뛰어든 것도 사실이다. (당시는 미국에 공산주의 확대를 두려워한 이른바 '도미노 이론'이 나타나기 전이었다. 여기서 '도미노 이론'이란, 전방의 민주주의 진영의 국가가 공산주의에 함몰되면 주변국이 연쇄적으로 공산화될 수 있다는 이론으로 한국전쟁 이후인 1954년 4월 미국의 드와이트 아이젠하워(Dwight Eisenhower) 정부 시기에 생겨났다.)

그러면 세계전쟁의 가능성을 의식했음에도 불구하고 이들이 개입한 이유는 무엇일까. 상술했듯 한국전쟁은 냉전체제가 막 출범하던 초기에 벌어진 첫 전쟁이었다. 한반도 차원에서는 북한의 무력 적화 통일의 야욕에서 비롯된 전쟁이었으며, 세계 차원에서는 동아시아 진영 싸움의 논리에 편승한 전쟁이었다. 당시 세계는 냉전체제의 출범으로 민주진영과 공산진영으로 양분되어 가는 중이었는데, 한반도는 이미 양분되어 그야말로 냉전의 축소판이 되어 있었다.

비록 차가운 긴장이 한반도를 뒤덮고 있었으나 한반도는 나름대로 균형을 유지하고 있었다. 그러나 무력 통일을 노린 북한이 전쟁을 시작하면서 한반도의 분단 균형은 파괴되었다. 이를 복원하기 위해 미국은 UN 연합군 명의로 개입을 시작했다. 중국 역시 북한에 유리했던 전세가 역전되면서 균형 찾기를 명분 삼아 북한 지원을 시작했다.

이 과정에서 미국과 중국은 서로가 개입하지 않기를 원했다. 아니, 서로가 개입할 것이라고 믿지도 않았다. 양측의 개입은 곧 미중 간에 직접적인 군사 충돌로 이어질 것이고 이는 결국 한국전쟁을 세계전쟁으로 확대시키게 될 것이라는 신념이 두 나라에 확고히 자리 잡고 있었기 때문이다. 소련도 이 같은 결과를 두려워했기 때문에 북한에 대한 직접적인 군사 및 무력 지원을 최대한 피했다. 그 대신 중국의 등을 떠밀었다. 중국은 결국 '울며 겨자 먹기' 식으로 원하지 않은 전쟁에 참여하게 된 것이다.

미국과 중국은 각자의 개입이 두 나라의 전쟁을 의미한다는 사실을 이미 알고 있었다. 때문에 이를 피하기 위해 최선의 노력을 다했다. 미국이 'UN'의 명의로 연합군을 형성해 개입한 것과 중국이 이른바 '인민지원군'을 조직해 개입을 단행한 것 모두 그들 나름의 노력이었다. 그들 모두 자신의 이름을 건 직접적인 전투를 우선 최소화하는데 역점을 두었다. 그래서 둘 사이의 무력 충돌이 공식화되는 것을 최대한 막으려 했다.

여기서 혹자는 미국이 전쟁 개입을 원했던 근거를 미국의 즉각적인 UN군 조직 및 개입으로 설명하려 한다. 그러나 이런 주장은 미국이 'UN'의 명의를 빌려 연합군의 일원으로 참전할 수밖에 없었던 미국의 현실적 이유를 무시한 것이다. 북한이 파죽지세로 남한을 거의 점령해 나가는 전세 속에서 미국의 단독 개입은 현실적으로나 무리였다. 미국의 단독 개입은 미 의회의 승인이 있을 때만 가능하다. 그러나 미 의회의 전쟁 승인을 얻기 위해서는 상당한 시간이 걸린다.

(미국 외교는 의회 정치가 결정한대로 움직인다. 이런 상황에서 미국이 '세계 경찰' 노릇을 하기에는 구조적 제약이 따른다. 역할도 제한적일 수밖에 없다. 이런 국내 정치의 구조적 구속을 극복하기 위해 미국은 UN 설립 당시 이 기구를 세계 분쟁과 갈등에 개입하는 도구로 활용하길 희망했다. 미국의 구상이 가능했을 법도 한 것이 연합군의 파병 최종 결정권이 안전보장이사회의 상임이사국 5개국에 있었다는 사실에서 추론할 수 있다. 이들 다섯 나라 영국, 프랑스, 소련, 중국(중화민국)은 UN 설립 당시 모두 미국의 동맹국이었다. 그래서 UN 연합군의 파병 결정을 전원일치의 동의로 전제한 것이었다. 그런데 냉전이 시작되면서 소련은 미국의 적국이 되었고 중국의 의석이 대만에서 중화인민공화국으로 1971년에 대체되면서 UN 연합군이 국제분쟁이나 전쟁에 무력 개입한 사례가 없게 되었다.)

그러나 UN의 상황은 다르다. UN 연합군의 파병은 안전보장이사회 상임이사국의 동의만 필요하다. 물론 상임이사국 다섯 개 나라 중 한 나라만 거부권을 행사하거나 반대를 하면 성사되지 않는다. 최근의 유사한 사례로 1990년의 이라크전쟁(Desert Storm)에서 중국의 반대로 미국은 이른바 '다국적군'을 조직해 쿠웨이트의 영토 수복에 성공했다. 2001년의 아프가니스탄전쟁은 미 의회가 승인하고 NATO군과 작전을 펼친 것이었다. 2003년 이라크전쟁 역시 마찬가지로 UN안보리 결의안 채택이 러시아, 프랑스, 독일과 캐나다 등의 반대로 실패되자 미 의회의 승인으로 미국이 우방국과 함께 독자적으로 전쟁을 치렀다.

한국전쟁 발발 당시 소련이 연합군 파병을 거부하거나 반대할 것은 자명했다. 그런데 때마침 소련은 한국전쟁 발발 한참 전이었던 1월부터 UN 활동을 보이콧하고 있었다. 대만이 차지하고 있는 의석을 중국에게 넘기라는 항의성 시위의 일환이었다.

그래서 UN은 일사천리로 미국을 중심으로 연합군을 조직하는데 성공했다. 이를 계기로 미국은 전쟁 개입에 대한 미 의회의 승인 절차를 피하고 이를 정당화하는데 UN

을 적극적으로 활용하기 시작했다.

이 같은 맥락에서 일본과 중국의 UN 평화유지군 참여 시작이 세계의 이목을 끈 이유를 추측해볼 수 있다. 특히 일본은 자위대의 외국 전쟁 참전을 불허하는 이른바 '평화헌법'의 제약을 UN을 통해 극복할 수 있다. 그러나 천만다행으로 1992년에 통과된 일본의 PKO(Peace Keeping Operation, UN평화활동) 법안이 직접적인 참전을 아직까지 불허하고 있다.

하지만 작금에 잘 알려진 아베 신조安倍晋三 수상이 추진하는 평화헌법의 전쟁관련 법안 개정은 이런 족쇄를 풀어버릴 가능성이 많기 때문에 세계가 우려하고 있다. 물론 그렇게 된다 해도 UN에서의 개별적 군사 작전을 일본과 중국이 주도하기는 아직 어려운 현실이다. UN 안보리 상임이사국의 만장일치적인 동의나 안보리 15개국 중 9개국의 동의가 필연적인 전제 조건이기 때문이다. 그래서 중장기적으로 UN 개혁에 대한 목소리를 경청할 필요가 있다.

미국과 중국이 한국전쟁에 개입하기 싫어했다는 정황증거와 실제 증거는 많다. 우선 정황적으로 보면 미중 양국은 휴전을 전쟁 발발 당해 연도 말에 결정했다. 미국은 참전 6개월 만에, 중국은 참전 두 달 만인 1950년 12월에 휴전 협상에 임하기로 동의했다. 물론 실질적인 협상은 이 듬해 여름인 7월까지 이뤄지지 않았다. 그러나 미국과 중국은 개입과 동시에 휴전의 필요성을 일찌감치 인식했다.

실제로 미중 양국은 서로의 개입을 원하지 않았다. 서로에게 개입하지 말 것을 엄중 경고하기도 했다. 그런데 문제는 이런 경고성 메시지나 발언을 서로가 신중하게, 진지하게 취급하지 않은 데 있었다. 미중 양국이 그런 태도와 자세를 취한 가장 근본적인 이유는 소통 방법이 취약했기 때문이다. 1950년 당시 미중 사이에 놓인 유일한 소통 방법은 언론매체나 제3국의 인편을 통해 정부의 입장을 전달하는 것뿐이었다. 당시 전문(텔렉스)으로 소통이 가능했으나 양대 진영 사이에 전문을 전달해줄 선이 부재했기 때문에 미국과 중국은 전문으로 소통할 수는 없었다.

오늘날의 국가들도 언론매체를 통해 자신의 입장을 전하는 방법을 활용하고 있다. 그러나 70년 전만 해도 인터넷이 없는 세상에 언론매체를 통해 전해지는 메시지는 아무래도 시간이 걸렸다. 방송통신 기술도 발달하지 않은 상황이었기 때문에 언론매체의 인쇄물을 손에 넣기까지 시

일이 걸릴 수밖에 없었다.

외국어 메시지를 번역하는 것도 전달 시간의 지체에 한몫 했다. 좀 더 빨리 메시지를 전하고 언론매체에서 느끼지 못하는 뉘앙스와 어감을 보다 정확하게 전달하기 위해 제3국의 인편을 통해 구두 메시지를 전하는 방식도 종종 쓰였다. 그러나 이 과정에서 본의와는 다르게 그 뉘앙스와 어감은 물론 메시지의 의도와 취지도 왕왕 왜곡됐다.

일례로, 미군이 38선 이북으로 북진하는 문제와 관련해 중국의 경고가 제대로 전해지지 않았다는 것은 모두가 아는 사실이다. 그 결과 미국은 중국의 경고를 심각하게 받아들이지 않았다. 미국은 중국의 경고를 외교적 수사에 불과하다고 판단했다. 당시 워싱턴은 중국의 현재 상황과 정황을 모두 분석해본 결과 참전 여력이 없다고 결론 내렸다. 아편전쟁(1840) 이후 근 100여 년 동안 전쟁과 혁명을 치른 중국에게는 그럴 여력이 없다고 판단했다. 또한 중소동맹관계가 존재하고 있었지만 중국과 소련이 이 관계를 맺기 위해 약 3개월의 시간을 소비했다는 사실 때문에 미국은 소련의 중국 지원에 대해 의구심을 품을 수밖에 없었다. 미국은 소련의 의지와 의사를 의심하고 있었다.

중국 인민지원군의 압록강 도강 장면

그러나 미국의 판단과 달리 중국은 가만히 있지 않았다. 군사적, 경제적 여력이 없어 보였던 중국은 미군이 38선을 넘어 압록강까지 밀고 올라오는 것을 보면서 더 이상 수수방관할 수 없다는 결론을 내린다. 1950년 10월 2일 마오쩌둥의 한국전쟁 파병 결정은 미국의 기대를 부서뜨리는 동시에 중국을 한국전쟁의 무대 위로 올려놓았다. 미국이 'UN'의 옷을 입고 한반도로 들어왔다면 중국은 '인민지원군'의 옷을 입고 한반도로 들어왔다.

19일 압록강을 도강한 인민지원군이 25일 첫 교전을 치르면서 중국의 개입이 공식화되었다. 승승장구하던 미군의 기세는 중국의 등장과 함께 꺾이기 시작한다. 전세는 역전되었고 중국은 38선 이남으로 진격해야 할지에 대한 고민에 빠지게 된다. 결국 중국은 이미 미군의 진격으로 38선의 의미가 없어졌기 때문에 38선 이남으로 진격할 것을 결정한다. 물론 이 과정에서 중국 역시도 미국의 경고를 무시했다.

미국과 중국의 소통 방식은 한계를 적나라하게 드러냈다. 인편을 통한 메시지도 그 의미나 심각성이 제대로 전달되지 않았고 파악되지도 않았다. 전쟁 초기 두 나라는 인도 채널을 이용했고 휴전 협상과 관련해서는 영국 등 유럽의 일부 국가들을 활용했었다. 그러나 인도를 제외한 나라들이 모두 중국과 미수교국이었기 때문에 채널로 활용하는데 제약이 따를 수밖에 없었다. 유럽 국가들 대부분이 UN 연합군으로 참전하면서 중국에게 신뢰도가 떨어진 것 역시 소통 채널의 한계를 만드는 요인이 되었다. 대신 이들은 미국에게 협상을 종용하는 데 공헌했다.

한국전쟁의 휴전협정이 체결된 지 1년도 안 되어 미국과 중국은 또 한 번의 무력 갈등을 겪게 된다. 1954년 8월부터 1955년 4월까지 중국이 단행한 1차 대만해협 폭격 사건이었다. 이는 1차 대만해협 위기사태로도 알려져 있다. 중국이 이 같은 미사일 폭격 세례를 감행한 이유는 세

가지였다. 당시 미국과 대만이 진행하던 군사방위조약 협상을 훼방하고, 미국의 대만 방위 범위를 확인하고, 대만이 점령하고 있던 일부 도서를 탈환하기 위해서였다. 이 과정에서도 미중 양국은 한국전쟁과 마찬가지의 방식으로 서로의 입장을 전했다.

미중 사이의 기존 소통 채널은 이 사태에서도 제 효력을 발휘하지 못한다. 급기야 미국은 1955년 4월 한국전쟁 (1950년 11월과 1951년 4월)에 이어 또 다시 핵카드를 꺼내 들었다. 즉, 중국의 미사일 세례가 중단되지 않으면 핵폭탄을 투하하는 것을 심각하게 고민했다. 실제로 미국의 핵카드는 중국의 미사일 폭격을 중단시키는 효과를 보였다. 한국전쟁에서 중국으로 하여금 휴전 협상에 동의하고 휴전에 임하게 한 효과를 보였던 것과 유사했다. 물론 미국의 핵 위협이 근본적인 원인이라고 단정할 수는 없다. 중국에게는 또 다른 결정적 요인이 있었기 때문이다. 1955년 4월 말에 개최 예정인 '반둥회의'가 중국의 발목을 잡았다. 인도, 버마, 스리랑카와 함께 이 회의의 주최국 중 하나였던 중국은 무력행사를 오래 끌고갈 수 없었다.

한국전쟁과 1차 대만해협 위기사태가 미국과 중국에게

준 역사적 교훈 중 하나는 양국 간 소통 채널의 강화 필요성이었다. 양국은 역사를 통해 서로의 입장을 명확히 전하고, 전하고자 하는 메시지의 심각성을 제대로 전달하기 위해서는 소통을 강화해야 한다는 교훈을 얻은 것이다. 소통의 부족이나 실수가 자칫 위기나 전쟁을 세계전쟁의 수준으로 확대시킬 가능성이 나날이 높아져가는 가운데 이를 사전에 차단하기 위한 핵무기 사용 가능성 역시도 나날이 높아져갔기 때문이다.

그 결과 미중 양국은 유럽의 제3국가에서 이른바 '대사급 회담'이라는 소통 채널을 구축하는 데 합의한다. '대사급 회담'은 1955년 8월에 본격적으로 가동되었다. 미중 각국의 유럽 대사가 유럽의 제3국에서 만나 직접 대화를 나눴다. 형식이나 방식은 직접 소통이었으나 아무래도 제3국에서 회담을 개최하다 보니 간접 대화와 같은 한계를 가질 수밖에 없었다. 하지만 이는 전에 비해 괄목할 만한 변화였다. 이전까지만 해도 화면이나 종이, 다른 이의 입으로 전해질 수밖에 없었던 각자의 목소리를 드디어 미중이 대면한 채로 주고받을 수 있게 된 것이다. 어떻게 보면 한반도와 대만이 이 둘의 중매인이 된 셈이다.

대사급 회담의 개시 : 1955~1970

미중 대사급 회담의 시작 명분은 미중 양국의 외교관계가 단절된 이후 양국에 잔존하고 있던 국민들의 귀국 문제를 협의하기 위한 것이었다. 그리고 회담의 준비과정에서 영국과 인도의 중재가 1955년 7월부터 이뤄졌다. 준비 회의를 거치고 1955년 8월 1일 미중 양국의 첫 대사급 회담이 스위스 제네바에서 개최되었다.

중국 측 대표는 주 폴란드 대사 왕빙난王炳南이었고, 미국 측은 주 체코슬로바키아 대사 존슨(Johnson)이었다. 미중 양국의 첫 역사적 대사급 회담은 40일 동안 14차례 개최됐다. 그리고 첫 의제였던 양국 국민의 귀환 문제에 관한 합의가 9월 10일 체결되었다. 양국은 이들의 귀국 권리를 인정하고 적당한 조치를 모색해 최대한 조기 귀국시킨다는 데 합의했다. 그리고 대사급 회담 개최를 중재했던 영국과 인도가 이들의 귀국을 돕기로 했다.

그러나 이후 대사급 회담은 소강상태에 빠진다. 미중 양국의 국내외 사정으로 1958년 7월까지 재개되지 못했다. 전화위복이라고 했던가. 대사급 회담이 재개될 수 있었던 데는 위기가 있었다. 2차 대만해협 위기사태가 이들을 다시 불러 모았다. 이후 1970년까지 바르샤바에서만 총 63회의 대사급 회담이 개최되었다.

미중 대사급 회담은 수없는 경색과 중단, 그리고 재접촉과 재개의 과정을 겪었다. 수많은 우여곡절 속에서 미국과 중국은 1955년부터 1970년까지 15년 동안 무려 136회의 대사급 회담을 개최했다. 이슈도 미국의 대중국 금수조치 해제 문제에서부터 민간 교류, 그리고 회담 개최 당시 직면한 양국의 중대 현안까지 다양했다.

첫 회담이 소기의 목적을 달성한 후 대사급 회담의 성격은 자연스럽게 바뀌었다. 미중 양국은 회담을 통해 서로를 더 잘 이해하려 하기 보다는 위기 사태나 당면 문제에 대한 해결의 실마리는 물론 협력할 수 있는 기회를 포착하는 데 회담의 방점을 찍었다.

그러나 협력 기회의 포착이 양국의 실질적인 협력을 의미하는 것은 아니다. 대신 양국이 공동으로 인식하는 범위 내에서 협력할 수 있었다는 의미다. 이것이 가능했던 것은 대화가 직접적인 인적 교류와 접촉을 통해 이뤄졌기 때문이다. 이는 미중 양국이 1955년부터 직접적인 무력 충돌과 전쟁을 피할 수 있었던 가장 큰 요인으로 작용했다.

회담 초기, 즉 베트남전쟁 발발 이전까지 미중 양국 간에 발생한 위기 사태에 회담의 초점이 맞춰진 것은 미중 양국, 특히 미국의 대중국 정책의 기본 노선으로부터 영향을 많이 받은 결과이다. 케네디(John F. Kennedy)와 존슨(Lyndon B. Johnson) 행정부까지 미국의 대중국 정책의 기본 노선은 중국을 억제하는 것이었다. 그리고 이는 1959년 12월 미 국가안전보장회의(NSC, 국가안보회의)가 제시한 새로운 대중국 정책의 골자였다.

당시 미 행정부는 중국공산당 정권의 공고화라는 가정하에 중국의 영향력 확대를 저지하고, 중소관계에 긴장을 조성해 중국의 확장 야욕을 억지하는 것에 초점을 맞추고 있었다. 구체적 전술은 인도차이나반도에서 중국을 곤경에 빠뜨리고, 소련과 핵 금지 조약을 체결해 중국의 핵무기 실험을 방지하고, UN에서의 의석 회복 노력을 저지하는 한편, 인도네시아 정부에 대한 원조를 증대해 중국공산당의 지원 세력을 효과적으로 저지하고 말살시키는 것이었다.

미중 대사급 회담의 성격은 베트남전쟁과 함께 다시

한 번 변화를 겪는다. 이는 미중 양국이 서로의 개입이나 전쟁의 확대를 방지하기 위해 기존의 간접 소통 수단이 아닌 직접 대화 채널인 대사급 회담에 본격 의존한 결과였다.

미국의 베트남전쟁 참전과 함께 미국과 중국 모두 각자의 입장을 명확히 전하는 동시에 서로의 입장을 읽어내는 데 주력하기 시작했다. 정식 협정은 없었지만 양국 간의 전쟁 가능성을 봉쇄하는 마지노선, 즉 위도 20도 선을 쌍방이 준수할 의사가 있는지의 여부를 확인하고 재확인하는 데 모든 외교적 노력을 다했다.

다행히 미국은 약속대로 위도 20도 이북 지역에 지상군의 침투나 투입을 허용하지 않았고, 중국도 북베트남에 전투 병력을 파견하지 않았다. 중국은 대신 북베트남의 전쟁 능력을 향상시키기 위해 공병대와 군사자문관만 파견했다. 그러나 만약의 사태에 대비해 중국은 베트남과의 접경지역인 윈난성과 광시廣西성에 육군과 공군 병력을 대기시켰고 군사 기지를 확대하거나 신설하는 등 만반의 준비 태세를 갖췄다.

베트남전쟁으로 1960년의 서막이 오르자 아시아 국가들은 '미국과 중국이 전쟁을 벌이지 않을까' 하는 걱정으로 60년대의 전반기를 보냈다. 훗날 미국의 조작극으로 밝혀졌지만 1964년 8월 이른바 '통킹만 사건'으로 미국의 참전이 본격화되면서 중국의 베트남 정책 및 전쟁에 대한 입장에 근본적인 변화가 싹트게 된다.

미국과 중국의 베트남 개입이 본격화 되면서 양국의 대사급 회담은 중단되었고 대신 상호 비방 공세가 시작되었다. 공세는 날로 격해져 갔고 양국 관계는 자연스레 상당한 긴장 국면에 접어들게 되었다.

베트남전쟁이 나날이 격전을 거듭해가는 가운데 1965년부터 미국이 베트남에서의 공세를 급진적으로 확대하기 시작했다. 그 결과 베트남의 긴장 국면은 한 층 더 강화되었고 전쟁 역시 새로운 국면으로 접어들었다. 미국의 공중 폭격은 쉴 새 없이 북베트남을 공격했다. 그리고 이런 와중에 소련 총리 코시긴(Kosygin)이 2월 11일 하노이를 찾았다.

코시긴의 방문은 북베트남에게 소련의 입장을 전하기 위해서였다. 그는 북베트남의 안보를 외면할 수 없는 소련의 입장을 밝힘으로써 소련의 지원 의사를 슬쩍 흘렸다. 두 달 후인 4월 10일 이번엔 북베트남 공산당의 제1서기

레주안(黎筍)이 소련을 방문한다. 그의 방문 목적은 역시 코시긴이 흘린 소련으로부터의 지원을 약속받기 위해서였다. 소련은 북베트남으로부터 지원 요청이 있을 시 소련군을 참전시키겠다는 약속을 공동성명문에 반영함으로써 레주안을 안심시키는 동시에 소련의 북베트남 지지 의사를 재확인했다. 소련과 북베트남이 공동성명문을 발표하며 관계에 급진전을 보이자 중국은 다급해졌다. 베트남을 두고 소련과 지원 경쟁을 벌이던 중국 정부는 5월 소련에 질세라 미국의 북베트남 공격은 미국의 중국 공격과도 같다고 으름장을 놨다. 이는 중국의 파병 의도가 함축된 엄중한 경고성 메시지였다.

미국은 중국이 보낸 경고성 메시지의 의미를 정확히 파악하기 위해 대사급 회담을 재가동한다. 미중 양국은 폴란드의 수도 바르샤바에서 다시 조우했다. 이 자리에서 미국은 자국의 입장을 중국 측에 직접 밝혔다. 미국의 폭격은 북베트남의 영토를 점령하기 위한 것도 아니고 북베트남을 파괴하기 위한 것도 아니라는 것이었다. 또한 북베트남의 정권 전복이나 중국을 공격하기 위한 것도 아니라는 것이다. 대신 미국의 의도는 북베트남의 월남 정복을 저지

영화 〈플래툰〉 포스터

하기 위해서라고 해명했다. 그러면서 중국이 보낸 경고의
진의를 파악하는 데 나선다. 그러나 미국은 중국의 진정한

입장을 밝히는 데 실패했다.

비록 미국이 대사급 회담에서 중국의 진의를 완전히 파악하는 데는 실패했지만 중국의 미묘한(subtle) 입장 변화는 감지할 수 있었다. 그리고 미국은 이 틈 사이로 중국의 진의를 더듬어 갔다. 그 결과 미국은 마지노선인 북위 20도 이북지역에 지상군을 투입하지 않으면 중국은 군사적 개입을 단행하지 않으리라는 것을 확인할 수 있었다. 중국의 진의가 뚜렷해지자 미국의 행동 방향 역시도 뚜렷해졌다. 미국은 전쟁 기간 동안 이 마지노선을 지키기 위해 최선의 노력을 다했다.

그런데 여기서 우리는 재미있는 질문을 하나 던질 수 있다. 〈굿모닝 베트남〉, 〈플래툰〉, 〈풀 메탈 자켓〉, 〈지옥의 묵시록〉 등 베트남전쟁을 소재로 한 수많은 영화를 보면 미군과 베트콩이 지상전을 펼치는 장면이 자주 나온다. 이때 이들이 전쟁을 벌이고 있는 지역은 북베트남 지역이었을까? 물론 아니다. 영화에서 다루는 미군의 지상전 광경은 월남(남베트남)지역에서 벌어지는 전투다. 그리고 미군과 싸우는 이들 즉, 베트콩들은 북베트남에 세워진 베트남민주공화국 공산정권이 월남에 심어놓은 혁명세력인 베트남민족해방전선(NLF)의 공산혁명 게릴라군이다. 우리의 월남 파병군 역시도 이런 베트콩들과 월남에서 전투를 벌였다.

대사급 회담이 미중 양국의 위기관리 체제로서 직접적인 군사 충돌을 방지하는 효과를 내자 미 행정부 내에서도 회담의 가치를 높게 평가하기 시작했다. 즉, 소통의 채널로서 대사급 회담이 미중 양국의 전쟁을 효과적으로 막을 수 있다는 것이다. 회담이 진가를 인정받기 시작하면서 미국 내에선 중국과의 전쟁을 피하기 위해 중국 정책을 전면적으로 재검토해야 한다는 목소리가 나오기 시작했다. 그리고 1966년 2월 12일 극동지역 차관보인 윌리엄 번디(William Putnam Bundy)는 미국이 대중국 정책을 재평가해야 한다는 내용의 연설로 그 시작을 알렸다.

번디는 두 나라 사이에 상반된 아시아 정책과 목표가 존재하지만 미국은 이제 중국에 대한 군사적 포위의 필요성을 좀 더 경시해야 한다고 주장했다. 대신 중국 정책의 핵심 동력을 미국이 아닌 중국의 주변 국가에서 찾아야 한다고 역설했다. 그는 또한 중국은 전술적으로 조심하고 있으며 미국과의 전쟁을 원하지 않고 있다고 강조했다.

그의 신념은 미중 대사급 회담이 보여준 효과에서 비롯된 것이었다. 그는 미중 대사급 회담을 미국이 중국에게 '적대적인 구상(hostile design)'이 없음을 확인할 수 있었던 효과적인 소통 채널로 높게 평가했다. 동시에 이를 미중 간의 접촉이 앞으로 더 증가할 가능성이 농후한 가운데 특히 중국의 차세대 지도자들에게 많은 기대를 걸 수 있는 근거로 봤다. 번디의 연설은 미국이 중국 정책의 속도(tempo)와 방식(format)을 설정하는데 중요한 역할을 했다는 평가를 받고 있다.

중국에 대한 미국 내 새로운 시각의 등장과 확산은 미국이 중국을 지칭하는 호칭, 곧 가장 직접적인 형태로 증명되었다. 1966년 3월 129차 미중 대사급 회담에서 미국은 드디어 중국의 공식 국가 명칭을 사용하기 시작했다. 미국 측 대표로 참석한 주 폴란드대사 존 그로노스키(John Gronouski)는 공식 회담에서 처음으로 중화인민공화국 정부를 '중국 정부'로 호칭했다.

회담에서 그로노스키는 중국 측 대표에게 미중 간 기자, 학자, 의사 등의 교류를 제안했다. 그러나 이는 미중 양국의 국내외적인 이유로 성사되지 못했다. 특히 당시 중국은 문화대혁명 시기로 막 진입한 터였기 때문에 미국 측의 제안을 받아들일 상황이 아니었다. 129차 대사급 회담은 결과만 놓고 보자면 그리 성공적인 만남은 아니었다. 그럼에도 불구하고 이는 정치·외교적으로 상당히 큰 의미, 즉 중국에 대한 미국의 인식 변화를 보여주는 매우 상징적인 만남이 되었다.

중국이 문화대혁명 시기를 맞으면서 양국 관계는 잠시 소강상태로 빠져든다. 그러나 이미 상승하기 시작한 중국과의 관계 개선 분위기에 따라 미국은 회담을 재개하기 위해 노력했다. 그리고 그 노력의 결과는 우연찮은 기회로 다가왔다. 1969년 9월 9일 미 행정부는 주 폴란드대사 월터 스토셀(Walter Stoessel)에게 주 폴란드 중국대사와 대화를 재개하라는 명령을 내린다. 물론 그간 진전은 없었다. 그러다가 12월 3일 스토셀은 바르샤바 문화궁에서 개최된 유고슬라비아 패션쇼에서 중국의 공사대리 레이 양(Lei Yang)과 우연히 마주치게 된다. 그들은 정말 우연히 마주쳤다.

스토셀은 밖으로 나간 레이 양을 황급히 뒤쫓았다. 그러나 레이 양은 뒤도 돌아보지 않았다. 겨우 그를 잡아 세

운 스토셀은 폴란드어로 최근 워싱턴에서 닉슨 대통령을
만났는데, 대통령이 중국과 진지하고 구체적인 대화를 하
고 싶다는 이야기를 했다고 전했다. 그러나 레이 양의 통
역관은 무표정한 얼굴로 상부에 보고하겠다는 대답만 했
을 뿐이었다. 그들은 곧이어 자리를 떠버렸다.

비록 매우 우연스럽고도 어색하게 시작되었지만 그럼
에도 불구하고 둘은 이듬해 1월 20일과 2월 20일 바르샤바
에서 다시 조우했다. 회담의 의제는 대만 문제와 미국 고
위급 인사의 중국 방문 가능성 타진이었다. 미국 측은 대
만과 장제스蔣介石 정부로부터 물러설 용의가 있다는 입장
을 직설적으로 털어났다. 그리고 중국 측은 처음으로 미국
의 특사를 받아들일 의사를 표명했다.

미국은 미중의 바르샤바 대사급 회담으로 대중국 전략
을 공식적으로 담당하고 있는 미 국무부의 역할에 확실히
종지부를 찍고 싶다고 넌지시 말했다. 즉, 바르샤바 대사
급 대화 채널을 미중 간 소통의 도구로 이용하되, 이의 소
유를 국무부가 아닌 리차드 닉슨 신임 대통령의 신임 국가
안보보좌관 헨리 키신저(Henry Kissinger)로 하겠다는 발언
이었다.

스토셀은 1월자 대화에서 일련의 보장성 발언들을 늘어놓았다. 베트남전쟁이 진행 중에 있지만 닉슨 행정부의 목표는 미군의 규모를 줄이는 것이며 동시에 새로운 미중관계를 시작하는 것이라고 강조했다.

스토셀은 대만 문제에 대해 이는 공산당과 국민당 사이에서 해결이 가능한 문제라고 정리했다. 대만 방어에 대한 미국의 의지(commitment)는 유효하나 미래의 평화적 해결에 대해 어느 한 쪽 편만을 들지 않는, 무차별한 의향을 견지할 것이라고 전했다. 더불어 아시아가 평화와 안정을 되찾을수록 대만 내 주둔군이나 무기장비를 감축하고 싶어 하는 미국의 입장도 전했다.

이 회담에서 미국은 처음으로 대만의 철수 문제와 베트남전쟁의 종결을 연계하는 제안을 내놓은 것이다. 이게 다가 아니었다. 스토셀은 닉슨 행정부가 북경에 특사를 파견하거나, 아니면 중국 대표단을 워싱턴에 초청해서 더 완벽한 대화를 하고 싶어 한다고 강조했다.

2월의 대화에서 중국은 미 행정부의 제언 중 중국이 제일 듣기 좋아하는 것에 먼저 수긍했다. 미국 정부가 특사나 장관급 대표단을 북경에 보내길 원하면 중국 정부가 환영할 것이라는 입장을 전달했다. 그러면서 중국 대표단의 워싱턴 방문은 자연스럽게 언급되지 않았다. 중국은 그들이 오길 희망하는 메시지를 전한 셈이다.

대만과 관련해서 미국 측은 입장에 변화를 가미했다. 닉슨 행정부는 아시아의 긴장이 약화되면 병력 감축을 '희망(hope)'한다는 종전의 입장에서 '의향(intention)'이 있는 것으로 바꿨다.

1971년 7월 비밀리에 중국을 방문한 키신저가 저우언라이와 프랑스 파리에서 비공개 소통 채널을 운영하는 데 합의한다. 그러면서 '파리비밀대화채널'이 9월부터 미중 대사급 회담을 대체하기 시작했다. 미중 양국은 파리비밀대화채널이 공개 채널로 전환되기 전까지 총 45차례의 비밀 회담을 진행했는데 당시 키신저는 이와 별개로 주 프랑스 중국 대사였던 황전黃鎭과도 3차례의 비밀 회담을 가졌다. 파리비밀대화채널은 1972년 3월 13일을 기점으로 공식 협의 채널이 되었다. 공개로 전환된 이유는 베트남전쟁 종결에 대한 양국의 의지와 입장을 공식화하기 위해서였다.

공개 회담의 미국 측 협상 대표로는 주 프랑스 대사관의 무관 월터스(Walters)가, 중국 측 협상 대표로는 주 프랑스 대사인 황전이 임명되었다. 그러나 격을 맞추기 위해 미국은 곧 협상 대표자를 주 프랑스 대사 아서 왓슨(Arthur Watson)으로 교체했다. 미중은 1972년 3월 13일 첫 공개 회담을 시작으로 1973년 2월까지 총 53차례의 공식 회담을 진행했다. 그러나 회담의 내용은 모두 비공개로 유지되었다.

파리비밀대화채널은 1973년 미중 양국이 각국의 수도에 연락대표부를 설치하면서 자연스럽게 역사의 뒤안길로 사라졌다. 미중 양국이 수교하지 않은 상황에서 파리 대사급 회담은 외교적으로 상당한 의미가 있었다. 이를 통해 미중 양국 사이에 협상과 접촉이 제도화되었다. 뿐만 아니라 미국과 중국은 파리 채널을 통해 양국 간의 교류, 무역과 상호 방문을 비롯한 비정치 분야에서의 교류 증진에 합의할 수 있었다.

파리의 정기적인 대사급 회담 이외에 미중 양국은 또 하나의 권위 있는 고위급 실무 접촉과 전략대화를 다른 경로를 통해 동시에 진행했다. 하나는 키신저의 특사 채널이었고, 또 다른 하나는 미중 전략대화였다. 키신저는 이후 닉슨의 특사 명목으로 1975년까지 북경을 다섯 차례나 더 방문하게 되는데 이는 대통령 수행을 제외한 횟수였다. 미중 전략대화는 대부분 뉴욕에 위치한 UN 본부에서 이뤄졌다. 미중 양국의 대사 또는 키신저와 주 UN 중국 대표가 대화를 이끌어 나갔다.

소통 채널의 다양화와 다층화

1979년 1월 1일 미중 수교와 함께 양국의 대화와 소통 방식은 큰 변화의 바람을 맞게 된다. 특히 본격적으로 시작된 중국의 개혁개방 정책이 이를 주도했다. 적극적인 개혁개방과 정식 수교는 양국 간 협력의 범위와 영역에 확대의 바람을 불어넣었고 이는 자연스레 협력을 위한 소통에까지 영향을 미쳤다. 우선 소통 방식을 보자면 특사, 비밀과 공개 회담, 개별 대화라는 기존의 방식이 통신 수단(전화와 서신 등)과 대사의 직접 접촉 및 대화 등으로 전환되었다.

양국 간 협력의 범위가 확장됨에 따라 양국의 의제 역시 증대되었다. 그리고 이는 자연스레 대화와 소통에 참여하는 대상의 범위를 넓혔다. 수교 이전 국가안보회의, 백악관과 국무부에 집중되었던 소통 채널은 이제 국방부, 농무부, 상무부, 재무부 등을 포함시켰다. 대화에 참여하는 인사 역시도 대통령을 시작으로 각 부처의 수장들, 나아가 현안 업무 처리의 책임을 맡고 있는 실무진까지 망라할 정도로 다양화 되었다.

사실 대화의 참여 부처와 인사의 스펙트럼이 넓어지기 시작한 것은 1981년 로널드 레이건 정부의 출범과 함께였다. 그리고 소통 방식과 참여 인사에 근본적인 변혁의 계기를 제공한 것 역시도 미중 수교가 아닌 1989년 6월의 천안문사태였다. 당시 미국 정부는 중국공산당의 천안문 유혈 사태에 대한 책임으로 경제제재를 결정했다.

그러나 이 과정에서 당시 미국 대통령이던 아버지 조지 부시는 친중국 인사로서 중국에 대한 경제제재를 최대한 완화시키려고 백방으로 노력하고 있었다. 제재를 완화시키자면 무엇보다 미 의회를 설득하는 게 관건이었다. 아버지 부시는 이를 위해 중국공산당의 입장을 명확히 알아내는 데 모든 경로를 동원했다. 모든 친분과 사용가능한 모든 경로를 동원해 덩샤오핑을 포함한 중국 최고 지도자와의 접촉을 성사시키기는 데 주력했다. 그는 특사를 포함해 특사를 통한 서신 외교, 그리고 주중 미 대사와 이른바

'핫라인(hotline)' 등 전화 외교까지 서슴지 않았다.

　백방으로 뛰어다니며 노력했건만 그의 노력은 물거품이 되고 말았다. 당시 중국공산당은 천안문 민주 시위의 소요 사태에 대해 미국을 배후세력으로 지목하고 있었다. 이런 상황에서 아버지 부시가 중국과의 접촉을 바라는 것은 오르지 못할 나무를 바라보는 것이나 다름없었다. 당시 주중 미 대사 제임스 릴리(James Lilley)가 중국공산당 지도자와 다양한 네트워크를 보유하고 있었지만 연락은 불통이었다. 중국의 지도자들은 부시 대통령의 전화도 받지 않았다. 그럼에도 부시는 포기를 몰랐다. (비밀)특사를 6개월 동안 두 번이나 급파하면서까지 자신의 목소리를 전하려고 부단히 노력했다. 그리고 이 과정에서 그를 비롯한 미국은 하나의 소중한 교훈을 얻었다.

　미국은 중국과의 대화 채널을 더 다양하고 더 다층적으로 운영해야 할 필요성을 절감했다. 천안문사태에서의 경험이 미국에게 중국과의 대화 채널을 어떻게 운용할지에 대한 모든 답(혹은 교훈)을 제공해준 건 아니었다. 1999년과 2001년 미군의 관련으로 중국인 사상자가 발생한 사건이나 중국이 위기 상황에 처한 경우 등 이후에도 미국은 중국과 몇 차례의 연락두절에 가까운 반응을 맛봐야 했다. 그때마다 미국은 대통령을 통한 정상 간이나 현지 대사를 통한 중국 지도자와의 접촉을 시도했으나 즉각적인 효과를 보지 못했다. 대신 경험을 통해 미국은 결국 관계 부처의 실무급 고위 인사의 접촉과 소통은 가능하다는 것을 깨달았다.

중국공산당 최고 지도부와의 접촉이 불가능한 데는 두 가지 이유가 있다. 하나는 중국공산당의 의사결정 구조가 집단지도부 체제이기 때문이다. 그리고 다른 하나는 이런 집단 의사결정 구조에서 즉각적인 대응 방안이나 전략이 마련되지 않기 때문이다. 즉, 시간이 걸린다는 것이다. 물론 개인적인 감정도 배제하지 못한다. 그러나 집단지도 체제에서 의사결정은 집단적으로 이뤄져야 하기 때문에 진상 파악부터 시작해서 안건의 판단 및 결정을 내리는 데까지 시간이 걸릴 수밖에 없다.

천안문사태 때도 그랬지만 2010년 9월 중국과 일본이 분쟁 중인 영토(댜오위다오, 센카쿠 열도)에서 발생한 중국어선 선장 피랍 사건 때도 중국공산당 지도부는 일본의 핫라인 통화에 응답하지 않았다. 당시 일본 수상은 중국공산당

지도부에 핫라인을 8번이나 걸었다. 북한의 5차 핵 실험 실시 직후 우리의 대통령도 시진핑 국가주석에게 핫라인을 두세 번 걸었던 것으로 알려져 있다. 그러나 결과는 마찬가지였다.

사건 사고를 처리하는 데 있어 중국과의 소통이 실무급 차원에서 보다 원활하게 이뤄진다는 교훈은 이미 여러 사례를 통해 입증되었다. 사건 사고가 발생했을 때 중국 지도부가 우선적으로 취하는 조치는 이를 담당할 부서부터 지명하는 것이다. 1999년의 유고 주재 중국대사관 오폭 사건과 2001년의 미군 정찰기 EP-3 사건 당시 중국 지도부는 가장 먼저 이를 전담할 부처로 외교부를 임명했다.

오늘날 북핵 사태를 담당하는 부처 역시 외교부로 지명됐다. 이 모든 사건 사고가 군사 문제임에도 불구하고 군 당국은 핸들링에서 벗어나 있다. 그렇기 때문에 우리 외교 당국도 중국과의 군사적 사건 사고에 대비해 군사 전문 지식을 가진 전문 인력을 육성해야 할 필요성을 인지해야 할 것이다.

미중 양국은 몇 차례의 사건 사고의 경험 끝에 사후 처리보다는 사전 방지 및 예방의 중요성을 깨달았다. 그 결과 21세기에 들어 양국은 사전 방지 및 예방을 철저하게 관리하기 위한 전략대화 기체를 창설하고 이를 꾸준히 확대해 갔다. 그 산물이 바로 2005년에 출범한 미중 고위급 대화(US-China Senior Dialogue)다. 그러나 이 대화체는 오바마 정부가 출범하면서 중단되었다.

대신 2006년 12월 미중 양국이 북경에서 발족한 이른바 "중미 전략적 경제대화(China-US Strategic Economic Dialogue, SED)"가 새로이 태어나 현재까지 존속해오고 있다. 이 대화체는 2009년에 미중 전략경제대화(US-China Strategic & Economic Dialogue)로 개명됐다. 이 대화체에 참여하는 부처만 해도 70여 개 이상으로 알려져 있다. 그야말로 전방위적이고 전면적인 미중 양국 정부의 대화체라고 할 수 있다.

그러나 불행하게도 우리와 중국 사이의 대화체는 현재 제대로 가동되고 있지 않다. 전략대화 채널이 외교, 국방, 환경, 산업 등의 부처에 수립되었지만 이를 정례화하고 기제화하는 데는 아직 성공을 거두지 못하고 있다. 이 중 그나마 한중 양국 환경부의 대화체는 정례화 되었다고 볼 수 있다. 그러나 나머지 부처 간의 대화는 정기적으로 진행되지 않고 있다. 우리도 중국과 여러 부처를 아우르는 통합적인 대화체를 모색하는 한편, 각 부처 간 대화체를 그 하부조직으로 운영하는 방안을 함께 고민해볼 필요가 있다.

05

한반도와 미중의 손익계산

미국과 중국이 국제문제를 해결하는 데 있어 대화와 소통, 그리고 협력을 강조하는 근본적인 이유는 경제적 비용 때문이다. 그렇지 않으면 각자가 부담해야 할 비용이 천정부지로 뛸 수 있어 독자적으로 감당하기가 거의 불가능하다. 이런 전략적 이익 계산은 한반도를 비롯한 동북아, 더 나아가 동아시아에서 각자의 전략 이익을 추구하고 수호하는 데 철저하게 적용되고 있다.

쉽게 말해 미국이 한국을 이뻐해서, 중국이 북한을 이뻐해서 동맹을 유지하는 것이 아니다. 지정학적 전략 이익이라는 이유도 진부하다. 중국과 북한 역시 마찬가지다.

중국이 북한과 여전히 관계를 유지하는 건 완충지대로서 북한의 지정학적 가치가 높아서가 아니다. 중국의 지리적 관점에서 보면 한반도는 중국 대륙의 일부일 뿐이다. 중국에게는 북한말고도 모든 주변 지역이 전략적 완충지대다. 우리가 북한을 중국의 전략적 완충지대라고 인식하는 것은 전통적인 일본사학관과 냉전시대 사고로부터 영향 받은 바가 매우 크다.

이유는 간단하다. 중국은 전통적 대륙 국가다. 대륙 국가의 안보 위협은 동서남북 모든 방향에서 올 수 있다. 지리적으로 사방팔방이 다 외부에게 개방되어 있기 때문이다. 다시 말해, 중국의 관점에서는 동서남북 모두가 위협에 노출되어 있다. 어느 한 곳도 안전하지가 않다. 그리고 그 덕에 역사에서도 입증되듯이 중국을 위협하는 세력은 매우 다양한 경로를 통해 중국으로 들어올 수 있었다. 다시 말해 한반도는 중국의 유일한 관문이 아니었다.

영국, 프랑스, 미국 등 서구 열강들은 홍콩, 인도, 인도차이나반도의 베트남 등을 통해 중국에 진출했다. 북쪽의 러시아는 중국 동북 지역과 신장 지역을 통해 중국에 접근했다. 이란과 이라크 등 중동 국가들은 중앙아시아를 경유해 신장 등 중국의 서북 지역으로 들어왔다. 오로지 일본만이 한반도를 중국 진출의 교두보로 삼았다. 그런데 일본도 굳이 한반도를 통할 필요가 없다. 역사가 증명하듯이 대련이나 산동 지역을 통해서도 접근이 가능하기 때문이다.

그런데 우리는 미국과 중국의 안보 게임을 이해하는데 한반도의 지정학적 패러다임에서 빠져 나오지 못하고 있다. 한반도의 지리적, 지정학적, 지경학적 전략 가치에 우리 스스로가 매몰되고 있다. 그러나 정작 미중 양국은 한반도의 전략적 가치를 따지지 않고 있는 것이 현실이다. 우리는 이런 현실을 직시해야 할 것이다. 그리고 미중 양국이 국익과 전략 이익을 운운할 때 그들이 의미하는 이익의 진정한 의미를 파악해야 할 것이다.

미중 양국에게 한반도의 이익은 철저하게 자국을 기준으로 손익계산을 따진 후 산정된다. 여기서 손익계산은 궁극적으로 경제적 비용이다. 즉, 투자 대비 효과의 결과를 따지는 것이다. 또한 이런 비용에는 정치적, 외교적, 군사적 비용도 포함되어 있다. 그들의 계산에 따르면 한반도를 지금과 같이 분단 상황으로 유지하는 이른바 '현상 유지(status quo)'가 이들에게는 더 경제적이다. 현상 유지 상태에서 이들이 감수해야 할 정치, 외교, 군사 등 여러 방면에서의 비용이 다른 상태보다 더 싸게 먹힌다는 것이다. 즉, 분단된 한반도가 이들이 감수할 수 있는 범위의 비용이라는 의미다.

한반도를 둘러싸고 벌어지는 일련의 군사적 도발 사건이나 정치 갈등 혹은 외교관계의 긴장 상황이 전쟁으로 승화되지 않는 이상, 미중 양국의 전략 계산엔 한반도의 현상 유지가 더 저렴하다는 손익계산이 복선으로 깔려 있다. 이것이 미중 양국의 한반도와 동북아에 대한 국익 계산의 방정식이다. 이들은 어떻게 하면 저렴한 비용으로 이 지역에서의 평화와 안정을 유지하면서 자신의 전략적 이익을 극대화할 수 있을지를 항상 고민한다.

이들에게 한반도와 동북아의 전략적 이익의 의미는 세력 균형이다. 세력 균형의 유지를 통해 얻은 안정적이고 평화로운 환경이 이들의 경제 발전과 국가 및 사회의 건강한 발전에 도움이 된다는 전략적 사고가 그들의 논리를 지배한다. 그리고 안정적인 사회 속에서 이룩한 경제 발전은 상대를 이길 수 있는 힘의 축적으로 귀결된다. 그렇기 때문에 자신의 힘을 배양하고 증강하기 위해서는 자신의 전략적 이익이 강한 지역의 평화와 안보를 최소한의 비용으로 지켜내야 한다는 것이 이들이 당면한 현실적 도전과제이다. 그리고 이런 손익계산 때문에 이들에게 한반도는 분단 상황으로 유지되는 것이 더 유익하다.

만약 세력 균형이 흔들리거나 현상 유지가 더 이상 존속되지 않으면 마치 판도라의 상자가 열리듯 천문학적 요금을 지불하라는 계산서가 이들 앞으로 막 튀어나올 것이다. 그러나 미국과 중국 누구도 그 계산서를 집어들려 하지는 않을 것이다. 지불할 용의도 없고 능력도 없다. 아무런 준비도 되지 않은 상태에서 한반도 지역의 세력 균형이 붕괴된다면 양국은 한반도를 포기할 수밖에 없을 것이다. 그렇지 않으면 한반도 국가와 미중 양국, 그리고 주변지역의 국가들이 이 비용을 공동 부담해야 할 것이다. 그러나 현재로서는 이들 국가에게 그럴 의사가 있을런지의 여부가 심히 의심스럽다.

이런 맥락에서 우리 국민이 피상적으로나마 이해하듯이 미중 양국은 정녕 한반도의 통일을 원하지 않을 것이다. 사전에 심도 깊은 진정성 어린 대책 논의를 하지 않는 이상, 이들은 통일이 청구할 정치, 외교, 경제, 군사적 비용

1950년 9월 15일 인천상륙작전에 성공한 맥아더 장군

을 부담하고 싶지 않을 것이다. 아니다. 아마도 부담할 수 없을 것이다. 그렇기 때문에 분단 상황을 유지하는 것이 이들에게는 더 싸게 먹히는 전략이고 투자 대비 가장 이상적인 효과일지도 모른다.

한반도에서의 전략이익 계산

한반도에서의 미중 양국의 전략이익 계산법은 두 가지로 나눠볼 수 있다. 하나는 한반도의 통일과 하나는 한반도의 분단이다. 두 가지 상황 모두 한반도 지역에 평화와 안정을 가져다준다. 물론 분단의 경우, 북한과의 대치 상황이나 북한의 도발로 인한 긴장 국면이 존재할 수 있다. 그러나 평화와 안정 상황을 전쟁이 없는 것으로 규정하면 분단 상황도 미중 양국의 전략 이익을 충족시킨다. 그러므로 이들에게 한반도의 평화와 안정 이익은 분단이든 통일이든 어느 쪽으로도 달성될 수 있다. 다만 어떠한 상황에서 이런 이익을 달성할지가 이들의 전략적 손익 계산과 깊은 연관이 있다.

한국전쟁 때만 하더라도 미중 양국은 한반도 통일을 원했다. 그래서 두 나라 모두 한국전쟁의 속전속결과 완승을 적극적으로 추구했다. 미국에게 전세가 유리하게 돌아가자 미국은 중국의 경고를 무시하고 38선을 넘었다. 그리고 압록강 유역까지 밀어붙였다. 당시 미국은 한국전쟁이 11월에 한반도 통일로 종결되고 12월이면 미군의 귀국이 가능할 것으로 내다봤다. 그러나 이런 미국의 계획은 중국의 개입으로 무산되었다.

중국은 압록강 유역까지 치고 올라온 미군을 방관할 수 없었다. 이유는 두 가지였다. 하나는 공산주의 이념 때문이었고, 다른 하나는 통일 한반도가 미국의 세력으로 전락하는 것을 막기 위해서였다. 본질적으로 두 이유 모두 이념적인 것이었다. 특히 한반도가 미국의 영향권에 들어가는 것은 당시 공산주의의 전략에 치명적이었다.

중국은 소련을 대신해 아시아 국제공산주의운동의 선봉자인 동시에 최대 지원국을 자처하고 나섰다. 여기엔 소련의 승인도 있었다. 상기한 두 개의 이유가 본질적으로 이념적이었던 것은 군사정치 전략이나 이념적인 시각에서 한국전쟁에 개입함으로써 북한을 지원하는 것이 공산주의의 국제주의와 밀접하게 연관되었기 때문이다. 혁명에 성공한 당이 혁명을 시도하는 당을 돕는 것이 공산주의에서 주장하는 국제주의다. 먼저 혁명에 성공한 중국공산당으로서는 남한의 해방과 혁명을 위해 혁명전쟁으로 고군분투하는 북한노동당을 도와줘야 한다는 도의적 책임과 의무를 지고 있었다.

전략적 관점에서 미군의 압록강 유역 진출은 곧 중국 동북 지역의 위험이라는 계산도 지원 결정의 한 축을 담당했다. 당시 중국 동북 지역은 미군의 직접적인 군사 공격의 위협에 노출되어 있었다. 중국 인민지원군의 지원이 압록강 반대편 지역을 근거지로 하고 있었기 때문에 중국군의 개입과 지원을 차단하기 위해 미군은 이 지역에 대한 공격을 원했다. 일례로, 더글러스 맥아더(Douglas MacArthur) 장군은 이 지역에 원자폭탄의 투하를 해리 트루먼(Harry Truman) 미 대통령에게 직접 요청했었다. 한반도가 통일된 후 압록강 유역에 미군을 주둔시키겠다는 미국의 계산은 중국에게 둘째 문제였다.

이런 상황에서 중국은 한국전쟁에 개입할 것을 결정한다. 중국 역시 개입하면서 목표를 속전속결과 한반도의 통일로 설정했다. 중국공산당의 속전속결 입장은 2차 전투가 끝난 후 야전사령관 펑더화이(彭德懷)와 마오쩌둥 사이에서 빚어진 갈등에서도 입증되었다. 펑더화이는 중국인민지원군의 전열을 재정비하고 사기를 회복하기 위해 휴식을 요구했다. 그러나 마오쩌둥은 이를 거부하고 대신 전쟁의 속전속결을 강요했다. 그리고 38선 이남으로의 진격을 명령했다. 마오가 그에게 명령한 임무는 한반도에서 외국군을 척결하라는 것이었다. 이는 한반도의 적화통일을 의미했다.

이 대목에서 우리는 질문할 수밖에 없다. 미중 두 나라 모두 왜 한국전쟁을 통해 한반도 통일을 이룩하려고 했는 지를. 이유는 간단하다. 두 나라가 당시에 처한 대내외적 인 상황을 고려하면 한반도의 통일로 자신의 국익, 즉 한 반도 지역의 평화와 안정을 취하는 것이 훨씬 경제적이었 다. 비용이 더 싸게 먹힌다는 전략적 계산이 결정적으로 작용했다.

우선 미국부터 보면, 국내적으로 반공주의가 이른바 '매카시즘(McCarthism)'을 통해 극에 달하고 있었다. 매카 시즘으로 미국 내에 공산주의와 중국에 대한 혐오 정서가 범람했다. 그래서 중국의 개입은 자연히 중국공산당의 척 결 논리로 이어졌다. 또한 같은 맥락에서 민주주의를 추구 하는 한국을 침공한 북한 공산주의를 소멸시키자는 분위 기가 형성되었다.

미국 내에서 고조된 반공 분위기는 미국의 국내정치 발전 방향에 지대한 영향을 미쳤다. 1951년 미국의 대선 정국에 가장 결정적인 변수요인이 한국전쟁에서 공산주 의에 승리하는 것으로 직결되었을 정도다. 맥아더 장군이 대통령 후보 여론조사에서 트루먼을 압도적으로 이겼던 사실도 이의 방증이었다. 결국 트루먼은 재선에 실패한다.

그러나 대통령에 당선된 것은 맥아더 장군이 아니었다. 그는 이미 트루먼에 의해 전쟁 도중 해고된 상태였다. 정작 그를 대선에서 이긴 인물은 2차 세계대전의 전쟁 영웅 아이젠하워 장군이었다.

대외적으로 미국은 유럽과 일본의 국가 재건에 모든 자원과 전력을 투입하고 있었다. 유럽에서는 '마샬 계획(Marshall Plan)'이 작동 중이었다. 일본은 미국이 아시아의 재건 사업에서 제일 주력하는 곳이었다. 아시아의 지원과 원조가 대부분 일본에 집중되었다. 그렇기 때문에 미국이 다른 지역이나 나라의 재건에 투자할 경제적, 재정적 여력이 없었던 것도 사실이었다. 이는 한국전쟁 이전에 미국이 대만이나 한국에 대한 원조와 지원을 대폭 삭감한 데 이어 주한미군마저 철수한 사실에서도 입증되었다.

중국은 지난 100여 년 동안의 전쟁으로 나라가 피폐해질 대로 피폐해진 상태였다. 때문에 새로운 나라를 세우는 데 성공한 중국공산당의 다음 국정과제는 대만으로 도주한 국민당 정권과의 통일이 아니라 나라 경제를 일으켜 국민의 안위와 배를 채우는 것이었다. 중국공산당 최고지도자 마오쩌둥이 나라를 세운 지 두 달 만에 친히 소련으로 날아간 것 역시 중국을 먹여살릴 원조와 지원을 얻기 위함이었다. 비록 순조롭게 진행되진 않았지만 석 달 동안의 협상 끝에 마오는 결국 소련으로부터 도움을 얻어냈다. 그런데 소련의 지원을 가지고 국가 발전에 시동을 걸려는 찰나 한반도에서 발발한 한국전쟁이 중국의 발목을 또 잡아버렸다. 마오가 귀국한 지 넉 달 만에 일어난 일이었다.

마오는 소련으로부터 받은 차관을 우선 한국전쟁에 전격 투입하기로 결정한다. 그리고 소련이 제공하기로 약속한 물자 지원을 군사 물품으로 전환할 것을 요청한다. 소련으로 직접 날아가 확보한 지원과 원조를 나라 재건과 국민에게 써보지도 못한 채 북한을 돕는 데 우선 사용했다. 그러면서 중국은 장대하게 세운 1차 5개년 계획의 시작을 3년 뒤로 미뤄야만 했다. 그리고 전쟁이 끝난 후 소련으로부터 더 많은 차관을 빌려야만 했고 물품을 이제는 구입해야만 했다. 한국전쟁의 후유증은 소련에게도 있었다. 소련은 한국전쟁을 계기로 본래 먹여살려야 할 나라인 북한과 중국에게 더 많은 지원과 원조를 제공할 수밖에 없었다.

이 같은 상황에서 한국전쟁 발발 이후 미국과 중국에

게 최선의 한반도 전략 이익, 즉 한반도에서 각자의 이익을 극대화할 수 있는 방편은 자연스럽게 통일로 귀결되었다. 정치외교의 전략적인 측면에서 한반도의 통일은 우선 자신의 세력권을 확보하는 전략적 의미를 충당했다. 동서 진영 간의 세력 다툼이 한창이던 냉전 초기에 한반도를 차지하는 것은 전쟁의 가치와 의미를 배가시키는 것이었다. 또한 자신의 진영으로 한반도가 통일된 채 귀속되면 자신의 평화와 안정 이익을 획득하는 셈이었다.

군사 전략적인 측면에서도 통일된 상황에서 북한이든 남한이든 둘 중에 하나를 앞세워 한반도를 완충지역으로 보존하는 것이 분단의 상황에서 대치 국면을 지원하는 것보다 경제적이라는 판단이 서게 되었다. 물론 한반도가 미국과 한국의 힘으로 통일되었더라면 당분간 압록강 유역의 미군 주둔을 포함한 미국의 군사적 지원이 따랐을 것이다.

그러나 누가 한반도를 통일시켰든 통일 한반도의 경제가 회복되고 나라 재건이 빠르게 이뤄지면 이의 후견 세력이 누구였든 그 나라의 군사적 부담은 당연히 감소될 수밖에 없었을 것이다. 북한이 통일했어도 중국이 군대를 오늘날같이 주둔시키지 않는다고 가정하면 이 논리는 유효하다.(대한해협과 동해가 자연적 완충지역이 될 수 있기 때문이다.) 반대로 남한 하에 통일되었어도 미국이 오늘날처럼 군대를 주둔시켰어도 통일 한반도 국가의 규모를 추정해보면 미군의 주둔 기간이나 필요성이 많이 축소되었을 것이다. 왜냐하면 남한 주도로 통일된 한반도는 미국과 일본의 안보에도 더 장대한 전략적 완충지가 될 수 있기 때문이다.

종합해보면 당시는 한반도의 통일이 비단 한반도의 평화와 안정뿐만 아니라 미중 양국이 각자 자신의 역내 이익을 극대화하는 데도 훨씬 더 경제적으로, 비용 면에서 더 저렴했을 거라는 말이다. 자원이 풍부한 북한과 인력과 농업이 발달한 남한이 결합하면 이들 후견세력의 지원이 냉전시기에 제공했던 것보다 아무래도 더 적게 들었을 가능성이 많기 때문이다.

냉전과 분단의 상황 아래 북한이 미국과 한국의 연합세력과 대치하면서 중국은 상당한 경제적, 재정적 출혈을 감당할 수밖에 없었다. 미국 역시도 주한미군의 주둔 부담과 한국의 재건 비용을 한국이 경제적 도약을 이룰 때까지 모두 짊어질 수밖에 없었다. 만약 당시 통일이 되었다면 미중 양국의 통일 한반도에 대한 지원과 부담은 시기적으로나 경제적으로나 축소될 수 있었을 것이다. 이런 계산에서 미중 양국은 모두 한국전쟁의 속전속결과 완전한 승리, 즉 통일을 원했다.

동북아에서의 전략이익 계산

그러나 오늘날 상황이 바뀌었다. 미중 양국에게 이제는 통일이 아닌 분단 상황이 오히려 양국의 전략적 이익에 더 부합한다. 이제는 통일 한반도보다 분단 상황이 이들에게 더 경제적이고 더 싸게 먹힌다. 때문에 이는 미중 양국이 한반도 통일 문제에 있어 모호하고 불분명한 입장을 취하는 가장 큰 이유가 될 수 있다. 그들에겐 아직 통일 후 한반도의 최종 형상이나 동북아를 비롯한 동아시아의 새로운 세력 균형(질서)에 대한 청사진이 마련되어 있지 않다. 아니 어쩌면 마련하지 못하고 있을 것이다. 모든 것이 불확실하기 때문이다.

한반도의 통일은 최소한 동북아 질서의 재편을 의미한다. 통일은 기존의 세력 균형 구조와 지역 질서의 붕괴를 의미하기 때문이다. 지금까지 미중 양국은 동맹의 삼각편

대에 의존하면서 한반도를 둘러싼 동북아 지역의 질서와 세력 균형을 유지해왔다. 이 모든 것이 붕괴되고 나면 그 래서 새로운 것으로 대체되어야 하면, 그 새로운 것이 누 구에게 유리하고 누구에게 불리해질지 감히 아무도 장담 할 수 없다. 특히 수많은 변수에 대한 해답을 미중 두 나라 가 찾아내지 못하고 있다. 이들 변수는 군사 전략적인 성 격의 것이 대부분이다. 지면 관계상 이들 중 두 가지만을 이야기하고자 한다.

첫째, 한반도 통일 이후 한미동맹과 주한미군의 주둔 문제다. 중국은 당연히 한미동맹의 파기와 주한미군의 철 수를 원한다. 반면 미국은 이를 유지하고 싶어 할 것이다. 그리고 우리는 중국이 왜 반대하는지, 미국이 왜 유지하고 싶어 하는지를 상식선에서 너무나도 잘 안다고 자부할 것 이다. 중국은 미군이 압록강 유역에 주둔하는 것을 두려워 하고, 미국은 중국을 견제하기 위해서라고 다들 가늠하고 있다.

그런데 최근 들어 이 문제에 대한 중국과 미국의 담론 에 변화가 생겼다. 특히 중국 담론이 흥미롭다. 중국은 주 한미군의 압록강 유역 주둔 가능성을 두고 과거와 같이 우려하지 않는 것으로 보인다. 미국이 주한미군을 압록강에 대치시키지 않을 가능성을 오히려 더 크게 보기 시작했기 때문이다. 한반도가 통일되었는데 구태여 그 추운 압록강 지역에 미국이 자국의 병사를 고생시키면서까지 주둔시켜야 할 이유가 없는 것으로 판단하고 있다.

미중 양국이 군사적으로 대치할 필요성이 그다지 없는 것도 새로운 담론에 한몫 하고 있다. 미국이 중국을 견제하기 위해 굳이 압록강 유역에 미군을 주둔시킬 필요가 없다는 것이다. 세계 최고의 첨단 신식 무기 체계를 갖춘 미국이 병력을 가장 추운 곳 중 하나인 압록강 변에 주둔시키지 않아도 중국을 억제할 수 있다는 사고가 중국에 팽배해지고 있다.

대신 중국의 담론이 새롭게 주목하는 것은 통일 이후 주한미군의 성격과 역할 변화이다. 주한미군이 중국 동북지역에서 중국을 견제하는 것이 아니라 대만해협이나 멀리 나아가 동중국해와 남중국해에서 중국을 견제하는 데 유력한 병력으로 전환될 가능성을 이제 가장 우려하고 있다. 물론 이는 중국의 통일보다 한반도의 통일이 우선 이뤄진다는 전제에서 출발한 것이다.

미국은 21세기에 들어 해외 주둔 미군의 역할 개념을 조정하기 시작했다. 그리고 그 기능 역시 상응한 변화를 보이고 있다. 이는 해외 미군의 전진배치전략(forward deployment strategy)과 전력투사능력(power projection capability)을 강화하는 데 초점이 맞춰져 있다. 그러면서 해외 주둔 미군의 유동성(flexibility), 기동성(mobility), 준비태세(prepare-dness)와 출동성(availability)을 강화시켜 세계 어느 곳이든, 언제 유사 사태가 발생하든, 미국의 어느 해외 기지든, 미국이 군사적 대응을 위한 병력 이동과 배치를 신속하게 진행할 수 있도록 하는 것이다.

이런 전략 개념에서 통일 후 주한미군의 역할과 기능, 그리고 그 성격은 한반도의 안보보다는 중국과의 잠재적 분쟁 지역에서 중국 억제력을 발휘하는 데 초점이 맞춰질 가능성이 많다. 특히 중국 담론이 최근에 가장 우려하는 지역으로 대만이 거론되고 있다. 대만에서 가장 가까운 미군 기지가 일본 오키나와나 미국령의 괌이 아니고 한반도이기 때문이다.

그래서 중국은 한반도 내에서 주한미군의 새로운 기지 평택과 제주도의 강정 해군기지가 어떠한 역할을 수행할지에 지대한 관심을 가지고 있다. 아직까지 어떠한 전투기도 한국에서 대만까지 공중급유 없이 왕복 비행은 불가능하다.(우리 정부가 과거 공중급유기의 도입을 검토했던 이유도 이런 한계를 보완하기 위함이었다.) 때문에 이 두 기지의 역할이 매우 중요하게 거론되고 있다. 중국은 또한 미 해군이 앞으로 어느 정도의 접근성을 가질 수 있을지에 대해서도 민감하게 지켜보고 있다.

중국이 이다지 민감하게 주한미군의 역할, 기능과 성격의 변화에 관심을 가지는 이유는 2006년으로 거슬러 올라간다. 당시 아프가니스탄전쟁을 치르고 있던 미국은 처음으로 주한미군 2,600명을 아프가니스탄에 재배치했다. 즉, 처음으로 미국이 주한미군에 전진배치 전략을 적용한 것이다. 중국은 미국이 앞으로, 통일 이후에도 이런 전략 개념을 수행하기 위해 주한미군을 38선 이북이 아닌 이남에 더 전진 배치할 가능성에 예의주시하고 있다. 그래서 중국은 주한미군의 철수를 평화협정과 통일의 전제로 주장하고 있다.

그러나 미국의 입장은 물론 다르다. 미국은 당연히 통일 후에도 한미동맹과 주한미군을 유지하고 싶어 한다. 그

1971년 7월 키신저(좌)의 중국 비밀방문 동안 저우언라이(우)와의 회담 장면

래야 동북아와 동아시아에서의 미국의 전략 이익을 경제적으로 수호할 수 있기 때문이다. 그러나 미국도 고민이 없는 것은 아니다. 통일 후의 통일한국 정부나 국민의 정서가 어떻게 변할지 모르기 때문이다. 미국 담론이 이 문제와 관련해 가장 주목하는 것은 통일 후 통일한국 민족주의의 부상浮上 여부이다. 민족주의가 성행하게 되면 한미동맹의 폐기와 주한미군의 철수 요구가 빗발칠 것이기 때문이다. 이에 미국은 고민을 하고 있다.

둘째, 미국과 중국이 과거부터 우려한 일본의 군사적 역할 변화의 가능성이다. 미중 양국은 1971년 키신저의 중국 비밀 방문 때부터 일본의 군사적 역할을 논의했다. 미국은 동북아 주둔 미군과 동맹체제의 유지를 일본의 군사적 역할 확대를 견제할 수 있는 유일하고 효과적인 수단으로 제시했다. 다시 말해, 한미와 미일동맹과 주한과 주일 미군의 정당성과 합리성을 일본 억지력으로 설명한 것이다.

가령, 중국의 요구대로 미국이 동맹을 파기하고 일본과 한국에서 미군을 철수할 경우 이로 인해 생긴 권력의 공백을 누가 채우고 싶어 할까라고 반문한 대목이었다. 당시 이른바 '일본 위협론'이 성행하고 있었기 때문에 미국의 주장은 설득력을 발휘할 수 있었다. 일본은 중국의 아킬레스건이었다. 미국은 미국의 군사적 공백이 일본의 대만과 한반도 진출을 의미한다는 경고도 잊지 않았다. 그 결과 미국은 미국의 동맹체제와 주둔 미군의 역할에 대해 중국의 긍정적 평가와 입장을 끌어내는 데 성공한다.

당시 일본에게 대만과 한반도의 안보 상황은 매우 민감한 사안이었다. 일본 방위당국의 관점에서 대만은 제일 긴박한 지역, 한반도는 제일 긴요한 지역이었기 때문이다. 이러한 일본의 관심과 경계심은 오늘날 일본이 취한 일련

김일성의 1975년 중국 방문. 저우언라이(중), 덩샤오핑(우) 회담 장면

의 미일방위조약 개정 사항들로 재생산되었다.

그래서 1970년대 키신저와 저우언라이는 한반도 및 일본 문제와 관련해서 미국과 중국 각자가 각자의 동맹을 관리하기로 합의했다. 중국이 북한을 억제 및 관리하는 임무를 수행하고 미국이 한국과 일본을 책임지기로 약속한 것이다. 이는 양국이 한반도를 포함한 동북아 지역의 평화와 안정 수호에 최선의 전략은 동맹 관리의 분업이라는 데 인식을 같이한 결과였다. 이는 1975년 김일성이 무력 통일 방안을 다시 제시했을 때 중국이 단칼에 거절할 수 있었던 근거가 되었다.

그런데 지난 20여 년 동안 일본을 관리하던 미국의 움직임이 심상치 않다. 미국은 1997년 일본과의 방위조약 개정을 통해 일본의 방위 지역 범위를 일본 주변지역으로 확대했다. 일본 주변지역에 대한 해석에 많은 논란이 뒤따랐으며 전문가들은 대만과 한반도 지역을 포함하는 것으로 간주했다. 2015년의 개정은 일본 자위대가 세계의 분쟁 지역에 전투 인력으로 파병되는 것을 허용했다. 다시 말해 한반도나 대만해협 유사시에 일본이 전투 병력을 파병할 수 있게 된 것이다. 때문에 이는 자연히 많은 논란을 불러일으켰다.

미국과 일본의 방위조약 개정은 지엽적으로 중국을 포함한 동북아 지역 국가에게 매우 민감한 사안이다. 그러나 미국의 입장에서 보면 전 지구적인 차원에서 미국이 가장 신뢰하는 최대 경제력을 가진 일본이 미국의 국제 전략 이익을 수호하는 데 도움이 될 수 있다는 점에서 개정을 한 것이다. 군사비용뿐 아니라 국제분쟁의 무력 해결 시 발생할 수 있는 재정비용 면에서도 일본의 동참을 기대할 수 있기 때문이다.

이렇듯 미국이 표방하는 새로운 전략 개념의 효과적인 운영을 위한 군사적 시도가 최소한 동북아에서 일본과의 방위조약 개정을 통해 이뤄지고 있다 해도 과언이 아니다. 70년대와 달리 미국에게 중국 견제의 사명과 그 필요성은 이제 피부에 와 닿을 정도로 변했다. 이제는 미국 속에 이런 현실적 도전을 일본을 통해서라도 극복해야 한다는 전략적 사고가 자리매김하고 있다. 이의 연장선상에서 미국은 한국의 역할 변화에도 사뭇 기대를 거는 것 같다. 그래서 미국이 우리와 일본의 관계 개선과 한미일 공조체제를 독려하고 사드 배치에도 협조를 강구하는지 모른다.

북핵 해결과 6자회담의 실패 원인도 이익 계산 때문

북한의 핵문제 해결은 동결이든 폐기이든 대가를 전제한다. 북한은 핵무기를 확보함으로써 국가의 안보와 생존이 영구적으로 보장되길 원하기 때문이다. 이런 맥락에서 나라의 안보와 생존을 영구적으로 보장할 수 있는 최선의 무기를 포기하거나 폐기하라고 요구하게 되면 북한으로서는 취할 수 있는 이득과 이익을 극대화하려 할 것이다. 즉, 북핵 문제는 단순하게 한반도의 비핵화나 평화와 안정 문제만을 의미하는 것이 아니다.

6자회담 전경

　북한이 원하는 대가는 이미 2007년 2월에 개최된 6자회담을 통해 간접적으로 알려졌다. 당시 채택된 〈2.13 합의서〉에 나타난 실무그룹의 명칭이 이를 드러냈다. 이들 실무그룹은 '한반도 비핵화', '미북관계 정상화', '일북관계 정상화', '경제 및 에너지 협력'과 '동북아 평화안보체제' 등 다섯 개다.

　합의서는 북한이 핵의 '동결'을 통해 한반도의 비핵화에 일조하면 이에 상응하는 조치를 회원국이 취하겠다는 결의를 나타낸 것이었다. 그리고 이에 상응하는 조치란, 북한이 미국 및 일본과 각각 수교할 수 있게 도와주고 북

[표 1] 1994 제네바 기본합의와 2007년 2.13 합의서 내용 비교

2·13 합의		제네바 기본합의(1994년)
- 60일 이내 영변 핵시설 폐쇄·봉인 - IAEA 사찰관 복귀 - 초기이행조처 이후 모든 핵프로그램 신고, 핵시설 불능화조처 단계별 실시	북한이 취할 조처	- 영변 핵시설 동결 - 영변 원자로, 경수로 완공시까지 해체
- 60일 이내 중유 5만t 긴급지원 - 모든 핵사찰 불능화시 중유 95만t 상당의 경제·에너지·인도적 지원	대북 상응조처	- 핵시설 동결에 따라 중유 연간 50만t 제공 - 영변 원자로 해체 조건 200MW 경수로 제공
- 북한 조처에 따라 신축적	중유 제공 시한	- 경수로 1기 완공시까지 매년 50만t 제공
- 북한 초기조처 이행 시한 60일	행동 시한	- 합의문 서명 후 1개월 내 영변 5MW 원자로 등 5개 시설 동결 - 경수로는 2003년까지 제공
- 워킹그룹에서 분담 논의 (한·미·중·러 분담 예상)	지원 주체	- 중유는 미국이 제공. 경수로 건설비용 한국 70%, 일본 20%, 유럽연합 10% 부담
- 전면적 외교관계로 가기 위한 양자대화 개시 - 테러지원국 지정 해제과정 개시, 적성 국교역법 적용 종료과정으로 진전	북-미 관계	- 3개월 내 무역·투자 장벽 완화 - 연락사무소 설치. 공동관심사 진전 따라 대사급으로 관계 격상 - 미, 북에 핵무기 불사용 공식 약속
없음	기존 핵무기 처리 방안	없음
6자회담 당사국	합의 주체	미국·북한

한에 경제 및 에너지 인센티브를 제공하겠다는 것 등이었
다. 즉, 북한의 안보를 보장하기 위해 평화협정에 기반을
둔 동북아의 평화안보체제를 구축하겠다는 것이 이 합의
서의 골자다.

　그러나 문제는 역시 비용이다. 누가 이 많은 비용을 지

불할지에 대해 구체적인 논의도 하지 못한 채 6자회담은 중단되었다. 여기서 말하는 비용은 경제적, 재정적 비용만이 아니다. 정치적, 외교적, 군사적 비용을 모두 의미한다. 북한이 핵무기 개발을 동결하는 대신 평화적으로 핵을 이용하자는 데는 6자회담의 회원국이 모두 인식을 같이 한 것 같다. 이의 전제는 당연히 북한이 핵의 평화적 이용을 위해 국제기구와 국제사회의 감독·관리에 철저하게 응하는 것이다.

이에 대한 '상응하는 대가'는 천정부지로 뛸 수 있다. 마치 판도라의 상자를 여는 것과 같은 결과가 발생할 수 있다. 왜냐하면 아무도 모르기 때문이다. 우선 재정적인 측면에서 보면 북한이 얼마나 많은 경제 지원을 원할지 아무도 모른다. 북한의 경제 발전과 국가 재건을 위한 에너지 수요가 얼마나 발생할지도 아무도 모른다. 북한에 에너지 공급을 얼마동안 제공해야 할지에 대해서도 아무도 모른다. 경제적 비용은 물론 재정 지원 사업을 누가 나서서 주도할지 역시도 누구나 선뜻 손을 드는 나라가 없다. 그럴 용의가 있는 나라가 보이지 않는다.

북한의 국가 재건 사업은 무無에서 유有를 창출해내야

할 대규모성의 경제 사업이 될 것이다. 주지하듯이 북한은 세계 극빈국 중 하나다. 우리가 접하는 북한의 발전상은 평양에만 국한된 것이다. 평양의 200만 시민을 제외하고 북한 주민 2,000만 명의 빈곤과 영양부족 상태, 그리고 이들이 먹고살 수 있는 경제 기반과 터전을 마련해줘야 한다. 사회간접자본부터 산업 및 경제 기반까지 모든 것이 새롭게 구축되어야 할 것이다.

북한이 핵 동결이나 폐기 또는 핵무기의 해체로 요구할 재정적, 경제적 대가는 아무도 모른다. 그러나 선례를 보면 북한의 요구는 천정부지로 뛸 가능성이 많다. 과거 중국과 소련에게 요구한 지원과 원조가 코에 손 안 대고 풀겠다는 식이었기 때문이다. 1970년대까지 북한은 중국과 소련을 오가며 모든 것을 지어 달라, 만들어 달라, 공급해 달라는 식으로 요구했다. 그리고 부채가 쌓이면 배 째라는 식으로 이들이 탕감해줄 것을 기대했고 실제로도 탕감 받았다.

우리는 북한의 막대한 재정 지원과 자금 요구에 차선책으로 세계은행과 지역개발은행 등을 포함한 국제금융기구를 연상할 수 있다. 그러나 북한이 이들 금융기구에 가입하기 위해서는 무엇보다 미국과 일본 등 이사국들과의 관계 개선 및 정상화가 전제된다. 특히 미국과의 수교 문제는 중국과 베트남의 선례에서도 증명되듯이 북한의 개혁개방을 전제한다. 이는 북한에게도 지대한 정치적 대가를 요구하게 될 것이다.

북한과의 수교 문제는 미국과 일본에게도 상당한 정치적, 외교적, 군사적, 전략적 대가를 요구한다. 미국에게 북한과의 수교 문제는 미 의회와 국민의 설득을 전제한다. 북한에 대한 이들의 적대심, 심지어 적개심을 불식시켜야 한다. 그래서 초기 단계에는 최소한 북한의 개방이 요구된다.

중국이 60년대 말 미국에 문호를 우선 개방한 것처럼 북한도 미국에 문호를 개방해야 한다. 미국도 북한을 더이상 적대시 하지 말아야한다. 북한을 주권국가이자 핵 보유국으로 인정해야 한다. 그렇지 않고서 대화의 실마리는 풀리지 않을 것이다. 이 실마리만 잡을 수 있으면 미북 양국은 대화를 시작할 수 있다. 대화만 시작되면 미북 양국은 관계 정상화를 위한 논의를 시작할 수 있을 것이다. 그런데 두 나라의 관계 정상화는 대내적인 명분을 요구한다. 미북 양국이 국민들에게 관계 정상화의 당위성, 정당성과 합리성을 설명할 수 있어야 한다.

불행하게도 현재로서는 중국과 달리 미국에게 북한과 전략적으로 손을 잡을 수 있는 명분이 없다. 기적처럼 북한이 핵을 포기한다고 해도 미 정부에게 미 국민을 설득할 수 있는 합당한 근거가 생기는 것은 아니다. 미국과 북한 사이에 신뢰가 없기 때문이다. 미북 양국 간에 신뢰의 징표가 될 수 있는 것은 북한의 개혁개방에 대한 의지뿐이겠다. 북한의 개혁개방 선언은 나라를 대외적으로 개방하는 한편 대내적으로는 체제에 변혁을 가하겠다는 결의의 증언이 될 것이다.

과거 미국과 미 국민들은 한때 적대시하고 전쟁을 치른 나라가 미국을 더 이상 적대시하지 않는다는 보증수표를 그 나라의 개혁개방 의지에서 찾았다. 특히 베트남의 경우가 그러했다. 베트남은 미국과 10년 이상 전쟁을 치렀고 미국을 상당히 적대시한 나라였다. 그렇기 때문에 베트남과의 관계 정상화 문제가 불거졌을 때 미국은 베트남의 개혁개방 의사로 미 국민을 설득할 수 있었다.

베트남의 경우와 같이 미북 수교의 전제도 북한의 개혁개방이 되어야 할 것이다. 북한이 개혁개방을 반드시 해

야만 하는 이유도 있다. 개혁개방을 통해 미국과 관계 정
상화를 달성해야만 미국에게 대북 제재의 해제를 요구할
수 있고 나아가 국제금융기구 가입도 실현 가능해질 것이
기 때문이다. 오늘날 북핵 실험으로 인해 미국이 참여하는
UN 대북 제재를 제외하고도 단독적으로 진행 중인 대북
제재안은 부지기수로 많다. 그러나 북한의 개혁개방 없이
미국에 산적한 대북 제재를 모두 제거하기에는 미국도 명
분이 없다.

　미국과 일본의 북한 수교 문제는 외교적으로도 상당한
비용을 요구한다. 북한의 국제금융기구 가입 문제부터 가
입하지 못한 국제기구의 가입까지 미일 양국이 도와주어
야 할 책임과 의무가 발생할 것이다. 즉, 미국과 일본이
국제기구에서 솔선수범하여 북한을 도와야한다는 의미다.
또한 국제금융기구는 북한에 경제 지원을 하는 데 있어서
도 어느 정도 이들의 정치적, 외교적 지원을 담보로 요구할
것이다. 미국과 일본은 이 역시 수용해야 할 것이다.

　마지막으로 군사 전략적 측면에서 북한 수교 문제는
미국과 일본에게 대북 적대 정책과 전략의 포기를 우선적
으로 요구할 것이다. 그러면 문제는 자연스럽게 동북아 평

화안보체제로 이어질 것이다. 북한의 안보를 보장하기 위한 대안으로서 동북아 평화안보체제는 우선 한국전쟁의 정전협정을 평화협정으로 대체할 것을 전제한다. 이 체제는 평화협정에 기반을 둔다는 의미다.

그러나 문제는 북한과 중국이 공동으로 요구하는 평화협정의 전제조건이다. 즉, 양국 모두 한미동맹의 폐기와 주한미군의 철수를 주장하고 있다. 이 두 가지 사항이 선결되지 않는 한 북한이 협정을 수용할 리는 만무하다. 한 가지 재미난 것은 중국 역시 이를 전제조건으로 내걸면서도 내심 고민에 휩싸여 있다는 점이다. 두 조건이 수용될 경우 일본의 역할은 자연스럽게 커질 것이다. 두 조건을 대체할 적절한 대안이 없는 상황에서 조건의 수용은 곧 미국에게 상당한 군사 전략적 비용을 야기할 것이기 때문이다. 그러나 주지하듯 이는 결코 중국이 반기는 바가 아니다.

동북아 평화체제를 어찌어찌해서 달성한다손 치더라도 모든 문제가 해피엔딩으로 끝나는 것은 아니다. 이에 대한 청사진이 아직까지 부재한 터라 그로부터 얼마의 비용이 튀어나올지 아무도 모르기 때문이다. 평화체제가 단순하게 평화와 안정을 위한 제도 장치를 마련하는 것인지, 이를 보장하기 위해 어떻게 기제화와 제도화를 할 것인지, 평화와 안정을 위해하는 도발 행위를 어떻게 억제할 것인지, 위해 행위에 대한 페널티는 어떻게 매길 것인지, 도발 행위가 회원국의 주권을 침해할 경우 어떻게 대응할 것인지, 무력 대응이나 조치는 가능한 옵션인지 등에 대한 해법이 아직은 논의되고 있지 않다. 아직도 학술 차원에서 담론 수준에 머물고 있다.

유럽의 대표적인 다자안보협력체제인 '유럽안보협력기구(OSCE)'의 경우 외교적 제도가 존재하고 있지만 평화와 안정을 위해하는 행위에 대해서 무력 대응이 필요할 때는 '나토(NATO, 북대서양조약기구)'의 도움을 받는다. 만약 동북아에 유사한 체계의 다자안보협력체제와 이를 보장하는 집단안보체제가 공존해야 하는 상황이면 일본의 군사적 참여 문제가 또 하나의 논란거리로 부상할 것이다. 일본 뿐 아니라 중국의 군사적 조치나 참여도 논란거리가될 것이다. 우리나 일본에게 중국군의 참여나 협력이 수용 가능한지도 공론화될 가능성이 많다.

결국 우리는 6자회담이 중단된 이유를 이 같은 비용 계산에서 유추할 수 있다. 북한도 감지를 했을 것이다. 아무도 비용을 지불할 용의가 없다는 것을 6자회담과 두 차례 진행된 실무그룹 회의 때 느꼈을 것이다. 특히 2006년 첫 핵 실험 때 6자회담 회원국의 반응을 면밀히 검토했을 것이다. 실제 핵 실험을 단행했음에도 불구하고 그 어느 누구 하나 나서서 북핵 문제를 적극적으로 해결하겠다고 나서질 않았다. 회담은 개최되었었다. 그래도 심각하다고 느꼈는지 북핵 및 북한 문제를 해결하기 위해 실무그룹까지 등장했다.

실무그룹이 만들어진 후 회원국들은 그때서야 느꼈을 것이다. 북핵 및 북한 문제를 해결하는데 실무그룹의 명칭대로 이 모든 문제의 해결이 전제된다면 부담해야 할 비용이 상당하다는 것을 말이다. 그래서 아무도 선뜻 나서질 못했을 것이다. 우리의 진보정부도 중재자로 나서지 못했다. 아마 당시 이들은 개별적 제재 또는 관계 개선이 더 경제적인 전략적 선택이라는 데 암묵적인 합의를 봤는지도 모른다.

우리는 햇볕정책에 근간한 개성공단과 금강산관광을 통해 북한의 경제 발전을 유도하려 했었다. 중국도 개별적인 차원에서 북한에 투자하고 원조 및 지원 제공을 통해 북한의 안보를 보장하는 것이 더 경제적이라고 판단했을 것이다. 북한의 붕괴를 저지하고 북한의 경제 발전을 협력을 통해 도모하면 북한은 제한적으로나마 개혁개방을 추진하게 될 것이고 이로써 더 큰 안보감을 획득할 수 있으리라는 논리를 맹신했을 것이다. 러시아 역시 이에 동참 의사를 남북한 에너지 협력으로 구현해보려 했었다.

반면 북한의 최대 관심국인 미국과 일본은 북핵 폐기나 북한 문제 해결을 위한 논의를 유보했다. 대신 북한 붕괴에 대비한 시나리오 마련에 매진하기 시작했다. 그러나 이 과정에서 그들은 북한을 철저하게 무시했다. 핵 개발이 북한에게 미국과 일본을 움직일 수 있는 더 큰 전략적 무기로 부상하게 된 배경에는 이로부터 비롯된 북한의 치욕이 도사리고 있는지도 모른다. 결국 핵 개발이 북한에게 갖는 의미를 고려해보면 북한이 핵 보유국의 길을 결정한 것은 자연스러운 귀결이다. 핵 보유국 인정은 북한에게 더 큰 레버리지를 가져다줄 것이 자명하기 때문이다. 그렇게 되면 북한은 핵 개발의 최대 목표인 미국과의 관계 정상화를 실현시킬 수 있는 현실적인 발판을 스스로 확보하는 셈이 된다.

이처럼 모든 국가들이 자신의 이익 계산에 따라 북핵 및 북한 문제에 접근하고 있다. 최소의 부담으로 최대의 목적을 이끌어 내는 데 그들 모두 최선을 다해 각자의 계산기를 두드리고 있는 것이다. 그러나 이런 따로놀기 때문에 북한의 주변국들은 정작 북한 문제로부터 멀어져 가고 있다. 북한 해결이라는 하나의 공통된 목표 아래 모두가 다른 마음으로 눈치만 살피고 있다. 다만 그들이 한 마음으로 주장하는 것은 개별적인 전략 옵션을 활용하여 협력에 동참함으로써 결국엔 자신의 이익 실현을 도와달라는 것이다.

협력해서 얻을 수 있는 이익이 동일하거나 손해를 보지 않을 정도라면 협력이 가능하겠다. 하지만 현재로서는 모두를 만족시킬 만한 협력 방안이 요원해 보인다. 대북 제재에서부터 북핵 및 북한 해결까지 협력을 이끌어내기는 상당히 어려울 것이다. 결국 모두가 비용을 공동으로 부담할 의지와 의사, 그리고 인식을 공유할 때까지 북한 문제는 시한폭탄처럼 안고갈 수밖에 없을 것이다.

06

미중 고래는 어떻게 새우망을 쳤을까?

　미국과 중국에게 한반도는 어떤 전략 가치가 있을까. 어떤 의미가 있을까.

　앞서 봤듯이 한반도는 중국을 견제하는 데 최전선 기지이다. 지리적으로 중국과 매우 가깝기 때문이다. 평택항이 중국 산동에서 제일 가까운 항구다. 미군이 평택으로 새로운 기지를 이전한 것도 이와 무관치 않다. 만약 평택항을 미 해군이 활용할 수 있다면 중국을 견제하는데 아시아에서 이보다 더 유용한 기지는 없을 것이다.

　중국에게 한반도는 자신의 주변지역에서 미국의 영향력 제거 대상 1순위에 꼽히는 지역이다. 미국-대만 방위조약이 1979년 철회된 후 주한미군과 한미동맹은 중국의 제거 대상 1순위로 떠올랐다. 1991년 필리핀에서 미군과 동맹이 모두 철회되는 바람에 한반도는 중국에게 눈에 가시다. 더욱이 최근 사드를 매개로 한미일 군사관계가 강화되고 있는 시점에서 한반도에서의 미군과 한미동맹은 더욱 성가신 존재가 되어 버렸다.

미국과 중국에게 한반도에서의 장기적인 안보 목표는 이처럼 상이하다. 그러나 역내 안보 불확실성이 존재하는 현시점에서는 중국이 주한미군과 한미동맹의 존재를 묵인할 공산이 크다. 북한과 일본이 역내 안보 위협의 요소로서 그 잠재성을 구비하는 한, 중국은 주한미군과 한미동맹을 이를 효과적으로 관리할 수 있는 긍정적인 요인으로 평가할 것이다.

중국이 실제로 주한미군과 한미동맹, 나아가 미일동맹을 긍정적으로 평가하는 근거는 미중 관계 정상화 과정에서 적나라하게 나타났다. 이들 두 지역 강대국은 서로의 안보 전략 이익을 확보하기 위해 서로의 안보 역할, 즉 동맹으로서의 책임과 의무를 긍정적으로 평가해줬다. 일본을 제일 두려워하는 중국은 미국이 일본의 군국주의 부활과 '정상국가'로의 회귀를 견제할 수 있는 유일한 유효 세력이라고 인식하고 있다. 때문에 미일동맹 체제를 이런 일본의 군사적 야망을 제지할 수 있는 유일한 기제로 판단한다.

북한의 경우는 사뭇 다르다. 과거에는 중국도 한미동맹이 북중동맹과 시너지를 발휘해 북한의 남침 야욕을 효과적으로 제어할 수 있다는 신념이 있었다. 그리고 북한의 대남 적대 행위를 견제할 수 있다는 믿음을 가지고 있었다. 그러나 상황이 변한 오늘날 미국과 중국의 입장은 서로 평행선을 긋고 있다.

미국은 중국에게 북한의 도발 행위와 무력 통일 야욕을 근절시킬 수 있는 영향력이 있다고 믿고 있다. 그래서 중국에게 북한의 동맹국으로서 더 많은 영향력을 발휘해 달라고 끊임없이 요청하고 있다. 그러나 중국은 대북 영향력이 없다는 일관된 자세로 이에 대응하고 있다. 실제 중국 내부에서도 중국의 대북 영향력이 얼마나 있을지에 대한 갑론을박이 아직까지 진행되고 있다. 이런 상황에서 중국의 대북 영향력 상실 발언은 우리를 비롯한 해외의 관찰자들에게 믿기 어려운 것이 당연하다.

그렇다면 한미나 미일동맹이 일본의 정상국가 야욕이

나 군국주의의 부활을 억제시킬 수 있다는 전제가 유효하다면, 북중동맹에 있어 북한 관리의 실효성 부존의 상황을 어떻게 이해해야 할 것인가. 만약 북중동맹이 북한을 제어할 수 있는 영향력을 상실했다면, 한미일 군사협력체계가 이를 대체해야 하는가. 아마도 워싱턴에서는 이런 구상을 하고 있을지 모른다. 또 이런 미국의 구상이 현실화되는 걸 막기 위해 중국도 더 많은 고민을 하고 있을지도 모른다.

한 가지 확실한 것은 미국이 한미동맹과 미일동맹을 유지하는 한, 일본의 군사적 야망은 제어될 것이라는 점이다. 다만 이를 효과적으로 제어하기 위한 미국의 전략 구상이 1955년에 못다 이룬 꿈으로 확대될 것인지가 중국의 안보이익에 관건이 될 것이다. 이런 상황이 출현하면 중국의 대북 입장이 어떻게 변할지에 대해 우리 모두 궁금해지지 않을 수 없다. 그래서 우리는 지금도 북한의 핵 개발과 일련의 도발 행위로 중국이 한반도와 북한의 전략 가치를 재평가할 가능성이 있는지를 두고 갑론을박하고 있다.

미중 관계 정상화와 한반도 관리 체계 합의

미국과 중국의 관계 개선을 추동시킨 요인은 한 가지였다. 각자의 안보이익이 그것이다. 이들의 안보이익은 두 가지 차원에서 설명할 수 있다. 광의적인 의미에서 두 나라는 공통의 안보 도전 요인이었던 소련의 위협에 공동으로 대응할 수 있었다. 지엽적인 차원에서의 안보이익은 베트남전쟁의 조기 종결이었다. 이는 미국에게 전쟁에서의 '명예로운 퇴진'을 의미했다.

베트남전쟁의 명예로운 퇴진에 있어 미국은 중국의 도움을 관건으로 판단했다. 이의 역사적 근거로 작용한 것이 한국전쟁이었다. 실제적 근거는 1965년을 전후해 전쟁에 직접 뛰어듦으로써 베트남전쟁의 또 다른 위협으로 떠오른 소련의 존재였다. 미국은 베트남전쟁에서도 중국이 베트남을 종용하면 평화롭게 종결할 수 있을 것이라고 믿었다. 당시 미국은 '두 개 반⧺의 전쟁'에 대비해야 했다. 하나는 유럽에서, 다른 하나는 아시아(인도차이나)에서, 또 다른 반은 중동이었다.

중국은 50년대 말부터 시작된 소련과의 관계 악화가 60

년대 말 벌어진 무력충돌로 그 끝을 보게 된다. 이 과정에서 중국은 자국 안보의 최대 위협으로 미국이 아닌 소련을 규정한다. 중국을 견제하려는 소련의 포위망이 베트남전쟁 개입과 함께 중국 서남지역으로까지 확대되었기 때문이다.

블라디보스토크에서 중국 신장 지역까지, 소련은 이미 100만 대군을 중국 동북 지역 건너편에 배치해두고 있었다. 중국은 남북으로 강대국과 대치한 셈이 되었다. 북에서는 소련, 남에서는 미국의 위협에 둘러싸여 뜻밖에 '두 개의 전선'을 유지해야 했다. 자칫하다가는 '두 개의 전쟁'을 치러야 하는 상황에 처했다.

당시 전세 상황에서 미국과 중국은 어느 한 지역에서만이라도 군사적 대치와 전쟁의 부담을 줄여야 했다. 이에 반해 소련은 기세등등했다. 세계의 패권자를 꿈꾸는 소련은 정치·외교·군사적 야망을 충당하기 위한 확대 정책을 적극 개진했다. 그러면서 소련의 아시아 남하 정책이 본격적으로 시작되었다. 베트남과 몽골을 접수한 소련은 이후 1979년 아프가니스탄을 침략한다. 모두 중국의 접경 국가들이기 때문에 중국은 소련의 안보 위협을 더 뼈저리게 느낄 수밖에 없었다.

이 모든 상황이 한반도의 안보상황과 어떠한 관계가 있었을까. 한반도와의 상관관계는 관계 정상화를 위한 미중의 논의 과정에서 드러나기 시작했다. 미국과 중국은 전략적 선택을 할 수밖에 없었다. 소련의 위협에 효과적으로 대응하기 위해 미중 관계의 개선이 필요했다. 그러나 양국의 관계 개선은 대만 문제의 해결을 전제했다. 그리고 이 전제는 한반도와 일본의 안보문제 해결을 전제했다. 즉, 동맹국의 도발 억제와 전쟁 야욕 통제가 두 나라의 과제였다.

60년대 말 북한은 이미 수많은 군사적 도발의 주범이었다. 중국은 1969년 7월 '닉슨 독트린(또는 '괌 독트린')' 발표 즈음부터 일본의 재무장과 군국주의의 부활을 우려하는 '일본 위협론'에 강박관념을 가지기 시작했다. 일본의 경제적 부상은 군사대국을 향한 행보로 이어질 것이 자명하다는 우려였다. 그리고 중국의 이런 우려에 쐐기를 박은 것이 '닉슨-사토 독트린'이었다. 이는 일본의 자주국방을 강조했다.

미중 양국은 닉슨 독트린이 동북아 지역에 야기할 파급효과의 최소화를 위한 논의를 피할 수 없었다. 때문에 논의의 초점은 자연스레 독트린에 대한 불필요한 오해의 방지와 중국의 이해를 강구하는 것으로 맞춰졌다. 특히 전자의 해결을 위해선 미중 양국 간의 안보 인식에 일치를 보는 것이 급선무였다. 이는 동북아 지역에 존재하는 각자의 동맹체제와 그 역할의 인정을 의미했다. 그리고 관건은 중국이 한미동맹과 주한미군의 존재, 나아가 미일동맹과 주일미군의 존재를 인정하느냐의 여부였다.

닉슨 독트린(일명 '괌 독트린')

1969년 7월 25일 닉슨 대통령은 괌에서 백악관 수행기자단과 가진 기자회견을 통하여 동아시아 동맹국들의 자주국방능력 강화와 미국의 부담감축 방침을 천명하였다. 이 회견에서 닉슨은 "길지 않은 기간 동안 미국은 세 번이나 태평양을 건너 아시아에서 싸워야했다. 일본과의 태평양전쟁, 한국전쟁, 그리고 아직도 끝이 나지 않은 베트남 전쟁이 그것이다. 2차 대전 이후 아시아처럼 미국의 국가적 자원을 소모시킨 지역은 일찍이 없었다. 아시아에서 미국의 직접적인 출혈은 더 이상 계속되어서는 안 된다"고 선언하였다.

그러면서 그는 동아시아 동맹국들에 대한 미국의 정책이 견지해야 할 원칙을 다음과 같이 밝혔다.

① 미국은 앞으로 베트남 전쟁과 같은 군사적 개입을 피한다.

② 미국은 아시아 여러 나라와의 조약상 약속을 지키지만, 강대국의 핵에 의한 위협의 경우를 제외하고는 내란이나 침략에 대하여 아시아 각국이 스스로 협력하여 그에 대처하여야 할 것이다.

③ 미국은 '태평양 국가'로서 그 지역에서 중요한 역할을 계속하지만 직접적·군사적인 또는 정치적 과잉 개입은 하지 않으며, 자조의 의사를 가진 아시아 제국의 자주적 행동을 측면 지원한다.

④ 아시아 제국에 대한 원조는 경제 중심으로 바꾸며 다수국 간 방식을 강화하여 미국의 과중한 부담을 피한다.

⑤ 아시아 제국이 5~10년의 장래에는 상호 안전 보장을 위한 군사 기구를 만들기를 기대한다.

(출처: 두산백과사전)

닉슨·사토 공동성명

1969年 11月 21日, 미국 워싱턴

1. 닉슨 대통령과 사토 수상은 11월 19일, 20일 및 21일

워싱턴에서 회담하고 현재의 국제정세 및 미일 양국이 공통의 관심을 가지는 제문제에 관하여 의사를 교환했다.

2. 닉슨 대통령과 사토 수상은 각종 분야에 있어서의 양국 간의 긴밀한 협력관계가 미일 양국에 가져온 이익의 다대함을 인정하고 양국이 함께 민주주의와 자유의 원칙을 지침으로 하여 세계 평화와 번영의 부단한 탐구를 위하여, 특히 국제긴장의 완화를 위하여 양국의 성과 있는 협력을 유지 강화해 나갈 것을 분명히 했다. 닉슨 대통령은 아시아에 대한 자신 및 미국정부의 깊은 관심을 피력하고 이 지역의 평화와 번영을 위해 미일 양국이 상호 협력하여 공헌해야 한다는 신념을 밝혔다. 사토 수상은 일본은 아시아의 평화와 번영을 위해 앞으로 적극적으로 공헌할 생각임을 말했다.

3. 닉슨 대통령과 사토 수상은 현재의 국제정세 특히 극동에 있어서의 사태 발전에 대하여 격의 없는 의견을 교환했다. 닉슨 대통령은 이 지역의 안정을 위하여 역내 제국 諸國에게 그 자주적 노력을 기대한다고 강조했다. 동시에 미국은 역내에 있어서의 방위조약 상의 의무는 반드시 수행하며 극동에 있어서의 국제 평화와 안보의 유지를 위해 계속 공헌한다는 것을 확인했다. 사토 수상은 미국의 결의에 경의를 표하고 대통령이 언급한 의무를 미국

이 충분히 다할 수 있는 태세를 갖추는 것이 극동의 안보와 평화를 위해 중요함을 강조했다. 사토 수상은 다시 현정세 하에 있어서는 극동에 있어서의 미군의 존재가 이 지역의 안정에 크게 이바지하고 있음을 확인했다.

4. 닉슨 대통령과 사토 수상은 특히 한반도에 여전히 긴장 상태가 존속하고 있다는데 주목했다. 사토 수상은 한반도의 평화유지를 위한 국제연합의 노력을 높이 평가하고 한국의 안보는 일본의 안보를 위해서 긴요하다고 말했다. 닉슨 대통령과 사토 수상은 중공이 그 대외관계에 있어 보다 협조적이고 건설적인 태도를 취하도록 기대한다는 점에 있어서 쌍방의 의견이 일치하고 있음을 확인했다. 닉슨 대통령은 중화민국에 대한 미국의 조약 상 의무를 언급하고 미국은 이를 준수한다고 말했다. 사토 수상은 대만지역에 있어서의 평화와 안보의 유지도 일본의 안보를 위해 극히 중요한 요소라고 말했다. 닉슨 대통령은 월남문제의 평화적이고도 정당한 해결을 위한 미국의 성의 있는 노력에 대해서 설명했다. 닉슨 대통령과 사토 수상은 오키나와의 시정권이 일본에 반환되기까지 월남전이 종결되기를 강하게 희망한다는 점을 명백히 했다.

(이하 생략)

사토 수상은 정상회담 후에 미국 내셔널프레스 클럽(National Press Club)에서의 연설에서 한국이나 대만이 공격을 받을 경우 미국이 일본 내의 군사기지와 시설을 사용할 수 있도록 일본 정부는 신속하고 적극적인 조치를 취할 것임을 밝혔다.

그러나 실제론 대만이 양국 사이를 가로막는 가장 큰 장애물로 작용했다. 중국은 미국에게 관계 정상화의 기본 조건으로 '하나의 중국' 원칙 수용, 대만과의 단교, 대만과의 방위조약 폐기, 그리고 대만에 주둔한 미군의 철수를 견지했다. 미국은 이를 즉각 수용할 수 없었다. 즉각 수용할 경우 한국, 일본과의 동맹관계에 미칠 악영향이 너무나도 컸기 때문이다. 그러나 중국은 건국 이래 아시아 지역에서 미군의 즉각 철수와 미국의 동맹체제 폐기를 시종일관 강하게 요구했다.

미국은 중국을 설득해야만 했다. 닉슨 대통령이 닉슨 독트린을 통해 아시아에서의 미국의 군사안보 역할의 축소 의향을 공표한 것은 사실이다. 그러나 즉각적인 실현을 의미하는 것은 아니었다. 이 독트린은 베트남전쟁으로부터 미국의 '명예로운 퇴진'을 실현시킬 전략적 명분으로 제시한 외교적 포석이었다. 미국의 아시아에서의 점진적 퇴진은 대만과 한반도의 상황, 무엇보다 중국과의 관계 발전이 관건이었다.

미국은 중국과의 관계 개선을 위해 대만은 포기할 수 있으나 한국과 일본과의 동맹관계를 포기하기에는 시기상조라는 생각을 가지고 있었다. 한반도는 공산주의 확장을 막는 최전선 기지였고 일본은 태평양으로 공산주의의 확산을 막을 수 있는 최후의 마지노선이었기 때문이다. 이런 안보 전략 상황의 개선 없이 한미동맹과 미일동맹의 와해는 어불성설이었다.

미국은 미중 수교의 대가로 대만을 포기하는 대신 한미동맹과 미일동맹을 견지하기 위한 비장의 카드가 필요했다. 이 카드가 중국 외교와 안보의 아킬레스건이라고 할 수 있는 '일본 카드' 즉, '일본 위협론'을 이용하는 것이었다. 중국은 전통적으로 일본을 제일 두려워했다. 19세기 말부터 러시아와 체결한 한 차례의 비밀조약(1896)과 두 차례의 공식 동맹조약(1945, 1950)에서 동인은 모두 일본이었다.

닉슨 대통령의 1972년 북경 자금성 방문

미국이 이를 의식했는지는 미지수다. 그러나 중국이 '일본 위협론'을 심각하게 우려하고 있다는 사실은 인지하고 있었다. 그래서 미국은 아시아 동맹의 당위성, 필요성과 정당성을 '일본 위협론'에서 찾았다. 미국의 설득 작업은 1971년 7월 키신저의 첫 중국 방문 때부터 1972년 2월 닉슨의 중국 방문 때까지 집중적으로 이루어졌다.

이 기간 동안 키신저는 비밀 방문을 포함해 중국을 두 차례 방문했다. 그리고 이 기간 동안 진행된 저우언라이 총리와의 회담에서 미국의 동맹에 대한 중국의 인식 전환을 이끌어 내는 데 집중했다. 첫 번째 비밀 방문에서 키신저는 '일본 위협론'으로 동북아 지역에 양산될 수 있는 최악의 시나리오를 설명하면서 미국 동맹체제에 대한 긍정적 인식을 도출하기 위해 노력했다.

이른바 '일본 위협론'에 대한 우려는 다음과 같다. 일본에서 주일미군이 철수하면 일본의 군국주의가 본격적으로 부활할 것이고 일본군의 재무장과 재정비 역시 불가피해진다는 것이다. 다시 말해, 미국이 일본을 방치하면 일본은 이를 군사 재정비와 재무장의 기회로 삼으려 모든 노력을 집중할 것이라는 의미였다.

두 번째 방문에선 양국이 각자의 동맹국을 관리해야 할 필요성에 인식을 일치시키는 데 초점이 맞춰졌다. 그 결과 1972년 닉슨의 방중 때 미중 양국은 이의 철저한 이행을 서로에게 보장했다. 닉슨이 제기한 미중 간의 약속이 설득력을 얻은 것은 '일본 위협론'을 대만 문제에까지 확대 연결한 결과였다.

키신저의 비밀 방문(첫 방문)에서 저우언라이는 한반도에서 미군 철수 문제를 먼저 거론했다. 그는 한국이 당시 월남에 파병했기 때문에 베트남의 미군 철수 문제가 남한군의 철수에 역시 함의를 가지고 있다는 논리로 분위기를 선점하려고 했다. 즉, 미국이 원하는 베트남전쟁의 조기 종결과 주한미군 철수 문제를 엮어보려는 계산이었다.

이에 키신저는 주한미군의 장기 주둔이 장기 목표가 아니라는 입장으로 응대했다. 그는 미중 관계가 개선되면 베트남전쟁이 종결될 것이고, 한국군도 따라서 자연스럽게 철수될 것이라고 덧붙였다. 그의 설명은 베트남전쟁에서의 미군과 한국군의 철수 문제를 주한미군의 철수와 분리하려는 시도였다. 한반도 문제가 미중 양국 관계에 미칠 영향이 작기 때문에 시급한 문제가 아니라는 사실을 키신저는 알려주고 싶었던 것이다. 결국 아시아의 미국 동맹 폐기 문제와 미군 철수 문제는 베트남전쟁과 무관하게 진행될 수 있었다.

다음날 저우언라이는 키신저와의 회담에서 '일본 위협론'에 대한 미국의 생각을 재확인하고 싶어 했다. 중국이 당시 주장하던 미국 동맹체제의 와해와 아시아 주둔군의 철수 주장이 일본 위협론에 실질적으로 어떠한 영향을 미칠 수 있는지를 알아보기 위해서였다. 닉슨 독트린 이후 닉슨과 사토 수상이 발표한 닉슨-사토 독트린이 저우언라이를 자극했다. 이 성명은 일본의 안보 우려 지역의 순위를 발표했다. 일본은 안보상 한반도를 제일 긴요한 곳으로 규정하고(국내에서는 이 가운데 제4조를 이른바 '한반도 조항'으로 명명했다) 대만을 그 다음 순으로 매겼다.

키신저의 대답은 명쾌했다. 미군의 철수가 일본 위협론의 현실화로 이어지는 최악의 시나리오를 생각해보라는 것이었다. 미군 철수로 생길 이 지역의 권력 공백을 책임져야 하는 나라는 현실적으로 중국과 일본뿐이라는 현실을 상기시켰다. 중국이 이런 현실을 수용할 수 있는지가 관건이라는 문제제기였다.

키신저는 자문자답하듯 미중 모두가 일본의 재무장을 원치 않는 상황에서 이보다 더 큰 공동이익은 있을 수 없다고 설명했다. 미일 안보 관계가 일본의 침략 정책의 가능성과 확장 야욕을 억제하는 데 상당히 긍정적으로 작용한다는 점을 키신저는 강조했다. 이에 저우도 일본 문제에 있어서만큼은 미중 양국이 공통된 이익을 가지고 있다고 시인했다. 중국이 미국에게 일본은 대만뿐 아니라 한반도와 기타 아시아 지역에게도 위협이라는 인식을 처음 공개하는 대목이었다.

결국 이의 가장 효과적인 해결책은 한반도의 현상 유

지라는 결론이 내려졌다. 즉, 일본의 한반도에 대한 세력 확장이나 진군의 야욕을 저지하기 위해 미중 양국이 한반도의 동맹을 각각 관리하는 방법이었다. 이에 두 나라가 인식을 같이할 수 있었던 근본적인 이유는 양국이 한반도의 평화와 안정이라는 공동의 전략 목표와 이익을 확인할 수 있었기 때문이다.

미국은 남한의 대북 군사 침략을 억제하고 중국은 북한에 영향력을 발휘해 무조건 미국과 남한을 도발하지 않도록 힘써야 한다는 것이었다. 미국과 중국은 이것이 아시아 평화에 지대한 도움이 될 것이라는 논리에 합의를 본 셈이다. 그러나 저우언라이는 즉각적인 답변을 하지 못했다. 그의 묵인은 달리 해석되지 않았다. 당시 북한이 도발과 만행을 빈번히 일삼고 있었기 때문에 동맹국으로서 중국이 이를 실제적으로 인정하기 두려운 것으로 받아들여졌다.

두 번째 회담이 있었던 10월에 키신저와 저우언라이는 미중의 한반도 동맹 관리 의무와 책임에 대해 더 깊은 논의를 했다. 즉, 한반도 통일이 장기적인 문제라는 명제에서 통일 전까지 한반도의 평화와 안정을 수호하기 위한 최선의 방법을 동맹체제의 관리에서 찾으려는 시도였다. 중국이 이런 입장을 취할 수 있었던 것은 역시 일본 때문이었다. 키신저가 언급한 '일본 위협론'의 최악의 시나리오를 피하기 위해서 미국이 지역 세력 균형 유지의 중추적인 역할을 수행해야 한다는 현실을 받아들인 것이다.

중국의 아시아 미군 철수 문제에 대한 인식의 전환도 이즈음에 이뤄졌다. 8월 저우언라이는 《뉴욕 타임스》 기자 윌리엄스 라이스톤과의 회견에서 미군 철수를 다시 강조했다. 그러나 이전과 달리 시간의 제한을 두지 않을 것이라고 확언했다. 첫 번째 회담에서 미국이 약속한 미군 철수 원칙이 중국의 입장을 '즉각 철수'에서 '시한적 철수'로 점점 돌려놓은 것이다.

비록 닉슨의 방중 이후(1972년 9월)에 나온 분석이지만 미 국가안전보장회의의 분석도 이와 결을 같이했다. 미국이 아시아에서 이미 2만 명을 철수했기 때문에 중국은 이를 묵인한 채 나머지 미군이 한동안 계속 주둔하길 희망할 수도 있다고 분석했다. 그러면서 한반도 내 긴장이나 전시 상황이 발발할 때, 특히 중국이 다른 나라의 개입을 확실히 차단할 수 없을 때, 주한미군의 존재나 미국의 군사적 원조는 한반도 안정의 관건 요인, 무엇보다 일본의 개입을 제약하는 효과를 발휘할 수 있을 것이라는 논리가 성립되었다.

당시의 동아시아 정세에서 미군의 존재는 비단 한국뿐만 아니라 중국에게도 도움이 될 수 있다는 결론이었다. 이 같은 분석을 토대로 미국은 중국이 한반도에서 전쟁이 재발하는 것을 원치 않는다고 확신했다. 미국, 일본 나아가 소련의 연루가 너무나도 자명할 한반도 전쟁 덕에 주한 미군의 존속은 정당화될 수 있었다.

결국 두 번째 회담에서 한반도 문제의 해결을 위해 북한의 도발 저지 자체가 전제조건으로 설정되었다. 이에 저우언라이는 북한의 도발이 상호적인 것이라면서 미중 양국이 각자의 동맹국에 영향력을 발휘해 그들을 통제하면 군사적 도발 행위를 억제할 수 있다는 입장을 피력했다. 다시 말해, 동맹국에 억제력을 발휘해 미중 양국의 연루를 피하고 직접적인 충돌을 예방할 수 있는 통제 세력으로서의 역할을 주장했다.

키신저는 역할 수행의 당위성과 정당성을 확신하기 위해 저우언라이에게 약속을 하나 더 한다. 주한미군이 주둔하는 동안, 철수 이전이나 철수할 때 등의 어떠한 상황에서도 일본의 남한 진군을 불허한다는 약속이었다. 또한 주한미군이 최종적으로 철수하기 전까지 남한군의 군사분계선을 넘어선 침략 행위를 불허한다는 약속을 추가적으로 했다.

그가 주한미군의 최종 철수에 직접 동의한 것은 아니었다. 대신 남한의 자유로운 군사 행동에 족쇄를 채운다는 의미였다. 이에 쐐기를 박기 위해 중국은 미국에게 북한 정권이 합법적인 실체임을 국제적으로 인정하라고 요구했다. 이에 키신저는 그러면 남한도 동일하게 인정을 받아야 한다고 응대했다. 즉, 상호성을 구비해야 하는 문제임을 강조한 것이다.

키신저는 한반도 안보와 평화가 상호주의적인 것임을 강조하는 한편 이로써 중국의 의지를 재차 확인하고자 했다. 한반도의 안정과 현상 유지를 파괴하는 위협을 중국도 상응하는 방식으로 억제할 것을 요구했다. 다시 말해, 한반도의 평화와 안정을 보장하기 위해 미국이 일본과 한국의 도발이나 위협적인 행위를 억제하면 중국도 반드시 북한을 통제해야 한다는 것이었다.

그 자리에서 저우언라이는 북한이 남한을 침공하면 북한은 더 큰 책임을 져야 한다는 입장을 밝혔다. 그리고 그 책임은 중국이 외국군에 대응하지 않는 결과를 의미했다. 중국이 북한의 도발을 지지하지 않겠다는 입장을 우회적으로 설명한 대목이었다. 결국 미중 양국은 각자의 동맹국에 영향력을 발휘해 그들의 군사적 모험을 반드시 저지해야 한다는 필요성에 동의했다.

1992년 한중 수교 이후 우리는 중국의 북중동맹에 대한 입장을 명확히 알고 싶어 했다. 때문에 기회가 있을 때마다 중국의 고위 인사들(첸치천, 리펑 등)에게 중국의 북중동맹에 대한 군사적 의무와 의지(commitment)를 물었다. 북한의 군사 침략 행동에 동맹국으로서 지원할 여지가 있는지를 물었었다. 이들의 답변은 항상 저우언라이의 답변과 일치했다. 즉, '북한이 침략을 당하면' 군사적으로 도와줘야 할 의무가 있음을 인정했다. 그러나 반대로 '북한이 침략하면' 북중조약을 준수할 의무와 책임이 없다는 것이 중국의 공식 입장으로 자리매김했다.

닉슨의 중국 방문(1972년 2월)에서 미중 양국은 한반도 주변 지역의 현상 유지를 보장할 수 있는 방안을 단도직입적으로 논의했다. 닉슨은 북경에 도착한 첫 날, 일정에도 없었던 마오쩌둥과의 회담을 갖는다. 이때 마오는 중미 양국 간에 서로 싸울 (전쟁) 문제가 없다는 말로 중국이 당면한 위협의 원천이 소련인지 미국인지를 묻는 닉슨의 질문에 답했다.

마오의 중국이 처음으로 미국에게 전쟁 의사가 없음을 밝히는 자리였다. 그는 미국이 베트남을 포함해 대만과 한국에서 미군을 일부 철수할 생각을 가지고 있고, 중국은 해외에 파병할 생각이 없기 때문에 닉슨의 질문엔 크게 문제될 것이 없다는 생각을 밝혔다.

두 지도자는 그 자리에서 약속을 하나 했다. 중국은 '일본과 한국을 위협하지 않겠다'는 약속이었다. 이는 중국이 해외에 군사적으로 간여하지 않겠다는 보장으로, 다시 말해 미국의 아태지역 주요 동맹국의 관건이익에 도전하지 않겠다는 의사를 암시한 대목이었다. 중국의 약속에 화답하듯 닉슨은 미국 역시 어떠한 위협도 하지 않을 것임을 약속했다.

닉슨의 약속에 의구심이 있었는지 저우언라이는 다음 날 닉슨과의 회담에서 다시 한 번 주한미군 철수 후 일본

만리장성에서 '신의 한 수'를 고뇌하는 닉슨 대통령(1972년 2월)

의 남한 진군 불허에 대한 미국의 확신을 요청했다. 저우의 요청은 북한의 입장을 전하는 과정에서 야기되었다. 당시 북한은 중국에게 한반도의 주한미군 철수와 평화협정의 정전협정 대체를 건의해달라고 부탁했다. 그러면서 주한미군 철수문제가 다시 도마에 오른 것이다.

닉슨은 우선 미국이 최선을 다해 일본에 강력한 영향력을 발휘함으로써 일본이 북한이나 대만에 모험적인 행동을 하지 않도록 막는(discourage) 것을 목표로 한다고 밝히면서 중국의 의심을 불식시키려 했다. 그러나 주한미군의 철수 문제는 보장하지 못했다. 이에는 복잡 다양한 이유가 있었다. 동북아 지역의 세력 균형 문제도 있었지만 UN연합사령부가 한미동맹에 대한 작전권과 통제권을 가지고 있었기 때문에 이의 전환을 위한 법률적 토대가 우선 마련되어야 했다. 법률적 기제를 통해 UN연합사령부가 한미연합사령부로 대체되는 것은 시간이 소요되는 일이었다.

중국과 북한이 UN연합사령부의 해체와 UN 연합군의 철수를 주장했기 때문에 미국이 꺼낸 법률적 토대 마련의 이유는 설득력이 없었다. 그래서 닉슨은 비장의 카드, 즉 신의 한 수를 꺼내들었다. 이는 일본의 남한 진군을 넘어선 대만으로의 진군 가능성이었다. 중국이 생각하지 못한 신의 한 수였다. 중국은 닉슨-사토 독트린의 잠재적 안보 함의를 깨닫지 못하고 있었다.

일본 위협론이 대만의 안보 상황에 가져다 줄 의미만 인지했지, 미군의 대만 철수로 일본이 대만에 군사적으로나 안보적으로 관여할 수 있다는 생각은 상상도 못했었다. 왜냐하면 중국은 대만 문제를 철저하게 자신의 내정문제로 정의했고, 외세의 간섭을 불허한다는 원칙적 입장에만 매몰돼 있었기 때문이다. 그리고 이의 실증으로 1954년과 1958년 두 차례의 대만해협 위기사태에서 중국은 미국을 배척하는 데 성공했다.

중국은 대만과 한반도의 미군 동시 철수가 이 지역에 대한 일본의 군사력 확대로 전환될 수 있다는 잠재 가능성을 보지 못한 것이다. 여기서 중국은 마침내 동아시아 내 미군의 존재가 중국의 안보이익에도 부합한다는 사실을 인정하게 되었다. 즉, 미일동맹 및 주일미군과 한미동맹 및 주한미군의 역할에 대해 긍정적으로 인식하고 평가하기 시작했다. 중국은 일본이 대만해협을 포함한 동북아 지역에서 미군의 철수로 생기는 권력 공백을 차지하는 것을 추호도 반길 수 없었다.

이후 미중 양국은 한반도의 평화와 안정을 위해 각자의 동맹국을 관리하는 체계를 유지·발전시켜 왔다. 그 단초가 된 것이 '일본 위협론'이다. 한반도 유사 사태 시 최소한의 일본 개입이나 연루를 막기 위해서라도 미국이 필요했다. 나아가 북한의 도발로 한반도의 긴장 상황이 지속되면 이는 자칫 일본에게 재무장과 군국주의를 부활시킬 빌미를 제공하는 꼴이 될 수 있다. 때문에 이러한 일본의 오판을 막기 위한 기제로서 미일동맹과 주일미군의 가치가 긍정적으로 평가되기 시작했다.

한반도 전쟁은 없다

한반도 전쟁 위기설은 한국전쟁 이후 계속 제기되었다. 일찍이 1975년 중국을 방문한 김일성은 마오쩌둥에게 한국 침략 계획을 타진했다. 1994년 3월 북한 1차 핵위기로 개최된 남북회담에서 북한의 '서울 불바다' 협박 사건 이후인 6월 이번엔 미국의 클린턴이 북한 선제 공격을 계획했었다. 2017년에는 북한의 지속적인 핵 실험과 미사일 도발 사태로 한반도의 '4월 위기설', '8월 위기설', '10월 위기설'이 난무했다.

그럼에도 전쟁은 일어나지 않았다. 앞으로도 그럴 것이다. 이유는 간단하다. 미국과 중국 모두 전쟁을 원하지 않고, 해서는 안 된다는 인식을 갖고 있기 때문이다. 한반도의 전쟁은 모든 주변국을 연루시킬 수밖에 없는 내재적 구조를 안고 있다. 특히 동맹의 이유에서 미중의 연루는 불가피하고 자명한 결과이다.

한국전쟁에서 두 나라는 굉장한 인적, 물적, 심리적 희생을 치렀다. 그래서 미국과 중국은 한국전쟁 이후 직접적인 무력 충돌을 피하기 위해 새로운 소통 기제를 모색하고 그 기제를 강화하기 위한 노력을 부단히 배가했다. 두 차례의 대만해협 위기사태, 베트남전쟁 등 유사 사태에서는 서로가 연루되지 않는 선, 즉 '레드 라인(마지노선)'을 획정하고 이를 지키기 위한 노력을 아끼지 않았다.

탈냉전 시기에는 미중 양국 간에 군사적 사고가 발생했음에도 불구하고 이를 외교적으로 해결하는 데 집중했다. 1999년 유고슬라비아 주재 중국대사관 오폭 사건, 2001년 4월 미 정찰기 EP-3 충돌 사건, 2010년부터 불거진 중국과 미 동맹국 및 우방국과의 남중국해 갈등, 그리고 2017년부터 제기된 한반도 위기설 등과 같은 일련의 사태에 있어 미중 양국은 외교적 해결의 관건인 대화 채널을 중단시키지 않았다.

미중 양국이 한반도 전쟁을 원치 않는다는 입장은 냉전시기부터 여러 경로를 통해 재차 확인되었다. 중국은 북한의 무력 통일을 지지하지 않는다는 입장을 북한에게 직접 전했고 미국에게도 알렸다. 1975년 마오쩌둥과 덩샤오핑은 김일성의 면전에서 한반도의 무력 통일을 거절했다. 1983년 덩샤오핑은 또 다시 미 국방장관(캐스퍼 와인버거)에게 직접 북한의 남침을 지지할 의사와 의지가 없음을 명확히 했다.

중국에게 북한의 무력 통일을 지지할 의사가 없음은 미국에게 더 일찍이 전해졌다. 키신저의 방문을 통해 수차례 밝혀졌다. 키신저 역시 미국의 같은 입장을 여러 번 밝혔다. 이들이 일치를 본 것은 미중 양국이 한반도 전쟁으로 더 이상 연루되지 말자는 인식이었다. 그러기에는 두 나라가 치러야 할 희생이 전쟁으로 얻게 될 가치보다 훨씬 크다는 게 양국의 판단이었다.

미중의 결론은 자신들에게 전쟁할 의향이 없으면 북한도 감히 남침하지 못할 것이라는 전략 계산에 근거했다. 이 경우 중국은 자연히 북한으로부터 동맹의 방어 의무와 책임을 회피할 수 있었다. 그리고 미국에겐 한국의 북한 침략을 통제할 자신이 있었다. 이런 두 나라의 전략 이익이 맞아 떨어진 덕에 한반도에서 전쟁 재발은 불가능했던 것이 사실이다.

북한의 무력 통일에 대한 마오쩌둥의 입장 전환은 1974년부터 시작되었다. 그는 당시 '우리(중국)는 최근 세계의 조류가 혁명이라고 생각하지 않는다'라는 새로운 세계관, 대외관을 밝혔다. 그는 이미 중국이 지지했던 세계 무력 투쟁과 폭력적 혁명의 성과가 제한적이라는 사실에 극도로 실망하고 있었던 터였다.

1975년 그는 이미 세계혁명에 흥미를 잃었다. 그때 그는 대만 무력 통일에 대한 야욕도 접을 수 있었다. 그의 대만 통일 방식에 대한 생각이 무력도 불사한다에서 평화적인 방식으로 바뀌었다. 그러면서 중국에겐 미중 양국의 수교 난제 중 하나였던 대만과의 통일이 평화적으로 이뤄져야 한다는 미국의 주장을 수용할 수 있는 여유가 생겼다.

혁명에 대한 관념이 바뀌자 마오쩌둥은 북한의 무력 통일 정책에도 마음이 없어졌다. 1975년 4월 18~26일, 1961년 이후 중국을 첫 공식 방문한 김일성은 북한의 남침 야욕 계획을 소개했다. 베트남이 전쟁으로 통일을 실현시킨 상황을 부러워했다. 그는 마오쩌둥 및 덩샤오핑과의 회담 자리에서 이런 야욕을 피력했다. 마오쩌둥은 김일성의 한반도 무력 통일 계획을 지지하지 않았다. 그러면서 그는 덩샤오핑과 이 문제를 논의하라고 했다. 계획을 들은 덩은 중국이 김일성의 혁명전쟁 방안을 지지할 인력도 무력도 없다고 일축했다.

대신 덩샤오핑은 북한의 지난 1972년 '3개원칙(평화통일,

외세 불간섭, 제도를 초월한 민족 단결)'과 1973년의 '조국통일 5 대 강령(군사문제 우선해결, 다방면적 합작, 대민족회의 소집, 남북연 방제, 단일 회원국 유엔가입)'만 지지하는 입장을 보여줬다. 중 국은 북한의 남침 야욕이 미국과 일본과의 관계에 영향을 미칠 수 있다는 전략적 사고를 강하게 가지고 있었다. 결 국 북한의 억제는 한반도의 군사적 충돌에 모두가 연루되 는 것을 방지하기 위한 것이었다. 또한 아직도 취약한 미 중 관계가 심각한 위기에 직면하는 걸 원치 않았던 것도 사실이다.

중국은 실망한 김일성을 달래기 위해 북한에 더 많은 군사 지원을 약속했다. 대량의 무기와 탄약, 그리고 군용 물자 외에도 전략핵무기의 제공을 고려하겠다는 의사도 밝혔다.

2017년 한반도 위기설이 불거졌을 때 중국은 걱정 자 체를 하지 않는 여유 있는 모습으로 일관했다. 미국의 트 럼프 행정부가 출범한 지 3개월 만인 4월부터 위기설이 끊이지 않았다. 북핵 시설에 대한 미국의 선제타격, 정밀 타격 설說이 계속 제기되었다. 그럼에도 중국은 미동도 없 었다. 중국은 외교부 대변인을 통해 자제와 대화만 촉구하고 당사국의 냉정만 호소했다. 중국의 외교적 반응은 마치 미국은 북한을 타격하지 못한다는 걸 아는 것처럼 보였다. 중국의 이런 반응은 어디에 근거한 것일까. 중국 자신의 경험에 근거한 것이다.

국내의 일부 전문가들은 중국이 북한의 완충지로서의 지정학적 전략 가치를 높게 평가해 북한과의 동맹을 방기할 의사가 없는 대신 수호해야 하는 의무감 때문에 냉정하게 사태를 지켜본다는 진부한 해석을 내놓는다. 그러나 이들의 지정학적 설명은 우리의 궁금증을 해소시키지 못한다.

해답은 역사에서 찾을 수 있다. 중국은 지금의 북한 상황을 이미 모두 경험했다. 미국의 원자탄 폭격 위협에서부터 미소의 자국 핵시설 및 관련 산업시설에 대한 타격 위협까지. 셀 수도 없었다. 그러나 이 모든 위협이 결국 현실화되지 못했다.

이유는 간단했다. 미중소 3각관계에 답이 있다. 3각관계에서 일방이 다른 일방을 굴복시키려면 제3자의 역할이 관건이다. 제3자의 협조나 묵인이 절대적이다. 중국은 이 법칙을 역사적 경험에서 깨우쳤다. 즉, 미중소 3각관계가 자신이 미국과 소련의 타격을 면할 수 있는 이유였다. 중국은 오늘날 북한이 처한 상황이 자신의 과거와 똑같다는 사실을 너무나 잘 안다.

북미중 3각관계에서 미국의 대북 타격 전제는 최소한 중국의 중립화다. 1964년 미국의 중국 핵시설 타격 계획이나 1969년 소련의 타격 구상에서 미소 양국은 서로의 협조나 최소한의 묵인을 필요로 했다. 그런데 두 나라가 서로를 만류하면서 실패를 자처한 셈이 되었다. 과거의 실패(?)는 오늘날 이들에게 반면교사反面教師가 되고 있다.

중국의 과거지사와 동병상련, 측은지심

역사는 미래의 거울이다. 미래의 판단 근거로 과거 경험을 활용할 수 있다는 의미다. 북핵 문제를 둘러싼 논쟁의 해법도 과거지사에서 찾아볼 수 있을 것이다. 핵 개발의 경위가 있듯 발전 과정도 있기 때문이다. 이를 우리 주변국은 모두 경험했다. 한국만 경험하지 못했다. 그래서 이들의 입장이 우리에게 때로는 낯설게 느껴지는 이유가 된다.

북한의 핵 개발 동인과 원인, 그리고 온갖 압박과 시련 속에서도 북한이 핵 개발을 중단하지 않는 이유를 우리 주변국은 알고 있다. 중국은 북한이 앞으로 취할 행보와 함의를 모두 안다. 미국도 잘 안다. 러시아도 이미 숙지했다. 왜냐하면 제일 먼저 핵 보유국이 되었던 미국이 중국과 소련의 경험을 목격했기 때문이다. 소련은 중국의 핵 개발을 지원했으나 이를 중단하기 위한 노력도 했다. 중국은 이 과정에서 미국과 소련으로부터 핵시설 공격의 위협을 받았었다. 또한 북한 같이 극심한 경제난도 겪었었다. 그러나 1964년 중국은 핵 보유국이 되는데 성공한다.

마오쩌둥이 핵 개발에 집착한 이유도 북한과 유사하다. 미국의 끊이지 않는 핵 위협이다. 1950년 한국전쟁에서 중국이 개입한 이래로 미국은 걸핏하면 중국을 핵으로 위협했다. 한국전쟁(1950, 1951)에서 두 번, 1차 대만해협 위기사태(1955.4)와 2차 대만해협 위기사태(1958)에서 한 번 씩 중국은 매 4년마다 미국의 핵 공격 위협을 느껴야 했다.

북한은 한국전쟁 이후 한미동맹의 성립으로 주한미군이 주둔하면서부터 미국의 핵 위협을 절감하기 시작했다. 미국의 핵 위협은 핵우산 제공과 전술핵 배치 등 두 가지 경로로 느껴졌다. 1991년 전술핵이 철수되었지만 핵우산은 아직 유효하다는 것이 정설이다.

모든 국민들이 굶어죽는 지경에 이르러도 북한과 중국은 핵 개발을 지속했다. 핵 위협의 원천인 미국을 믿을 수 없었기 때문이다. 그래서 마오쩌둥이나 김일성, 김정일, 김정은의 핵 야욕은 꺾일 수가 없다. 외부 지원이 단절되어도 핵 개발은 계속 진행될 것이고, 제재가 있어도 견지될 것이다. 중소 관계의 분열로 소련의 중국 핵 개발 지원 사업은 1959년부터 모두 중단됐었다. 북한은 지금 전 지구적 제재를 받는다. 그래도 핵 개발 야욕은 꺾이지 않는다.

핵 개발국에게 중도 포기란 없다. 왜냐하면 핵을 추구하는 나라는 현실주의 관념, 즉 힘의 정치에 홀려 있기 때문이다. 이들의 핵 억지력에 대한 신념은 투철하다. 중국과 북한의 핵 야욕을 꺾을 수 있는 것은 아무것도 없다. 미국과 소련도 마찬가지였다. 인도와 파키스탄 역시 예외가 아니었다. 이들에게 최선의 방어는 핵 보유다.

중국의 경험 : 1964년과 1969년

중국과 북한은 모진 제재와 지원 중단을 극복하고 '자

력'으로 핵 실험에 성공했다는 경험을 공유한다. 핵시설에 대한 폭격 위협 역시 중국은 받았었고 북한은 받고 있다.

1962년 쿠바 미사일 사태를 겪은 케네디 정부는 공산주의의 확장 전략에 분개하며 1964년에 두 가지 전략을 추진했다. 베트남전쟁의 본격 개입과 중국 핵시설 및 기반을 타격하는 것이다. 전자는 8월 '통킹만 사건'으로 현실화됐다. 후자는 소련이 문서로만 존재하는 중소동맹을 들이미는 바람에 실패했다.

미국은 8월부터 중국 핵시설 타격에 대한 소련의 입장을 확인했다. 쿠바 미사일 사건 이후 미소 간의 데탕트 추진 분위기에서 미국은 소련의 묵인이나 협조를 기대했다. 그러나 소련이 국익을 운운하며 미국을 만류했다.

1969년은 소련 차례였다. 소련은 3월 국경분쟁으로 중국과 무력 충돌한다. 그래서 가을에 중국의 핵시설 및 기반 산업을 폭격하고 싶었다. 역시 미국의 입장 확인이 필요했다. 미국은 3차 세계대전의 가능성을 운운하면서 반대했다. 소련은 부득이하게 포기한다.

이 같이 한 나라의 핵시설 타격에서 정치적 의지는 필요조건에 불과하다. 주변국의 협조가 관건이다. 북한과 중국 역시 최소한 문서상으로 동맹이다. 미국의 대북 타격 의지에 중국이 전략적 모호성을 유지하는 것만으로도 대미 억지력이 성공할 수 있음을 경험으로 잘 알고 있다. 미중 양국은 북한 핵시설과 기반에 대한 무력 타격이 현실적으로 불가능하다는 사실을 잘 안다. 중국의 협조나 묵인이 반드시 전제되어야 하기 때문이다. 더욱이 미국이 북한 타격 이후 계획을 구체적으로 제시하지 않는 상황에서 중국은 반응할 필요조차 없다.

중국의 반응에서 관건은 북한의 반격이 아니다. 어차피 북한이 지는 전쟁이다. 북한의 패전을 전제로 한 한반도의 새로운 운명에 대한 청사진이 관건이다. 이에 관한 사전 논의 없이 중국의 동조를 기대하는 것은 어불성설이다. 그러나 중국 역시 사후의 한반도 청사진을 논의하고 싶어 하지 않는다. 아직 자신의 '패(구상)'를 보이고 싶지 않은 것이다.

07

중국이 가진 대북 영향력의 실체

　미중 관계가 정상화되면서 미국은 중국에게 대북 영향력을 요청하기 시작했다. 일례로 1979년 덩샤오핑이 미국을 방문했을 때 카터 대통령은 '중국이 북한에게 더 큰 영향력을 발휘할 것'을 요청했다. 그리고 남북한이 회담을 할 수 있게 도와달라고 했다.

　방미 직전 덩샤오핑은 김일성으로부터 북한정부의 자주평화통일 방안을 촉진하는 메시지를 미국정부에 전달해달라는 부탁을 받는다. 이에 덩샤오핑은 할 수 있는 일이라면서 요구를 들어주기로 약속했다. 덩은 카터에게 북한의 미국과의 담판 의사를 전했다. 그러면서 두 나라가 일본을 포함해 북한과 평화협상을 추동시킬 수 있을 것이라고 전했다.

덩이 귀국한 직후 김일성이 방중한다. 덩은 미국과 일본에게 북한과의 관계를 적극 추동할 것을 요구했다고 전했다. 실제로 덩은 방미 기간 동안 북한과 상업적으로 접촉하면서 보상 무역을 진행할 것을 촉구했다. 또한 체육과 언론 분야의 교류에도 적극 참여할 것을 당부했다. 덩의 직접적인 주선으로 그 해 미국의 탁구 대표팀이 북한을 방문했다.

그런데 언젠가부터 중국이 대북 영향력을 상실하기 시작하면서 미중 양국의 한반도 관리 체계는 꼬이기 시작한다. 그럼에도 불구하고 북한이 핵 실험을 거듭할수록, 군사 도발을 할수록, 미국은 중국에게 대북 영향력을 지속적으로 요구한다. 미국이 원하는 중국의 대북 영향력은 두 가지다. 북한이 도발을 중단하게 하거나, 북한을 협상(대화) 테이블에 나오게끔 하는 것이다. 이에 중국의 답은 일관됐다. 특히 탈냉전 시기부터 일관된 입장을 견지하고 있다. 중국은 영향력이 없다는 것이다.

과연 중국은 북한에 영향력을 발휘하지 못하는가. 이

문제를 둘러싸고 전문가들 사이에서는 아직도 갑론을박이 진행 중이다. 중국의 대북 영향력 유효론을 주장하는 이들은 북중동맹 관계와 전통적 특수 관계, 그리고 북한의 중국에 대한 높은 의존도를 근거로 제시한다. 피로 맺어진 동맹관계와 양국의 공산당 사이에 유지되는 당 대 당의 특수 관계 때문에 중국이 북한의 경제적, 정치외교적, 군사적 생존을 담보하고 있다고 주장한다.

이들은 중국이 대북 영향력을 발휘할 수 있는 소지를 몇 가지 상황으로 제시하고 있다. 중국이 안보문제에서 '북한 감싸기'를 자제하면 북한의 행동에 변화를 가져다줄 수 있다는 것이다. 구체적으로는 정치외교 무대에서 대북 제재 수위 조절을 위한 대리 협상을 자제하는 것이다. 그리고 무상 원조와 지원을 감축하고, 북한의 높은 대중 무역 의존도를 레버리지로 활용하는 것이다. 결국 중국의 의지가 관건이라는 주장이다.

중국의 대북 영향력이 이미 과거와 같지 않다고 주장하는 이들은 중국이 북한의 내정에 간섭할 수 없다고 말한다. 국제정치학에서 한 나라가 다른 한 나라에 영향력이 있다는 것은 후자의 행동이 전자가 원하는 결과로 나타날 때 성립된다. 그런데 중국이 원하는 행동 결과가 북한에서 좀처럼 보이질 않기 때문에 중국의 대북 영향력을 의심할 수밖에 없다는 주장이 제기된다. 실제로 중국은 이미 1980 년대에 대북 영향력이 없다고 미국 측에 선언했다.

그럼 요즘 흔히들 이야기하듯 중국이 대북 원유(석유) 공급을 끊고 금융제재를 더 강하게 가하는 등 북한을 더 강하게 옥죄면 북한의 행동이 달라질까. 그럴 가능성도 있다. 왜냐하면 실제 그런 사례가 있기 때문이다. 의도적인 것은 아니었다.

소련의 붕괴로 소련의 쿠바 원유 공급이 1990년 33%나 감소했다. 쿠바는 원유 부족 사태로 1차 산업이 지대한 타격을 받는 결과를 봤다. 1992년 소련의 원유 공급량은 1990년 대비 25% 줄었다. 그러자 식량 부족 사태가 발생했다. 또 전년 대비 30%가 줄어들자 쿠바 경제는 심각한 위기에 놓인다. 1992년의 소련 원유 공급이 1989년의 총 공급량에 비해 반 토막이 난 것이다.

원유 공급 부족으로 1990년 쿠바의 경제 성장률은 2.9% 하락한다. 쿠바 경제 성장률은 1991년에 10.7%의 감소율을 보이더니, 1992년에 11.6%, 1993년에 14.9% 등 4년 연속 하락세를 이어갔다. 1990~1993년까지 쿠바의 국민총생산(GDP)은 34% 감소했다. 결국 쿠바는 1993년 정권 유지냐 아니면 붕괴냐의 기로에서 유지를 위한 개혁개방을 선택한다.

중국은 북한이 개혁개방 하기를 원한다. 그리고 '형제국가'인 쿠바의 개혁개방 결정 과정을 면밀히 다 알고 있다. 때문에 중국이 북한에 대한 원유 공급을 중단하거나 대폭 감축하면 쿠바와 비슷한 결과를 유발할 수도 있을 것이다. 그러나 지금까지 북한이 보여준 개혁개방에 대한 알레르기 반응 때문에 중국은 대북 원유 차단이 쿠바와 유사한 결과를 불러올지에 대해 확신을 가질 수 없다.

중국은 북한이 개혁개방을 완강히 거부하는 이유를 잘 알고 있다. 정권 붕괴의 후과를 심각히 우려하기 때문이다. 중국의 '성공' 사례, 즉, 개혁개방에도 공산당의 생존은 가능하다는 결말이 북한에게는 무리수다. 왜냐하면 정권이 세습되어 왔기 때문이다. 세습 상황에서 선조의 이념과 통치 노선을 부정하는 것은 거의 불가능하다. 북한에 정도전 같은 인물이 나타나지 않으면, 아니 나타난다 해도 새로운 국가의 판을 깔아야 할 것이다. 그러나 피델 카스트로(Fidel Castro)가 정권을 동생에게 세습한 사례를 보면 북한의 우려에 시사하는 바가 있기는 있다.

중국이 북한에게 원유 공급을 차단할 의지가 없는 극단 상황을 전제로 중국의 대북 영향력을 논의할 필요가 있다. 어떠한 근거에서 중국의 대북 영향력이 없는 것일까. 아니, 더 정확히 말해 중국의 대북 영향력 유무를 떠나 중국이 대북 영향력을 행사할 수 있었던 과거에 비해 지금 달라진 점은 무엇일까. 과거에는 북한이 중국에 전적으로 의존하면서 중국이 북한의 행동을 어느 정도 통제할 수 있었다. 그럼 중국에 의존하던 북한이 지금은 의존하지 않는 이유는 무엇일까. 이의 해답이 중국의 대북 영향력 상실 주장에 힘을 실어준다.

과거 북한은 군사안보, 경제, 정치외교 등 세 분야에서 중국에 과하게 의존했다. 그 결과로 국가 생존을 보장받았다. 북한은 중국 덕에 주권 수호와 국가 안위가 보장될 수 있었고, 국가 발전이 가능했으며, 대외적 요구가 전해질 수 있었다.

그러나 오늘날 북한은 이 모든 것을 스스로 해결할 수 있는 정도로 커버렸다. 중국의 보증이나 담보가 전제였던 시절이 이젠 과거로 사라져 버린 것이다. 어떻게 보면 북한이 김일성 때부터 추구했던 '주체'적인 국가의 완성 단계에 거의 들어섰다고 해도 과언이 아니다. 그래서 중국의 대북 영향력이 과거에 비해 현저하게 감소할 수밖에 없다고 할 수 있다.

군사안보 의존도 없다

군사안보 분야에서 북한은 핵을 통해 중국으로부터 완전히 벗어날 상황이다. 북한은 1950년대 중국과 마찬가지로 핵을 꿈꿔왔다. 북한은 한국전쟁 때부터 미국의 핵 위협을 줄곧 받아왔다고 생각한다. 한국전쟁에서는 미국의 직접적인 핵 위협이 있었다. 전쟁 이후에는 한국의 주한미군기지에 배치된 전술핵무기를 주된 군사적 위협 요소로 인식했다. 그리고 전술핵무기가 철수된 후에는 미국의 핵우산 전략을 핵 위협으로 간주했다. 미국의 지속되는 핵 위협 속에서 북한은 1980년대부터 본격적으로 핵 개발을 추진하기 시작했다.

1980년 말 미국이 북한의 핵 개발을 의심하기 시작했다. 그러다 1993년 1차 북핵 위기 사태가 발발했다. 미북 양국이 1994년 9월 〈제네바 기본 합의문〉을 체결함에 따라 1차 북핵 위기 사태는 일단락되었다. 미국은 북한의 핵시설 봉인의 대가로 연 50만 톤의 원유 제공과 전력 공급을 위한 경수로 건설을 약속했다. 이 모든 것의 만기일이 2003년이었다. 그러나 만기일이 되기 전인 2002년 미국의 부시정부는 이 모든 것을 중단하겠다고 선언했다. 그 이유는 북한이 2002년에 핵시설을 몰래 운영해왔다고 시인한 것이었다. 그러면서 사건은 2차 북핵 위기 사태로 이어졌다.

지금까지 북한은 여섯 차례의 핵 실험을 통해 핵탄두의 경량화, 소형화와 다종화의 완성 단계로 치닫고 있다. 그리고 1998년의 대포동 미사일 시험 발사 이후 거듭되는 미사일 발사 시험을 통해 핵탄두의 발사체 완성에 박차를 가하고 있다. 이제는 미국, 러시아와 영국 다음으로 잠수함발사 탄도미사일(SLBM)을 갖춘 나라의 반열에 오를 기세다.(중국 역시 이를 아직 시험 중에 있다.)

세계가 제일 두려워하는 것이 핵무기의 SLBM 발사체다. 사전 포착이 불가능하기 때문이다. 아직까지 북한도

북한 잠수함 탄도 발사 미사일 '북극성'의 발사 장면

이 발사체의 완성을 위해 갈 길이 멀지만 이를 개발하고
있는 사실 자체만으로도 북한의 핵 위협은 배가되고 있다.

북한은 주지하듯이 1980년대에 재래식 무기 개발을 거
의 중단했다고 해도 과언이 아니다. 공개 자료에 의하면
북한이 마지막으로 최첨단 현대식 무기를 중국(1981)과 소
련(1986)으로부터 수입한 것이 이때였다.* 이후 핵 개발에

---

* 1981년 12월 자오쯔양 임시 총리가 북한을 방문한다. 이후 중국
은 대북 경제와 군사 원조를 제공했다. 북한에 40대의 A-5 전투
기(소련 미그-21기의 개조판) AN2형 비행기와 T62 탱크 등을 제
공하기로 약속했다. 경제원조 방면에서 1억 달러의 원조를 제공
했다. 이후 북중무역 통계에서 드러난 군수품은 군사 물자 및
무기 부품 등에 불과했다. 소련의 경우, 1986년 10월 김일성의
소련 방문 후속 조치로 북한에 미그-29기 30대, SU-25 전투기,

매진했기 때문에 재래식 무기 발전에 힘쓸 여력이 없었다.

중국의 경우도 마찬가지였지만 북한 같이 경제, 산업, 재정 기반이 취약한 나라의 핵 개발 사업은 모든 국력의 집중 투자를 요구한다. 중국도 핵무기 발사체를 거의 완성해 실전배치가 이뤄진 1970년대 중반까지 재래식 무기에 투자를 할 여유가 없었다. 그래서 미중 관계 정상화 이후 중국의 재래식 무기 업그레이드 사업을 위해 중국을 찾은 미 군사방문단은 그들의 재래식 무기 수준을 보고 경악을 금치 못했었다. 그들은 5,60년대 수준에 정체되어 있었다.

중국은 중소 관계의 악화로 핵무기를 선택했고 재래식 무기를 포기했다. 소련으로부터 공급받지 못했기 때문이다. 중국에게 재래식 무기의 개발 및 발전에 투자할 수 있는 여력이 생긴 것은 개혁개방 이후, 90년대 중반부터라고 할 수 있다.

북한 역시 마찬가지다. 원인은 달랐지만 중국이 재래식 무기를 공급할 수준도, 상황도 아니었다. 소련 역시 북한

SA-5 방공미상일과 조기경보기, 유도형 지면 통제 선진 레이더 등을 제공했다. 또한 북소 양국은 대규모 연합군사훈련을 한 차례 가졌었다.

에 무상공급을 해줄 여력이 없었다. 소련 붕괴 후 소련의 첨단무기 과학자와 기술자들이 대거 이탈하는 과정에서 일부가 북한에 유입되었다. 이를 기반으로 북한은 핵 개발에 매진할 수 있게 되었다.

북한의 재래식 무기 상황을 익히 잘 알고 있었던 중국은 1983년 미국에게 이 사실을 전했다. 1983년 8월 덩샤오핑은 당시 미 국방장관 캐스퍼 와인버거(Caspar W. Weinberger)가 북한 관련 사안들을 중국이 계속 지지하는 것이 우려스럽다는 입장을 밝힌 데 대해 북한은 한국을 영원히 침략하지 못할 것이라고 보장했다.

덩샤오핑은 그 이유를 두 가지로 설명했다. 하나는 북한의 군사력이 한국에 미치지 못한다는 것이었다. 다른 하나는 '중국은 북한이 그렇게 하는 것을 지지할 수가 없기 때문'이라고 했다. 이에 와인버거는 매우 놀라워했다. 그가 알기로는 북한이 정밀타격무기와 부대를 대량으로 보유했는데 덩이 이들의 성능과 기능에 예상 밖의 평가를 했기 때문이다.

중국과 북한이 동맹조약을 맺고 있는 건 사실이다. 그러나 두 나라의 동맹관계는 상식 밖의 것이다. 일반적인 동맹관계가 아니다. 우선 중국군이 북한에 주둔하고 있지 않다. 둘째, 중국군과 북한군 간에 연합군사훈련이 진행된 적이 없다. 마지막으로 두 나라 간에 무기 거래가 거의 없었다.

90년대 군사물자와 관련해 두 나라의 무역 통계 상에는 군수 거래 실적이 존재한다. 그러나 군사물자에 국한되었을 뿐 무기 거래는 아니었다. 북한이 마지막으로 중국에 무기 판매를 공식 요청한 것은 2007년이었다. 중국은 이를 일언지하에 거절했다. 북한 공군이 원했던 것은 중국 신예 전투기 젠(Jen-10) 전투기였고 북한 해군에서는 군함이었다.

북한의 자주국방은 핵무기 개발이 완성 단계에 접어듦에 따라 거의 현실화되어 가고 있다. 국방 분야에서 주체사상이 실현되어 간다고 할 수 있다. 북한은 군사와 국방 분야에서 중국에 더 이상 의존할 필요가 없어지고 있다. 핵 억지력 보유로 북한으로선 미국 방어에도, 미국의 침략에도 중국의 도움이나 개입을 더 이상 고려할 필요가 없어지는 셈이다. 그들은 점차 '혈맹'을 운운하고 동맹관계에 의존하면서 한반도 유사시에 중국의 군사적 지원이나 개입을 기대하지 않아도 되는 지경에 다다르고 있다. 즉, 북한은 군사적으로 중국으로부터 독립하고 있다.

경제 의존도 없다

북한의 대중 경제 의존도에 대한 착각이 문제다. 우리는 북한의 대중 경제 의존도가 상당히 높은 것으로 알고 있다. 원유의 90% 이상을 비롯해 수많은 공산품과 생필품 등이 중국을 통해 수입되고 있다. 북한의 공식 외화벌이 창구인 대외무역도 중국 시장에 높게 의존하고 있다. 북한의 무역에서 중국이 차지하는 비중은 무려 90% 이상이다.[**] 게다가 북한이 공식 무역 경로를 통해 조달해도 부족한 부분, 즉 식량과 원료 등이 원조를 통해 보충된다는 것은 익히 잘 알려진 사실이다.

그러나 북한이 과거 중국에 얼마나 경제적으로 의존했

[**] 중국이 북한 무역에서 차지하는 비중은 2014년에 처음으로 90%를 넘었다. 2014년에 90.19%를 기록한 후 2015년에 91.34%, 2016년 92.5%를 기록하면서 3년 연속 90% 이상의 의존도를 보이고 있다. "[2017 국정감사]북한, 대중국 무역의존도 92.5%… 역대 최고", 《서울경제》, 2017년 10월 18일.

는지를 알게 되면 현재 중국이 경제 수단으로 북한에 영향력을 발휘할 수 없는 이유를 알 수 있다. 1950년대에서 1970년대까지 중국의 대북 원조 규모와 경제 지원은 상상을 초월한다. 중국이 북한의 국가 재건뿐 아니라 북한주민까지 먹여 살렸다고 해도 과언이 아닐 정도였다. 중국은 북한의 사회간접자본(SOC, 인프라) 구축에서부터 공장, 공공시설, 항만, 지하철, 발전소, 교각, 도로와 주택까지 국가 재건에 필요한 거의 모두를 지어줬다.

중국은 북한에게 필요한 설비와 물자를 손해를 보면서까지 제공했다. 중국은 물자가 부족했던 대약진시기(1957~1958)와 문화대혁명(1966~1976) 시기에도 북한의 요구량을 최대한 맞춰주려고 안간힘을 썼다. 중국과 북한의 무역은 주로 전통적 사회주의 방식 중 하나인 '바터 교역(barter trade, 일종의 물물교환)'으로 이뤄졌다. 북한이 중국에 수출할 수 있었던 제품이 제한적이었기 때문에 중국은 북한이 제공하는 물자가 불필요하더라도 북한이 요구하는 물품과 교환했다.

이 과정에서 북한은 수혜국이었음에도 불구하고 일방적인 방식으로 중국과 거래했다. 중국이 제공한 설비와 물자들이 마음에 안 들면 계획 변경의 이유 등으로 반품하거나 수용을 거절했다. 특히 설비와 기기장비의 경우 이미 생산된 것이었음에도 불구하고 북한이 일방적으로 반환하거나 반품 처리하는 일이 다반사였다.

중국의 대북 지원과 원조 역시 우리의 상상을 초월할 정도였다. 북한은 필요할 때마다 염치가 없을 정도로 중국에게 물자와 물품, 차관과 원조를 요청했다. 이런 북한의 시도 때도 없는 요구를 중국은 거의 다 들어줬다. 그러나 중국의 경제 상황 역시 열악하긴 마찬가지였다. 더구나 북한 외 제3세계 국가들과 베트남전쟁까지 지원해야 하는 중국으로선 충분한 여유가 있을 수 없었다. 그러나 북한의 이탈을 막고 중국의 영향권 내에 보존하기 위해, 그리고 북한에 영향력을 발휘하기 위해 북한을 우선적으로 지원해주었던 것이 사실이다.

중국의 대북 지원과 원조는 1980년대부터 대폭 감소되었다. 공교롭게도 중국의 개혁개방 시기의 시작과 일치한다. 중국이 개혁개방을 추진하기에는 재정적, 경제적 여력이 없었기 때문이다. 부득불 대외적으로 의존하는 형국이 벌어지면서 중국은 개혁개방 초기 해외원조의 원칙을 개혁한다. 이 과정에서 북한에 대한 원조와 경제 지원은 삭감될 수밖에 없었다. 그러자 북한은 중국 대신 소련으로 기울기 시작한다.

1990년대 중국은 북한에게 더 인색해질 수밖에 없었다. 급기야 1993년 중국은 대북 교역에서 통화결제를 요구한다. 이에 북한은 발끈했다. 1년도 못가서 중국은 이 같은 방침을 철회하고 다시 사회주의 국가 간의 우호결제 방식과 우호가격을 북중 교역에 적용했다. 그러나 1993~1995년까지 북한이 자연재해와 식량 생산 부족으로 기아와 아사를 겪는 동안 중국은 제대로 도움을 주지 못했다.

중국이 북한에 경제적으로 호의적이지 못한 이유는 또 있었다. 중국은 1989년 6월 천안문사태의 후유증으로 서구로부터 1992년까지 경제 제재를 받고 있었다. 1990년부터 일부 제재가 해제되었지만 당시 중국의 코도 석 자였던 것이 사실이다. 당시 중국의 경제성장률은 4%대에 멈춰 있었다.

1993년 중국은 경제적 회복세를 맞이하며 비로소 경제적 여력이 생기기 시작했다. 그리고 1992년 한중 수교로 소원했던 북중 관계가 1999년에 정상화되었음이 선언되자 북한에 대한 원조와 지원을 그나마 재개할 수 있었다. 식량 원조는 1996년부터, 연료(코르크와 디젤유)는 1997년부터 재개되었다. 식량과 연료의 지원이 조기 재개될 수 있었던 것은 1996년 북중 양국이 〈기술과학협력합의서〉를 체결하면서 식량과 연료 원조도 포함시켰기 때문이다.

그 결과 1990년대 줄곧 마이너스 성장률만 기록하던 북한 경제가 1999년 처음으로 6.2%를 기록하면서 회복세로 접어들었다. 이후 2009, 2010과 2015년을 제외하고 성장률이 1~3%대로 하락하긴 했지만 마이너스 성장률을 다시 맞는 일은 없었다. 2016년에는 3.9%의 고성장률(?)을 보였다.

2008년까지 북한의 대중국 경제 의존도는 오늘날과 같지 않았다. 국제기구와 한국, 일본, 미국 등과의 교역이 활성화되면서 중국이 북한 대외무역에서 차지하는 비중은 50~60%선에 지나지 않았다. 2002년 32%에 불과했던 중국의 북한 무역 비중이 3년 만인 2005년 50%선을 넘었다. 그러나 2007년에 56%로 더딘 상승을 보였다.

2007년까지 북한의 대중 무역 의존도가 '소폭' 상승한 이유는 절충국이 존재했기 때문이다. 일례로, 우리의 햇볕

정책과 공동번영 평화정책의 개진으로 남북 교역이 약 20%까지 치솟았으나 이 이상을 초과한 적은 없었다([그림 3] 참조). 이밖에 북한의 경제 회복에 기여한 요소들은 일본 의 조총련을 통한 교역 활성화, 국제기구의 원조 등을 꼽 을 수 있다.

지면상 과거 중국의 대북 지원을 모두 다 서술하기에 는 제약이 있다. 최근 공개된 중국 자료를 보면 북한은 같 은 한민족으로서 얼굴이 화끈거릴 정도로 염치도 없이 많

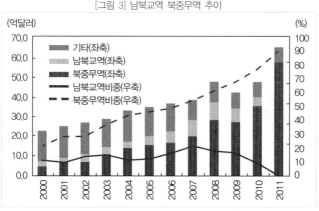

[그림 3] 남북교역 북중무역 추이

주 : 1) 남북교역은 일반교역과 위탁가공교역을 포함
    2) 북중무역은 무상원조를 제외한 수치임
출처 : "최근 북한의 대외경제정책 변화", BOK 이슈노트 No. 2012-7, p. 6.

은 요구를 고집했다. 오늘날 중국인들, 특히 네티즌들이 북한의 도발 행위에 대해 '배은망덕'하다고 평가하는 이유와 심정을 가히 알 수 있을 정도다. 북한은 중국에 손만 벌리면서 30년을 살아왔다. 그러나 이는 역으로 북한이 오늘날 중국에 불만을 가지는 이유를 알 수 있는 대목이기도 하다.

정치외교 의존도 없다

정치외교 분야에서 과거의 북한은 중국의 바짓가랑이만 붙잡는 신세였다. 북한의 위치와 위상이 바뀐 것은 북한이 UN에 정식 가입하기 전후였다. 한국전쟁 이후 정치외교 분야에서 북한의 목표는 두 개였다. 하나는 미국과의 관계 개선을 위한 직접적인 소통과 협상, 접촉과 교류였다. 북한은 미국과 적대 관계를 유지하고 있었기 때문에 미국과의 소통 경로가 제한적일 수밖에 없었다. 그러나 중국이 미국과 관계 개선을 위해 소통하기 시작하면서 북한은 '중국 채널'에 의존하기 시작했다.

다른 하나는 한반도 관련 UN 문제를 해결하는 것이었

다. 이는 UN연합사령부의 해체와 UN한국통일부흥위원회의 해산이었다. 그러나 UN의 정식 회원국이 아니었기 때문에 북한의 요구는 제약을 받을 수밖에 없었다. UN 문제와 관련 북한은 중국을 활용하는 것이 유일한 선택이었다.

다른 신생 독립국가나 사회주의 국가보다 지리적으로 가까운 중국이 긴밀히 협상하는 데 더 용이했기 때문이다. 중국은 대만의 의석을 탈환하기까지 UN에서 옵서버로 활동했다. 그러다 1971년 UN 안전보장이사회 상임이사회의 의석을 회복한 후 북한의 UN 대리인 역할을 정식 수행했다.

실제로 중국의 비공식 북한 UN 대변인 노릇은 1953년 한국전쟁 휴전 이후부터였다. 중국은 1960년과 1964년을 제외하고 매년 UN총회에서 소련, 제3세계 국가 등과 함께 한반도 문제와 관련된 3개 안건에 대한 논의를 전개했다. 상정된 3개 안건이란, UN한국통일부흥위원회의 보고 및 동의건, UN한국통일부흥위원회의 해산건, 그리고 한반도 내 UN과 모든 외국군의 철수 문제 등의 의미를 담은 UN 사령부의 해체였다.

1971년 10월 25일 중국의 UN 의석 회복이 결정되자 희비가 엇갈린 중화인민공화국(상)과 대만(하)의 UN 대표단

이런 상황에서 북한은 중국에 의존할 수밖에 없었다. 그러나 아이러니컬하게 1988년 서울 올림픽이 중국이라는 빗장을 푼 열쇠가 되었다. 미국이 북한의 참여를 위해 북한과 관계 개선 의사를 표명하기 시작했다. 더 나아가 1991년 남북한이 UN에 동시 가입하면서 북한은 더 이상 국제무대에서 중국에 의존할 필요가 없게 되었다.

1987년 3월 미국은 한반도의 긴장 완화를 위해 대북 완화 조치를 취할 의사가 있음을 밝혔다. 북한의 서울 올림픽 참여를 유도하려는 의도였다. 미국은 북한에 식량과 의약품의 제공, '팀 스피리트(Team Spirit)' 군사훈련의 일시적인 중단 또는 연기, 그리고 북한의 국제기구 가입에 반대하지 않겠다는 의사 등을 밝혔다.

또한 미국은 자국의 외교관들에게 제3지역에서 동급의 북한 외교관과의 접촉과 대화를 허용할 입장도 밝혔다. 그러나 이 모든 것이 수포로 돌아갔다. 1987년 11월 29일 발생한 대한항공(KAL) 858 폭파사건 때문이다.

1988년 10월 미국은 이른바 '적절한 대북 조치(Modest Initiative towards North Korea)'를 채택하면서 처음으로 대북 긴장 완화 조치를 구체적으로 소개했다. 이때 미국은 처음으로 북한의 공식 국가 명칭 '조선인민민주주의공화국 (D.P.R.K)'을 사용했다. 이들 조치에는 북한인의 비관방, 비정부 성질의 미국 방문 권장, 미국인의 북한 여행을 저해하는 엄격한 금융 통제의 이완 및 비자 발급 허용, 미국의 인도주의 물자의 대북 제공 허용, 그리고 중립장소에서의 북한과의 협상 재허가 등이 있었다.

이에 화답이라도 하듯 북한도 처음으로 미국을 미 제국주의가 아닌 정식 국호로 불렀다. 1988년 말 북경에선 참사급 공식 회담도 가졌다. 1989년 10월 게스턴 시구어 (Gaston Sigur) 전 국무부 아태차관보가 특사로 평양을 방문했다. 한반도의 긴장 국면이 완화되고 냉전이 종결되면서 남북한의 UN 동시 가입이 가능해졌다. 그러면서 북한은 정치외교 분야에서 중국으로부터 독립(이탈)할 수 있었다.

그 이전까지 북한은 북미 관계 개선을 위해 미중 관계 개선 과정을 적극 활용했다. 예상 외의 전술이었다. 관계 개선을 위한 미중 양국 간의 접촉을 중국의 '동맹국'이었던 베트남과 알바니아는 반기지 않았다. 미 제국주의와 타협을 모색한다는 비판만 난무했다. 그러나 북한은 이를 환영하는 의외의 반응을 보였다. 북한의 전략 이익으로 활용할 수 있다는 판단에서였다.

1971년 미국과 중국이 키신저의 중국 비밀 방문으로 접촉과 협상의 문을 열기 시작할 때 북한도 이 기회를 장악하는 데 주저하지 않았다. 북경을 통해 자신이 당면한 위협 요인과 자신의 정치적 입장과 요구를 관철하고 싶어 했다. 북한이 원했던 것은 북미 대화와 한반도 통일 방안에 대한 자신의 입장 지지 확보, 한반도 관련 UN 문제 해결, 그리고 한반도의 미군 문제 해결 등이었다.

북한은 키신저의 첫 중국 방문 때부터 지대한 관심을 보였다. 저우언라이는 회담이 있은 지 일주일도 안 된 7월 15일 평양을 방문해 김일성과 두 차례 만나면서 7시간 동안 미중 회담의 내용을 직접 설명해줬다. 김일성은 그 자리에서 북한이 새로운 국제 상황과 타협할 수 있는 여지가 생겼다고 판단했다. 즉, 미중 관계의 완화로 북한도 미국과 관계를 개선할 수 있고, 자신의 방식대로 한반도를 통일할 수 있는 계기를 확보할 수도 있다는 인식이었다.

1971년 7월 30일 북한 내각 부수상 김일이 방중했다. 그는 저우언라이에게 북한노동당이 미중 회담을 잘 이해한다는 메시지를 전했다. 이 메시지에는 미중 관계 개선이 세계 공산혁명을 추동하는 데 긍정적으로 작용할 것이라는 평가와 중국공산당의 반제국주의 입장이 변하지 않을 것임을 확신한다는 내용 등이 담겨 있었다. 북한은 중국이 앞으로 미국과의 접촉에서 북한의 '8개 사항에 대한 성명'에 담긴 원칙들을 반드시 관철해주길 바랐다.

이 8개의 주장은 (1) 미군과 UN군 등 모든 외국군이 남한에서 철수해야 한다; (2) 미국은 즉각 남한에 핵무기, 탄약과 각종 무기 제공을 중단한다; (3) 미국은 북한에 대한 침범 행위와 정찰을 중단한다; (4) 미일한의 연합군사훈련을 중단하고 한미연합군을 해체한다; (5) 미국은 일본의 군국주의가 부활하지 않을 것을 보장하고 일본군이 남한의 미군과 기타 외국군을 대체해서는 안 된다; (6) UN의 한국통일부흥위원회를 해산한다; (7) 미국은 남북한의 직접적인 협상을 방해하지 말고 한반도 문제를 한민족이 해결하게 한다; (8) UN이 한반도 문제를 논의할 때 북한 대표는 무조건 참가해야 하고 조건부의 초청은 취소한다 등이었다.

10월 22일 저우언라이는 두 번째 방중한 키신저에게 북한의 메시지를 전했다. 그는 매년 UN에서 한반도 문제를 논의하는데 북한이 배재되어 왔음을 언급하며 정전협정의 평화조약으로의 전환과 미군 철수 등을 거론했다. UN한국통일부흥위원회의 해산 문제도 포함되었다. 북한의 '8개 주장' 역시 전달되었다.

10월 25일 중국의 UN 의석 회복 문제가 결정 나던 날 북한은 제26차 UN총회에서 한반도 문제 논의 의제로 두 가지 사안을 상정해줄 것을 중국에 강력히 요청했다. 남한에서의 미군 철수와 UN한국통일부흥위원회의 해산이었다. 이는 북한에게 있어 한반도 평화통일의 절대불가결한 선결조건이었다. 중국은 북한의 기대에 부응했다.

중국은 UN의 합법적 의석과 상임이사국직을 회복하면서 맞이한 11월 15일 첫 총회 연설에서 북한과 한반도 문제를 즉각 언급하는 공식 성명을 발표했다. 이 성명에서 중국은 "한반도의 평화통일은 모든 한민족의 공동 염원"이라고 전하면서 중국이 북한의 평화통일 8개 방안을 지지하고, UN의 한반도 문제 관련 모든 불법적인 결의안의 폐기와 UN한국통일부흥위원회의 해산을 촉구하는 입장을 밝히는 것을 잊지 않았다.

닉슨의 방문을 앞두고 중국은 저우언라이 등을 평양에

특사로 파견했다. 준비상황을 직접 설명하고 양해를 구하기 위해서였다. 1972년 1월 26일 북한의 부총리 박성철을 단장으로 외교부 소속의 인사들이 북경을 방문했다. 역시 같은 목적이었다. 이들은 닉슨의 방문이 상해에서 종결될 때까지 중국에 머물렀다. 북한은 중국이 한반도 문제와 관련 미국에 압박을 제대로 가하는지 직접 관찰하고 싶어했다.

1973년 2월 9일 북한 외교부장 허담이 중국을 방문했을 때도 중국은 주한미군의 철수와 UN한국통일부흥위원회의 해산을 강력히 촉구하는 성명을 발표했다. 그리고 11일 허담은 저우언라이에게 북한과 미국의 접촉 가능성을 탐색해줄 것을 요청했다. 그는 15~19일 중국에 오는 키신저에게 이를 전할 것을 약속했다. 이에 키신저는 한번 고려해볼 수 있다고 했다. 저우는 일본이 배제된 상황에서 주한미군의 점진적 철수와 통일이 이뤄져도 아무도 전쟁을 일으키지 않을 것이라고 장담했다.

1973년 4월까지만 해도 미국은 북한과의 어떠한 직접적 접촉도 거부할 입장을 보였다. 그러나 1972년의 〈7.4 남북공동성명〉과 1973년의 〈6.23 선언〉 등으로 세계 데탕트의 기류가 한반도에도 전파되자 미국의 대북 태도에도 변화가 일었다. 그 결과 미국은 북한과 처음으로 공식 접촉을 갖게 된다.

7.4 남북공동성명

최근 평양과 서울에서 남북관계를 개선하며 갈라진 조국을 통일하는 문제를 협의하기 위한 회담이 있었다.

서울의 이후락 중앙정보부장이 1972년 5월 2일부터 5월 5일까지 평양을 방문하여 평양의 김영주 조직지도부장과 회담을 진행하였으며, 김영주 부장을 대신한 박성철 제2부수상이 1972년 5월 29일부터 6월 1일까지 서울을 방문하여 이후락 부장과 회담을 진행하였다.

이 회담들에서 쌍방은 조국의 평화적 통일을 하루빨리 가져와야 한다는 공통된 염원을 안고 허심탄회하게 의견을 교환하였으며 서로의 이해를 증진시키는 데서 큰 성과를 거두었다.

이 과정에서 쌍방은 오랫동안 서로 만나보지 못한 결과로 생긴 남북사이의 오해와 불신을 풀고 긴장의 고조를 완화시키며 나아가서 조국통일을 촉진시키기 위하여 다음과 같은 문제들에 완전한 견해의 일치를 보았다.

1. 쌍방은 다음과 같은 조국통일원칙들에 합의를 보았다.

   첫째, 통일은 외세에 의존하거나 외세의 간섭을 받음이 없이 자주적으로 해결하여야 한다.

   둘째, 통일은 서로 상대방을 반대하는 무력행사에 의거하지 않고 평화적 방법으로 실현하여야 한다.

   셋째, 사상과 이념·제도의 차이를 초월하여 우선 하나의 민족으로서 민족적 대단결을 도모하여야 한다.

2. 쌍방은 남북사이의 긴장상태를 완화하고 신뢰의 분위기를 조성하기 위하여 서로 상대방을 중상 비방하지 않으며 크고 작은 것을 막론하고 무장도발을 하지 않으며 불의의 군사적 충돌사건을 방지하기 위한 적극적인 조치를 취하기로 합의하였다.

3. 쌍방은 끊어졌던 민족적 연계를 회복하며 서로의 이해를 증진시키고 자주적 평화통일을 촉진시키기 위하여 남북사이에 다방면적인 제반 교류를 실시하기로 합의하였다.

4. 쌍방은 지금 온 민족의 거대한 기대 속에 진행되고 있는 남북적십자회담이 하루빨리 성사되도록 적극 협조하는 데 합의하였다.

5. 쌍방은 돌발적 군사사고를 방지하고 남북 사이에 제기되는 문제들을 직접, 신속 정확히 처리하기 위하여 서울과 평양 사이에 상설 직통전화를 놓기로 합의하였다.

6. 쌍방은 이러한 합의사항을 추진시킴과 함께 남북사이의 제반문제를 개선 해결하며 또 합의된 조국통일원칙에 기초하여 나라의 통일문제를 해결할 목적으로 이후락 부장과 김영주 부장을 공동위원장으로 하는 남북조절위원회를 구성·운영하기로 합의하였다.

7. 쌍방은 이상의 합의사항이 조국통일을 일일천추로 갈망하는 온 겨레의 한결같은 염원에 부합된다고 확신하면서 이 합의사항을 성실히 이행할 것을 온 민족 앞에 엄숙히 약속한다.

서로 상부의 뜻을 받들어

1972년 7월 4일

이후락 김영주

6·23 평화통일외교정책선언

저자 : 박정희

1. 조국의 평화적 통일은 우리 민족의 지상과업이다. 우리는 이를 성취하기 위한 모든 노력을 계속 경주한다.

2. 한반도의 평화는 반드시 유지되어야 하며, 남북한은 서로 내정에 간섭하지 않으며 침략을 하지 않아야 한다.

3. 우리는 남북공동성명의 정신에 입각한 남북대화의 구체적 성과를 위하여 성실과 인내로써 계속 노력한다.

4. 우리는 긴장완화와 국제협조에 도움이 된다면 북한이 우리와 함께 국제기구에 참여하는 것을 반대하지 않는다.
5. 유엔의 다수 회원국의 뜻이라면 통일에 장애가 되지 않는다는 전제하에 우리는 북한과 함께 유엔에 가입하는 것을 반대하지 않는다. 우리는 유엔 가입 전이라도 대한민국 대표가 참석하는 유엔회의에서 한국문제 토의에 북한측이 같이 초청되는 것을 반대하지 않는다.
6. 대한민국은 호혜평등의 원칙하에 모든 국가에 문호를 개방할 것이며, 우리와 이념과 체제를 달리하는 국가들도 우리에게 문호를 개방할 것을 촉구한다.
7. 대한민국의 대외정책은 평화실현에 그 기본을 두고 있으며, 우방들과의 기존 유대관계는 이를 더욱 공고히 해나갈 것임을 재천명한다.

1973년 8월 27일 주중 미국 연락대표부 부주임 앨프리드 젠킨스(Alfred Jenkins)는 북경 사무실에서 북한의 주중 대사 이재필을 접견했다. 북미 간의 첫 관방 접촉이었다. 양측은 북한의 세계위생기구(WHO) 가입 이후 뉴욕 UN본부에 대표단을 상주시키는 문제를 논의하기 위해 만났다. 주중 연락대표부 주임 데이비드 브루스(David Bruce)는 시기적으로 적합하다고 판단되면 앞으로 북경에서 미국과 북한의 접촉이 가능하다는 생각을 전했다.

9월 26일 키신저는 황화에게 북미 접촉을 통보했다. 그리고 중국도 이와 상응하게 한국과 접촉할 것을 요구했다. 그러나 중국은 이를 거절했다. 한중의 접촉은 '하나의 중국' 원칙과 같이 '하나의 북한' 원칙을 위배하는 처사라고 그 이유를 전했다.

10월 21~22일 저우언라이는 심양으로 날아온 김일성을 만나 양국의 UN 협력 문제를 수차례 논의했다. 이 자리에서 북중 양국은 한반도 관련 UN 문제 해결을 위한 결정을 내렸다. 즉, 양자택일이었다. 동시 해체가 현실적으로 불가능한 상황에서 이는 어쩔 수 없는 선택이었다. 대신 이의 보상으로 중국은 1973년 12년의 역사를 가진 '스티븐스 방안(북한이 UN에 출석해서 한반도 문제를 변론하는 것을 금지하는 방안)'을 중지시킬 수 있었다. 이로써 남북한은 옵서버의 신분으로 UN총회 토론에 참석이 허용되었다.

11월 11일 저우는 북경을 방문한 키신저와도 협상을 진행했다. 저우는 한반도의 평화 문제가 해결되기 위해서는 오랜 시간이 필요하다고 하면서 중국도 UN사령부 문제는 법률적 정비를 위해 상당한 준비 기간이 필요하다는 데 동의한다고 전했다. 중국은 '융통성 있는 대책'의 입장에서 이른바 '최선의 결과'를 도모하기로 결정한다. 그 결과는 UN한국통일부흥위원회의 해산 목표를 반드시 구현하는 대신 UN사령부 문제는 보류하는 것이다. 그러면서 북한에게는 보상으로 안보를 더 보장해준다는 것이었다.

1973년 11월 북한을 비밀 방문한 중국의 고위급 군사대표단이 김일성에게 이런 맥락에서 선물을 건네줬다. 전에 없던 군사 장비와 무기 제공, 심지어 전술핵무기까지 포함된 선물이었다. 그 전에 중국은 이미 북한에 미사일 방어 체제까지 배치해준 상태였다. 그리고 11월 21일 UN한국통일부흥위원회가 즉각 해산되었음이 UN정치위원회의 성명을 통해 발표되었다.

1974년 3월 25일 북한은 미국과의 단독 평화조약을 제안했다. 북한은 이를 위해 이집트, 루마니아, 심지어는 키신저의 은행가 친구 데이비드 록펠러(David Rockefeller) 등과 접촉하면서까지 백악관과 연락이 닿기를 희망했다. 김일성은 미 의회에 직접 대화를 요청하는 서한도 보냈다. 그러나 미국은 UN연합사령부 해산 문제를 거론하며 이것이 (정전체제를 유지할 수 있는 법적 장치 마련으로) 해결되기 전까지 진 북한과 어떠한 대화도 불가능하다고 못박았다. 북한은 번지수를 잘못 찾아갔다. 키신저는 북한이 관련 부처에 연락을 취했어야 했다고 지적했다.

미국과의 단독 평화조약을 원했던 북한이 미국의 반응이 없자 다자조약으로 생각을 전환했다. 북한의 생각 전환은 1984년 1월 임시 총리 자오쯔양趙紫陽의 방미 때 서신으로 미국에 전해졌다. 그 서신은 남북한과 미국 간의 3자회담 개최를 요구하는 것이었다. 이에 레이건은 중국이 포함되는 4자회담이나 남북대화가 되어야 한다고 답했다. 이후 약 15년이 지난 1998년에 4자회담이 개최되었다.

[표 2] 4자 회담 주요 일지

	회담기간	회담의 내용	의장국
1차	1997.12.9~10	회담 운영 방안 논의	미국
2차	1998.3.16~21	분과위원회 구성 방안 논의	중국
3차	1998.10.21~25	2개 분과위원회 구성 합의 3개월마다 회담 개최 합의	한국
4차	1999.1.19~23	긴장완화 분과위, 평화체제분과위 가동 중국, 한반도 긴장완화 5원칙 제시	북한
5차	1999.4.24~27	긴장완화조치 검토 한미, 긴장완화조치 5개항 제시	미국
6차	1999.8.5~9	한미, 긴장완화조치 주장 북한, 평화협정 체결·주한미군 철수 주장	중국

4자 회담

"4자회담은 한국과 북한이 평화협정 당사자가 되고 6·25 전쟁에 참여했던 미국과 중국이 이를 보증하는 형식으로 현 정전협정을 새로운 평화협정으로 전환시켜 한반도에 평화 체제를 정착시키고 궁극적으로는 통일의 기반을 마련하는 것을 목표로 한다.

1996년 4월 김영삼 대통령과 빌 클린턴 미대통령은 양국 정상회담(제주도)에서 공동으로 북한에 대해 4자 회담을 제의하고 회담의 조건 없는 수락을 요구했다.

북한은 최초 한국과 미국의 4자회담 제의에 대해 미온적 반응을 보였다(1996년 4월). 그러나 잠수함사건(1996년 9월)의 해결을 위한 북미 뉴욕 실무접촉(1996년 12월)에서부터는 한미의 대북식량지원 등과 연계시키면서 4자회담에 참가할 의사를 표명하였다.

1997년 3월 뉴욕에서 개최된 남북한과 미국에 의한 3국에 의한 공동설명회에 있어 한국은 북한에 대해 4자회담 제의 배경과 취지 등 기본구상을 설명했다. 4월 뉴욕에서 개최된 3자 공동설명 후속협의에 있어서 북한은 4자회담의 원칙적 수락을 표명했다. 5월에 뉴욕에서 열린 남북한, 미국 3자 실무협의에서 4자회담의 추진일정과 식량지원 문제에 관한 협의가 이루어졌다.

4자회담을 위한 예비회담이 1997년에 3차(제1차 : 1997년 8월 5~7일, 제2차 : 9월 18~19일, 제3차 : 11월 21일)에 걸쳐 개최되어 본회담을 12월, 제네바에서 개최할 것과 회담의제가 '한반도 평화체제 구축과 긴장완화를 위한 제반 문제'로 결정되었다.

본회담은 제1차가 1997년 12월 9~10일에 제네바에서 개최된 것을 시작으로 1999년 8월까지 약 2년 동안 전후 6차례에 걸쳐 열렸다(제2차 본회담 : 1998년 3월 16~21일, 제3차 본회담 : 10월 21~24일, 제4차 본회담 : 1999년 1월 18~22일, 제5차 본회담 : 4월 24~27일, 제6차 본회담 : 8월 5~9일).

제6차 본회담의 폐막과 함께 4개국이 발표한 공동 언론 발표문의 주요내용은 '4자회담의 정례적 개최의 중요성에 인식을 같이하고, 가급적 조속한 시일내 4자 실무그룹회의를 통해 7차 본회담 일정을 잡기로 합의했다'는 것이었다. 그러나 평화체제 수립과 주한미군 문제에 관한 남북한의 이견으로 인해 실제적인 성과는 없었다.

그러나 2000년 6월 남북정상회담에 따른 남북 관계 진전에 따라 4자회담이 재개될 경우 4자회담의 돌파구가 마련될 가능성이 높아졌다고 전문가들은 관측하고 있다."

(출처 : NK조선, 2013년 10월 30일)

미국과 중국은 미중 관계 정상화가 논의되었던 1971년부터 중국이 북한에 통제력과 억지력을 통해 영향력을 발휘하는 것으로 한반도의 평화와 안정을 수호하자는 원칙의 합의 및 견지에 공을 들였다. 이 원칙은 줄곧 잘 지켜져 왔었다. 그런데 북한이 '주체사상'을 견지하면서 국가의 자주성과 독립성을 부단히 추구한 결과 중국은 대북 영향력이 다양한 방면에서 감축되는 결과를 맛봐야 했다.

북한이 정치외교, 경제와 군사 분야에서 중국에 대한 의존도를 의도적으로 줄인 것은 아닌 것으로 보인다. '보석도 꿰어야 보배'라는 말이 있듯이 각 분야에서 북한이 자주적인 국가로 변모하기 위해 노력한 끝에 중국으로부터 더 독립적이 될 수 있었다. 이 과정에서 어려움이 없었던 것은 아니다. 모욕과 수치도 당했다. 자존심도 상했다. 그러나 인내하고 지금껏 노력해온 결과 여러 분야에서 하나하나의 결과물들이 독립으로 꿰어져 나온 것이다.

중국도 각 분야에서 북한이 맺은 결실이 자신의 영향권으로부터 이탈이라는 결과로 나타날 줄은 상상도 못했을 것이다. 예상을 했었더라면 북한의 UN 가입이나 자주적인 경제 발전을 독려하지 않았을 것이다. 북한의 핵무기 개발에도 더 심한 제재를 가했을지 모른다.

중국은 개혁개방 이래 시종일관 북한에게 개혁개방을 적극 권장했다. 개혁개방의 북한이 중국에 더 의존하고, 중국 경제와 북한 경제는 서로 맞물리는 구조를 갖게 될 것으로 예상했을 것이다. 면밀히 살펴보면 중국이 의미하는 북한의 개혁개방은 중국에 대한 개방이다. 특히 초기 단계에서 중국의 동북 3성에만 북한이 개방을 해도 북한 경제가 살아날 수 있다는 논리다. 중국은 확신했을 것이다. 자신이 이렇게 권장하면 북한도 반드시 개혁개방으로 나갈 것이라고 말이다.

그렇지 않고서 지금의 모든 결과를 중국이 예측하지 못했을 리가 없다. 아마도 이는 중국의 북한에 대한 치명적인 판단 오류였을 것이다.

중국은 아마도 북한의 주체사상 실현 의지를 과소평가했을 것이다. 대약진운동과 문화대혁명을 들어 북한 붕괴론의 실현 가능성을 부정하면서 북한을 잘 안다고 주장한 중국이었지만, 결과적으로 밝혀진 사실은 그들도 북한을 잘 모른다는 것이다. 물론 두 나라의 공산당 간에 존재하는 관계의 특수성과 빈번한 교류와 접촉, 소통 등으로 중국이 우리보다 북한을 잘 아는 것을 부정할 수는 없다. 그렇지만 북한의 의지와 결의를 과소평가한 것만은 사실이다.

그래도 미국은 중국에게 대북 영향력을 발휘할 것을 요구한다. 미국이 그럴 수밖에 없는 이유는 한 가지다. 쿠바의 사례에서 나타났듯이 마지막 '히든 카드(hidden card)'가 존재하고 있기 때문이다. 그러나 이 '히든 카드'가 그 효력을 발휘하기 위해서는 주변국의 철저하고 긴밀한 협조가 담보되어야한다.

중국이 대북 제재를 강화해서 북한의 목줄을 죄길 원하면 러시아도 이에 동참할 것을 설득해야 한다. 러시아가 구멍이 돼서는 안 된다. 북한에게 숨구멍이 되어서는 안 된다. 주변국의 철저한 봉쇄만이 북한이 쿠바의 전철을 밟을 수 있는 유일한 방법이다.

이런 사실을 미국이 간과해서는 안 된다. 미국이 이를 묵인하고 중국에게 매달리는 이유는 다른 목적이 있기 때문이다. 2017년 트럼프의 중국 방문에서도 여실히 드러났다. 11월 방중 전 모두가 트럼프의 더 강력한 대북 압박 요청을 전망했다. 그러나 결과는 중국과 2,500억 달러의 계약 체결을 이끌어내는 '협박 카드'에 불과하다는 것이 드러났다. 북한 문제로 미국이 경제적 실익을 챙기면서 정작 챙겨야 할 문제들을 덮어둔 셈이다. 중국의 환율문제, 남중국해의 '항해의 자유' 문제 등 민감한 문제들에 대한 논의가 언급도 안 된 채 미국의 경제 이익으로 다 무마된 셈이었다.

08

미중의 한반도 미래 시나리오

북한의 7차 핵 실험 일정에 대한 관측이 무성하다. 그러나 평창올림픽 전이든 후든 북한의 다음 핵 실험은 동북아 및 한반도 지정학에 일대 변혁을 몰고 올 '게임 체인저 (game changer)'가 되지는 않을 것이다. 북한 핵탄두의 소형화와 경량화, 고도화는 입증되겠지만 그럼에도 불구하고 미국과 중국은 북한을 핵 보유국으로 인정하지 않을 것이다.

북한이 이미 몇 차례 핵 실험을 감행했음에도 불구하고 핵 보유국 인정 여부에 대해 아직까지 논쟁이 지속되는 것은 무엇 때문일까. 답은 간단하다. 핵 보유국으로 인정할지 말지의 기준이 시각에 따라 상이하기 때문이다. 일각에서는 핵탄두 보유 여부에 기준을 둔다. 다른 일각에서는 실질적인 위협으로 간주하기에는 발사체의 완성이 전제되어야 한다고 주장한다. 그러나 후자의 시각에서 보면 북한은 파키스탄처럼 핵 보유국임을 묵시적으로 인정받지 못할 것이다.

그러므로 북한이 핵 보유국으로 인정받으려면 아직도 갈 길이 멀다. 북한의 핵탄두가 위협으로 받아들여지려면 무엇보다 발사체의 완성이 관건이기 때문이다. 즉, 북한이 호언하듯 북한 핵이 미국 본토에 위협이 되어야 할 것이다. 단거리, 중거리 미사일을 의미하는 것이 아니다. 중거리(IRBM), 대륙간탄도(ICBM) 미사일이 완성되어야 할 것이다. 북한으로서는 잠수함발사형(SLBM)까지 성공하면 금상첨화일 것이다.

이 모든 것이 실전 배치되기까지 시간이 얼마나 더 걸릴까. 북한의 첫 장거리 미사일 시험 발사(대포동 1호)가 1998년에 시작되었다. 그리고 10년 뒤인 2009년에 대포동 2, 3호의 발사 시험이 있었다. 그리고 2017년 7월 대륙간탄도 미사일이 처음으로 일본 상공을 지나가는 데 성공했다. 대륙간탄도 미사일의 장거리 비행 성공까지 약 20여 년이 걸린 것이다. 그러나 장거리 비행의 성공이 실전 배치까지 곧바로 이어지진 않을 것이다. 중국의 사례를 기준으로 그 시기를 가늠해보자면 아마 5~10년은 더 걸릴 것으로 보인다.

지금 미국과 중국은 북한의 핵 보유국 지위 인정 문제를 두고 한참 고민 중에 있다. 이들은 향후 10년을 내다보면서 전략을 짜고 있다. 북한이 핵탄두와 대륙간탄도 미사일을 모두 보유할 때를 대비하는 것이다. 그래서 북한이 7차 핵 실험을 해도 북한을 핵 보유국으로 즉각 인정하지 않을 것이다. 북한이 개발한 핵 발사체의 성공 여부를 두고 이를 가늠하려 들 것이다. 다행히 이때까지 우리도 시간이 있다. 이 시간 동안 우리 역시 북한 핵을 둘러싼 미국과 중국의 경쟁과 협력을 두고 우리 나름의 전략과 대비책을 마련해야 할 것이다.

미중 양국이 북핵을 둘러싸고 경쟁과 협력을 개진해가고 있는 상황에서 한 가지 분명한 것은 두 나라 모두 북한이 핵을 포기, 동결 또는 폐기하는 일에 그 어떠한 비용도 지불할 용의가 없다는 점이다. 대신 북한의 핵 억제를 빌미로 더 경제적인 전략을 수립, 더 효과적인 대응 및 협력 방안을 모색함으로써 종국엔 자신의 전략적 이익을 극대화하려 들 것이다. 이들의 최우선적인 전략 이익은 서로를 견제하는 것이다. 북한의 핵은 그 다음이다. 그리고 그 뒤로 한반도의 평화와 안정, 비핵화 순으로 우선순위가 매겨질 것이다.

미중 상호 견제

미국은 중국의 군사적 굴기를 억지하기 위해 노력할 것이다. 아니 미국의 대중국 정책과 전략의 초점이 모두 중국의 군사적 팽창을 막는 일에 집중될 것이다. 중국의 국방 현대화 노력을 막을 방법은 없다. 국방 현대화로 생산되는 최신식 무기의 실전배치 역시 막을 방도가 없다. 다만 이런 무기의 실전배치가 미국의 전략 이익에 위협이 되지 않도록 최선을 다해 억제할 수는 있다. 결국 미국은 이에 주력할 것이다. 이의 비근한 예로 남중국해에서 중국 해군력의 실질적인 개입과 역할 확대를 저지하는 것이 있다.

미국은 영토주권의 수호를 위해 군사적 대응도 주저하지 않겠다는 중국의 일관된 입장을 견제하기 위해 모든 방법과 수단을 동원할 것이다. 이는 외교적 협상에서부터 군사적 견제 및 개입까지를 포괄한다. 외교적으로 협상도 하고 협력 방안도 모색할 것이다. 그러나 외교적 노력이 교착 국면에 빠지고 희망이 없을 때는 군사적 조치로 대응할 가능성을 완전히 배제하지 못할 것이다.

미중 양국이 서로를 견제하는 과정에서 군사적 대응을 단행할 순 있겠으나 이것이 직접적인 군사적 충돌을 의미하는 것은 아니다. 한국전쟁을 계기로 미중 양국 사이에 세워진 한 가지 확고부동한 원칙이 바로 양국 간 직접적인 무력 충돌 지양이기 때문이다. 다시 말해 전쟁을 피하기 위해 두 나라는 어떠한 방식으로든 소통과 대화의 끈을 놓을 수 없을 것이다.

미중 양국의 군사적 대응은 전략 균형을 자신에게 유리한 방향으로 유지할 수 있는 전략을 구사하는 것이다. 즉, 적극적으로 세勢 불리기를 강구하는 것이다. 미국의 '재균형 전략' 역시 미국의 동아시아 지역 동맹체제 강화에 그 초점이 맞춰져 있다. 미국은 양자 동맹관계의 강화는 물론이고 동맹 간의 동맹관계를 강화하는 데도 외교적 노력을 다하고 있다.

미국이 추구하는 동맹 간의 동맹관계(intra-alliance)는 미국이 1950년대에 이미 시도해 본 전략이다. 그러나 당시에는 지역 국제정치 상황이 이를 뒷받침해주지 못했다. 일본은 군사적 활동의 제약으로 발이 묶여 있었고 역내 국가들은 이에 관심이 없었다. 일례로, 1955년에 조직된 동남아조약기구(SEATO)의 회원국에는 영국과 프랑스 등 역외 국가들도 포함되었는데 이들은 미국이 제시한 동맹 간의 동맹 전략에 관심이 없었다.

그러나 오늘날에는 상황이 많이 달라졌다. 1960년대부터 미국과 일본은 꾸준히 미일방위조약을 개정함으로써 일본의 역내 군사 활동의 제약을 점진적으로 제거해 나가는 중이다. 특히 일본은 21세기에 들어서 이른바 '평화헌법'을 개정하기에 나섰다. 이를 토대로 일본은 호주, 뉴질랜드와 일부 동남아 국가와의 군사안보 관계를 확대 및 강화해 나가고 있다. 여기에 인도까지 포함해 이른바 '인도 - 태평양 전략(Indo-Pacific strategy)'을 구사하고 싶어 한다.

미국은 동맹 간의 동맹 전략 추진 과정에서 한국과 일본이 군사안보 분야에서 관계를 더욱 돈독하게 키워나가기를 희망하고 있다. 오바마 시기에 미국이 한일 관계의 회복을 위해 중재자 역할을 자처하고 나선 것이 이의 방증이라고 할 수 있다.

중국은 '도광양회(韜光養晦, 빛을 감추고 실력을 기른다)'와 '유소작위(有所作爲, 해야 할 일은 해서 성취한다)'의 자세로 '조화로운 세계和諧世界'와 '인류운명공동체人類命運共同體' 등 외교목표의 선전을 통해 역내 국가들에게 어필하면서 세를 규합하는 전략을 구사하고 있다. 즉, 위협적인 인상은 최대한 감추고 자기만의 매력을 발산하겠다는 계산이다. 그러나 아직까지 중국 위협론을 완전히 불식시키기에는 역부족이다. 왜냐하면 영토주권 문제에 있어서 중국은 여전히 위협적인 면모를 드러내고 있기 때문이다.

중국은 영토분쟁에서 분쟁국과의 타협은 없다는 입장을 견지하고 있다. 때문에 분쟁국의 도발엔 늘 중국의 군사적 대응이 뒤따라 왔다. 비단 군사적 대응뿐만이 아니다. 중국은 외교 무대에서조차 분쟁국에게 얼굴이 붉어질 정도의 공격적인 발언들을 쏟아내는 것으로 위협적인 면모를 서슴없이 드러내고 있다. 이 같은 중국의 면모는 급기야 필리핀으로 하여금 중국과 분쟁 중인 영토를 상설중재재판소(PCA)에 제소하게 만들었다. 그러나 중국은 재판

소의 결정(필리핀 주장 채택)을 일관되게 수용하지 않음으로
써 급기야 자신이 추구하는 '책임 있는 국가' 이미지를 제
스스로 훼손시키고야 말았다. 이후 중국이 필리핀에게 약
속한 대규모의 투자와 경제협력은 이를 만회해보려는 중
국 나름의 노력인 셈이다.

그럼에도 불구하고 중국에 대한 주변국의 불신은 아직
도 수그러들지 않고 있다. 왜냐하면 중국이 주변국과의 영
토 분쟁에 있어 납득하기 어려운 외교적, 군사적 조치를
취하고 있기 때문이다. 외교적으로는 장제스 정부가 획정
한 남중국해의 해상경계선, 이른바 '9단선(nine dash line)'을
역사적 근거로 들면서 남중국해 거의 대부분이 자신의 영
해라고 주장하고 있다. 그리고 군사적으로는 이 같은 주장
을 공고히 하기 위해 무인도 및 일련의 군도에 군사기지를
건설·확충하고 있다.

남중국해의 경제적 의미가 지대한 가운데 이 지역의
영토분쟁에는 역내 국가의 경제적 사활이 걸렸다고 해도
과언이 아니다. 일례로, 역내 국가들의 교역 활동 대부분
이 남중국해를 통과해야 한다. 우리 역시 국내로 들어오는
석유 및 천연가스의 80% 이상이 이 남중국해를 통과해 들

중국의 '9단선'과 주변국의 영토주권 중첩 지역

어오고 있다. 또한 남중국해는 천연자원의 보고로서 매우 풍부한 원유 및 천연가스를 보유하고 있다. 역내 국가들 대부분이 에너지 자원을 수입하고 있는 실정에서 이 지역에 대한 영토주권을 양보하기란 불가능에 가깝다.

남중국해의 영토분쟁이 불거지자 미국은 2010년부터 중국에게 '항해의 자유' 보장을 요구하면서 본격적으로 개입하기 시작했다. 그리고 우리를 비롯한 역내 국가들에게 지지를 호소하기 시작했다. 당시 우리 정부는 국제법에 준하는 항해의 자유를 지지한다는 입장 표명으로 대답을 대신했는데, 이는 미국이나 중국 모두에게 만족스러운 대답이 아니었다.

여기서 우리는 미국이 주장하는 '항해의 자유'에 숨겨진 함정을 제대로 파악해볼 필요가 있다. 미국은 표면적으로 모든 나라들에겐 전 세계의 바다를 자유롭게 항해할 권리가 있다고 설명한다. 그러나 미국이 동남아 지역에서 이를 '중국'에 주장하는 데는 다른 전략적 속셈이 있다.

현재 미국은 역내 전략 이익을 수호하기 위해 역내 동맹체제를 강화하고 있다. 그런데 이 동맹체제를 물리적으로 분리시키는 것이 바로 바다다. 특히 대륙을 기반으로 형성된 미국의 유럽 동맹체제와 달리 대부분이 섬나라나 반도국 즉, 바다를 배경으로 형성된 미국의 동아시아 동맹체제에게 바다는 동맹체제의 경계선인 동시에 동맹체제의 이음줄이라고 할 수 있다. 때문에 동맹국의 안보를 보장하기 위해서는 나아가 미국의 전략 이익을 수호하기 위해서는 무엇보다 '항해의 자유'가 대만해협, 동중국해와 남중국해에서 반드시 보장되어야 한다.

미국의 안보 이익은 자국 영토의 안보, 동맹국의 안보, 그리고 우방국의 안보로 분류된다. 동맹국의 안보를 지키기 위한 미국의 의지(commitment)는 확고부동하다. 그래서 미국은 이런 의지를 상실했다고 오해받을까 봐 한국전쟁 이후 동맹국의 안보 위협을 자국의 안보 위협으로 간주하여 군사적인 조치와 대응을 적극적으로 진행해왔다. 다시 말해, 미국의 동아시아 안보 전략에서 동맹국의 안보는 자국의 안보와 동급으로 취급되어 왔다. 때문에 남중국해를 비롯하여 동아시아에서의 항해의 자유는 미국이 군사·외교적으로 응당 수호해야 할 사안인 것이다.

그러므로 중국은 미국의 '항해의 자유'에 반기를 들 수밖에 없다. 이것이 곧 미국의 대중국 포위 정책 혹은 억제 정책의 초석이기 때문이다. 여기에 주변국 외교 정책의 최대 목표를 주변지역에서의 '외세(외국군의 존재)' 척결에 두고 있는 중국은 이를 위해 '9단선'이라는 포석을 두고 있다. 결국 남중국해를 둘러싼 미중 간의 갈등은 지극히 자연스러운 결과일 뿐이다. 그리고 비록 갈등의 당사국은 아니나 남중국해의 주변국으로서 우리 역시 이들 두 나라가 내세우는 주장의 함의를 정확히 이해할 필요가 있다.

사드 배치 문제

고고도미사일방어체계(THAAD, 이하 '사드')가 한국에 배치되기 전부터 한국은 곤혹을 치르고 있다. 중국의 보복 제재가 2016년부터 본격화되면서 한국은 적지 않은 경제적, 외교적 타격을 입고 있다. 그리고 우리 사회는 사드 배치에 대한 찬반 논쟁으로 적지 않은 사회 비용을 지불했다. 미국이 자신의 미군기지에 사드를 배치하는 일에 왜 우리가 손해를 봐야 하는지, 중국이 제재를 언제 철회할지 알 길이 전혀 없는 막막한 현실 속에 우리는 답답한 나날을 보내고 있다.

사드 문제와 관련해서 적지 않은 질문이 제기되고 있다. 미국이 주한미군기지에 무기를 배치하는데 왜 과거와 다른 행태를 보였을까. 주한미군지위협정(SOFA) 규정이나 한미상호방위조약에 따르면 미군기지는 우리의 치외법권 지역이기 때문에 미군기지에 들여오는 무기와 병력은 우리의 관할이 아니다. 그래서 지금까지도 우리는 미군기지에 배치된 무기나 무기체계를 정확하게 파악하지 못하고 있다. 심지어 미군 병력 수도 정확하게 모른다. 미군의 출

입은 우리 법무부 산하 출입국관리사무소의 관할에 해당
되지 않기 때문이다. 우편물 역시 마찬가지다. 때문에 과
거 DHL로 미군기지에 배송된 탄저균을 우리 당국은 모를
수밖에 없었다.

그런데 21세기에 들어 미국이 유독 사드만 가지고 이의
배치 필요성을 언론에 흘리면서 공개하기 시작했다. 2008년
과 2010년에 들어와서는 비록 간헐적이었지만 사드 배치의
당위성과 명분을 공공연하게 언급하기 시작했다. 그러면서
2012년부터는 사드 발언을 노골적으로 내뱉기 시작했고
2014년에는 작심한 듯 우리를 압박하기 시작했다.

미국의 이러한 행보를 두고 혹자는 사드 레이더의 전
자파 유해성 때문이었다고 주장할 수 있다. 그러나 과거
국민들 모르게 국내로 반입된 탄저균 역시 유해물질이긴
마찬가지였다. 다시 말해, 사드 역시 미군이 몰래 들여왔
어도 되었을 일인 것이다. 결국 우리는 숱한 의문을 안고
서 무엇보다 미국 측의 설명은 들을 수도 없는 채 한 가지
질문에 봉착하게 된다. 미국이 과거와 다른 양상을 취하는
이유는 무엇인가.

아마도 미국이 사드를 빌미로 또 다른 전략적 포석을

준비하고 있기 때문일 것이다. 우선 사드의 포대 1개로는 북한의 핵이나 미사일 공격을 막아내기가 역부족이다. 즉, 더 많은 포대의 배치는 필연적이다. 여기서 또 하나의 질문이 발생한다. 사드의 추가 배치가 과연 전적으로 미국의 경비로만 진행될 것인가.

사드의 추가 배치가 우리의 구매 형식으로 진행될지 아니면 미국의 재정으로 진행될지에 대한 답 역시 명확히 알려진 바가 없다. 그러나 북한 핵과 미사일의 위협이 커지면 커질수록 사드 포대의 수요가 비례적으로 증가할 것이기 때문에 결국엔 우리의 구매로 이어질 가능성이 많다.

그럼 사드 비용 문제를 떠나 미국이 사드를 앞세워 구현하려는 또 다른 포석이란 무엇인가. 바로 대중국 억제 정책에서 한반도를 전초기지로 활용하는 것이다. 앞서 언급했듯이 미국의 전략은 중국의 동북지역을 견제하는 것이 아니다. 다만 전략의 실현과 유지를 위해 미국에게는 중국의 산동성 이남부터 대만해협과 동중국해, 멀리는 남중국해까지 중국을 견제하고 억제할 수 있는 전초기지가 필요하다. 그리고 미국의 전략적 요구에 최적화된 곳이 우리 한국이다. 특히 한국의 주한미군기지가 이러한 전초기지 역할을 수행하기에 안성맞춤이다.

주한미군기지가 대중국 전초기지로서 역할을 제대로 수행하기 위해서는 앞으로 더 많은 최신식 첨단 무기와 무기체계가 배치되어야 할 것이다. 그리고 사드 배치는 아마도 이의 시작을 알린 것이다. 사드와 같은 최신식 첨단 무기를 주한미군기지에 배치한 전례가 없기 때문이다. 나아가 미국은 한국을 대중국 견제 전초기지로 활용하기 위해 평택기지의 군사력을 증강할 것이고 제주 강정 해군기지에 대한 사용권 보장도 요구할 것이다.

미국의 이런 전략적 포석은 올해 미중 정상회담 후에도 드러났다. 6월의 정상회담과 7월의 G-20 회의에서 가진 정상회담 후에 우리 대통령은 미국 무기의 구매 계획을 연쇄적으로 밝힌 바 있다. 모두 다 최신 첨단 무기들이다. 더구나 북한의 위협이 거세지면서 우리 사회에서도 더 강력한 무기 도입을 요구하는 목소리가 커지고 있다.

이런 미국의 대중국 견제 전초기지로의 한반도 전환 전략과 한국 내부의 움직임에 중국이 민감하게 반응하고 있다. 그 결과 중국은 한국과 북한 모두를 동시에 제재하는 초유의 사태를 자행하고 있다. 우리 식 표현대로 중국이 우리의 '안보주권'을 제재라는 방식으로 개입하는 의도와 목적은 무엇일까. 왜 미국이 사드를 주한미군기지에 배치하고 이의 사용 역시 미군용으로 결정했는데 제재의 불똥은 왜 우리에게 떨어지는 것일까.

지금까지 발표된 중국의 비판 성명을 종합해보면 세 가지 이유로 축약할 수 있다. 사드 배치가 중국의 안보 이익을 훼손하고, 한반도의 평화에 불리하게 작용하고, 동북아 지역의 전략 균형을 파괴한다는 것이다. 여기서 우리는 동북아지역의 전략 균형을 파괴한다는 중국의 주장이 무엇을 의미하는지 명확히 파악해야 한다.

중국의 안보 이익을 훼손한다는 의미는 우리도 익히 다 알고 있다. 중국이 자국의 미사일 체계가 사드의 X-밴드 레이더에 노출된다는 사실에 상당히 불쾌해하고 있기 때문이다. 한반도의 평화에 불리하게 작용한다는 말은 사드가 북한에게 핵 야욕을 부추길 뿐만 아니라 남북한 간의 군비 경쟁에도 도화선이 될 수 있다는 의미다.

이는 전형적인 '안보 딜레마'의 논리를 따른 것이다. 즉, 나의 방위력 증강이 남의 눈에는 군사력 증강으로 인식되는 것이다. 그래서 우리는 사드를 방어무기라고 주장하지만 중국이나 북한에게는 자신의 군사력을 무력화시키는 것이기 때문에 더 강한 공격형 무기를 갖추게 하는 동력이 될 수 있다는 것이다.

그런데 동북아 지역의 전략 균형의 파괴 주장은 우리를 갸우뚱하게 만든다. 여전히 수수께끼인 이 문제는 우리와 중국 간에 소통이 원활하지 않은 데 기인한 것이기도 하다. 하지만 사드 한 포대에 동북아 지역의 전략 균형이 파괴된다니, 사실 우리로서는 생소함을 넘어 기가 찰 노릇이다.

중국이 북한의 핵이나 미사일 또는 연속되는 도발 행위의 위협이 얼마나 심각한 수준인지를 모를 리 없다. 그런데도 우리 손으로 우리 안보를 지키려는 노력에 반기를 들고 나서니 중국을 이해할 수 없는 것이 자연스럽다. 더욱이 사드 배치가 동북아 지역의 전략 균형을 파괴한다니 더더욱 납득하기 어렵다.

중국이 주장하는 전략 균형 파괴의 의미는 미국이 사드 배치를 단행하는 목적에서 봐야 한다. 다시 말해, 사드 배치를 본격적으로 한반도를 중국 견제에 활용하려는 미국의 전략으로 바꿔 봐야 전략 균형 파괴의 의미에 대한 실마리를 찾을 수 있다. 그리고 사드 배치의 저의와 전략적 함의를 이해할 때 비로소 사드의 동북아 전략 균형에 대한 영향을 알게 될 것이다. 또한 중국이 사드 배치를 왜 2014년부터 본격적으로 비판하기 시작했는지의 답도 찾을 수 있을 것이다.

중국의 사드에 대한 공개 비판은 2014년 11월 주한 중국 대사 추궈훙秋國紅을 통해 시작되었다. 그런데 여러 모로 의미가 깊은 2014년 한 해부터 차근차근 시간의 흐름을 되짚어 보면 중국의 눈초리가 비단 한국과 미국만을 향해 있지 않음을 읽어낼 수 있다. 2014년 초 오바마 대통령은 아시아 순방을 앞두고 갑자기 한일 관계의 회복 및 위안부 문제의 합의를 촉구하는 발언을 던지기 시작했다. 꽤나 적극적이고도 구체적인 발언이자 요구였다.

이후 한일 관계는 적극적인 진전을 보이기 시작했다. 오바마의 발언이 있은 지 얼마 지나지 않아 한미일 국방장관들 간에 3국 군사정보 공유에 관한 공식 논의 소식이 전해졌다. 그리고 이듬해인 2015년 11월 2일엔 박근혜 정부 출범 이후 최초의 한일 정상회담이 개최되었다. 여기서 한 가지 눈여겨 볼 점은 한일 정상회담의 결과로 오바마가

'구체적으로' 언급했던 위안부 문제가 그 다음 달인 12월 28일 합의문을 통해 표면적으로나마 해결되었다는 사실이다. 이는 한일 관계를 가로막고 있던 가장 큰 장벽이 공식적으로 허물어졌음을 의미했다.

한일 양국 간의 가장 큰 문제가 해결되자 양국은 한 걸음 더 나아가 다음 해인 2016년 11월 23일 이미 2012년 한 차례 무산되었던 한일 군사정보보호협정(GSOMIA) 체결까지 성사시켰다. 2월 초 당시 국방부장관이었던 한민구 전 장관의 입에서 체결을 생각하고 있다는 발언이 나온 지 약 10개월 만의 일로 그야말로 속전속결이었다. 그리고 추 대사의 발언을 비롯한 왕이王毅 외교부장의 공개 비판, 핵안보정상회의에서 시진핑의 오바마에 대한 공개적인 항의 모두 이 시기에 벌어진 일들이었다. 즉, 한일 관계가 전광석화처럼 진전을 보이던 시기 중국으로부터의 날선 비판이 그 강도를 점점 높여가기 시작한 것이다.

혹자는 중국의 사드 반대 입장이 한일 관계 회복과 시점을 같이 하는 게 우연이라고 주장할지 모른다. 그러나 사드의 군사적 전략 의미에서 보면 우연이 아닌 필연일 가능성이 농후하다. 사드가 최선의 효력을 발휘하기 위해서는 한미일 공조가 이뤄져야 한다. 위성부터 정보 교환까지 상호 보완적이고 상호 협력적인 체계가 갖춰졌을 때 그 효과가 극대화될 수 있기 때문이다. 그러므로 한국의 사드 배치는 특히 일본의 사드 체계와의 군사적 기능 통합으로 이어질 공산이 굉장히 크다.

사드로 맺어질 한일의 군사적 기능 통합을 두고 중국의 반응이 매우 민감하게 변한 이유는 무엇일까. 전통적으로 중국 국가 안보의 아킬레스건은 일본이다. 중국이 19세기와 20세기에 체결한 세 개의 동맹조약이 모두 일본을 겨냥했던 사실이 이의 방증이다. 그리고 1970년대 미국의 동맹체계에 대한 중국의 인식 전환을 가능케 한 것도 '일본 위협론'이었다. 그런데 한국과 일본의 군사적 기능 통합은 두 나라의 군사적 관계를 강화시키는 동시에 일본의 동아시아 영향력을 확대시키는 초석이 될 수 있다. 중국은 이를 우려하고 있다.

또한 한국과 일본의 군사적 기능 통합은 양국 관계를 넘어 한미와 미일 동맹체제에도 영향을 미쳐 종국엔 동북아 전략 균형에 변화를 유발할 수 있다. 다시 말해 한일의 군사적 유대관계 강화가 한미일 동맹관계의 강화로까지 이어지고 이 때문에 동북아 지역 전략의 균형이 중국에 불리한 양상으로 나타나게 되는 것이다.

한미일 동맹 강화는 미국이 추구하는 동맹 간 동맹 계획의 시금석이 될 수 있다. 물론 아직까지 한미일 동맹 체제의 통합은 요원한 일이다. 그러나 지역의 전략 균형을 파괴할 수 있는 원천이 될지도 모르는 3국의 군사 기능 통합은 수 년 내 기대해볼만한 일이다. 때문에 중국의 눈에는 아마도 이것이 북핵보다 더 큰 파괴력을 지닌 것으로 비쳐질 것이다.

중국이 우려하는 사드의 본질은 지난 2017년 10월 31일 사드 문제가 봉인되었다며 우리 정부가 내세운 '한중 관계 개선 관련 양국 간 합의 결과(이른바 '3불')'에서 그대로 나타났다. 합의 내용은 한국이 사드 추가 배치 불가와 미국의 미사일방어(MD) 체제 불참, 한미일 안보협력의 군사 동맹으로 발전하지 않겠다 등이었다. 중국이 이를 공개적으로 직설적으로 합의문에 기술한 이유를 알 수 있겠다.

북한 핵 보유국 지위 인정과 더 큰 전략 균형의 변화

사드가 몰고 올 동북아 지역 전략 균형의 변화에 대한 중국의 우려가 날로 커져가는 가운데 지역 정세는 중국에게 더 불리하게 돌아가고 있다. 북한이 핵무기를 완성하는 날이 '게임 체인저'가 될 것인데 그런 날을 대비해야 하는 중국은 지금 심한 두통을 느끼고 있다. 이유는 간단하다. 북한의 핵 보유국 지위가 인정되면 미북 관계 개선이 자명하기 때문이다.

북한이 핵 보유국이 되려는 이유는 하나다. 미국과 동등한 지위를 얻고 싶어서다. 이젠 역으로 북한이 최대 적국인 미국을 핵으로 꿇어앉히겠다는 것이다. 최종적으로는 미국과 평화협정을 체결하고 미국과 관계를 정상화하는 것이다. 미북 관계의 정상화가 중국에게 어떠한 결과를 가져다줄지에 대해 중국도 지금 심각하게 논의하고 있는 중이다.

이런 맥락에서 중국은 아마도 대화를 통한 북핵 및 북한 문제의 해결을 견지하는지 모른다. 지지부진하게 문제를 끌어야 하기 때문이다. 북한 관련 문제의 신속한 해결이 중국에게 이로울 리 없다는 논리다. 북한이 중국으로부터 독립하고 의존도를 감소시키고 있어 중국의 대북 영향력은 과거와 같지 않다. 때문에 북한이 핵 보유국으로 인정받는 날은 중국으로부터 완전한 군사적 독립을 선언하는 날이 될 것이다.

결국 북한 핵 보유국 지위의 인정 문제는 미국보다 중국에게 더 불리한 판세를 가져다 줄 것이다. 미국은 북한과의 수교라는 최종 목적지에 안착함으로써 동북아 및 한반도에서의 영향력을 더 증강할 수 있을 것이다. 그러나 중국은 미국의 품에 안기는 북한을 떼어내지 못할 것이다. 왜냐하면 이는 북한의 최종 외교 목표이기 때문이다. 그러므로 북한이 핵 보유국 지위를 인정받으면 중국과의 관계는 자연스럽게 소원이 아닌 이별로 나아갈 수밖에 없을 것이다.

북한이 핵 보유국으로 인정받는 것은 북한에게 서광이 비치는 것이나 마찬가지다. 경제적으로, 군사적으로, 외교적으로, 정치적으로 더 이상 중국에 의존할 필요가 없는, 그야말로 중국으로부터 완전한 독립을 의미하기 때문이다. 오히려 북한은 인정과 동시에 중국과 더 대등한 입장에서 경제 협력이나 다른 분야에서의 공조를 추구할 수 있는 기반을 확보하려 들 것이다.

그래서 중국은 아마 북한의 핵 보유국 지위 문제를 끝까지 인정하지 않을 것이다. 중국의 방해 공작이 드세질 것이라고 해도 무방할 것이다. 국제사회가 북한을 핵 보유국으로 인정할 경우 중국이 선택할 최후의 전략 중 하나는 북한을 파키스탄化하는 것이다. 인도와의 경쟁 사이에서 파키스탄을 끌어안았듯 이번엔 북한을 끌어안기 위해 물심양면으로 지원을 쏟아 붓는 것이다. 중국이 북한의 지정학적 가치에 대한 재평가를 하지 않는 이상, 그리고 기존의 가치를 고수하는 이상 중국의 북한 껴안기는 더 노골적이 될 수밖에 없을 것이다.

문제는 과연 중국이 북한의 가치를 재평가할 수 있는 입장인지의 여부다. 이는 미중 관계의 상황이 결정할 것이다. 미중 관계가 경쟁 체제가 아닌 공조와 협력 체제로 전환 및 지속되면 북한의 전략적 가치도 상응하게 끌어내릴 수 있을 것이다. 다시 말해 북한에 대한 부담을 덜 수 있을 것이다. 그러나 그렇지 않을 경우 중국은 북한을 붙잡을 수밖에 없다.

중국이 미국의 매력에 빠져드는 북한을 잡을 수 있을 지는 아무도 장담할 수 없다. 미국과의 관계 정상화가 국가 최고의 목표인 북한에게 핵 보유국 지위 인정은 이런 목표를 자연스럽게 실현시켜줄 수 있는 지름길이나 다름없기 때문이다. 이 같은 전례를 우리는 미국과 중국 관계에서도 찾을 수 있다. 미국은 중국이 1964년 첫 핵 실험에 성공하자 이후 중국에 대한 정책과 전략 가치를 재평가하기 시작했다.

미국 내의 여론도 호의적으로 돌아선 게 상당히 모순적이었다. 이런 여론의 반등에 따라 미 의회와 정치인들은 중국과의 교류를 부추기에 이르렀다. 그리고 1965년 미 정부와 의회는 중국에게 비정치성의 인적 교류를 제안하는 것을 검토했다. 1966년 미국은 인적 교류를 중국에 정식으로 제안한다. 그러나 중국은 당시 문화대혁명에 처한 상황이라 아무런 반응이 없었다.

또 하나의 변화는 미국이 1950년대 이후 처음으로 중국을 정식 국명으로 부르기 시작했다는 점이다. 그리고 중국의 수도인 북경을 더 이상 국민당 정부 시절의 이름인 베이핑으로 부르지 않았다. 미국의 이런 태도 변화는 중국

문화대혁명 시기 중국 홍위병의 모습

과의 대사급 회담에서부터 시작됐다.

그런데 더 흥미로운 것은 상대에 대한 인식 변화가 미국보다 중국에서 먼저 일어났다는 사실이다. 1964년 마오쩌둥은 중국인민해방군의 원사(우리의 원수 격) 4명에게 미국을 재평가하는 보고서를 작성하라고 지시한다. 그 결과 두 개의 보고서가 각각 5월과 10월에 제출되었다. 그리고 두 보고서 모두 중국이 이제는 미국에 대한 인식을 바꾸고 관계 개선을 모색할 때가 도래했다는 결론을 제시했다. 그러자 마오는 이 보고서들을 근거로 중단되었던 대사급 회담을 재개하자고 미국에 제안하는 등 미국과의 관계 개선 기회를 노리기 시작했다.

비록 핵 실험을 계기로 미국이 중국을 재평가하기 시작한 건 사실이나, 그렇다고 미국이 공식적으로 중국을 핵 보유국으로 인정하는 발언을 한 건 아니었다. 그러나 중국이 핵능력을 보유하게 된 사실이 만천하에 알려진 이상 핵 보유국이라는 지위를 따로 인정할 필요는 없었다. 또한 그런 식으로 일을 진행시킬 수밖에 없었던 것이 당시엔 핵비확산조약(NPT)과 같은 것이 존재하지 않았기 때문이다. 다시 말해, 그 당시는 핵을 만들면 끝이었던 시절이다.

그런데 오늘날 북한의 경우가 문제로 떠오르는 이유는 북한이 NPT의 회원국이었다가 탈퇴 시도를 무려 두 번(1993년은 유보, 2003)이나 자행한 역사가 있기 때문이다. 북한이 회원국이었다가 핵 개발을 다시 자청하며 나서기를 두 번이나 했다는 것은, 핵 개발을 안 하겠다는 약속을 두 번이나 했고 동시에 두 번이나 이를 어겼다는 사실을 의미한다. 때문에 북한의 핵 보유국 지위 인정 문제는 국제조약의 위상과 정당성을 손상시키는 결과를 유발할 수 있는 문제로서 모두가 신중하게 접근할 수밖에 없는 것이다.

NPT의 회원국인 동시에 북한과 이웃한 우리의 전술핵 배치 문제가 심각한 국제 문제로 변질될 수 있는 것 역시 유사한 이유 때문이다. 만약 우리가 우리의 방위를 위해 전술핵무기를 배치하겠다면 우리는 먼저 NPT를 탈퇴해야 한다.(인도와 파키스탄은 핵 개발을 위해 미가입 상황이고 이스라엘은 전술핵무기를 이유로 미가입 중이다.)

NPT와 전술핵무기를 맞바꾼 대가로서 우리는 국제사회의 제재를 감수해야 할 것이다. 왜냐하면 NPT 회원국일 때는 원자력 시설에 대한 감시를 정기적으로나 수시로 받아야겠지만 NPT에서 탈퇴하여 전술핵무기를 보유하게 되면 우리로선 당연히 국제원자력기구(IAEA)의 감시를 거부하게 될 수밖에 없기 때문이다. 그리고 이를 거부하면 제재와 응징을 피하기 어렵다.

그러나 다행히도 우리에겐 적당한 대안 카드가 있다. 바로 한미동맹을 이용하는 것이다. 역사는 반복한다고 했던가. 과거로 회귀하는 것이다. 주한미군기지에 전술핵무기를 다시 배치하는 것이다. 이는 우리에게는 일거양득이 될 수 있다. NPT 탈퇴를 피할 수 있는 동시에 전술핵무기의 배치를 성사시킬 수 있기 때문이다.

이 경우 공은 미국에게 넘어간다. 미국은 전술핵무기와 관련된 비용 일체를 비롯해 국제사회의 비판마저 짊어지게 될 것이다. 특히 한반도의 비핵화 성명과 원칙을 위반하는 처사로서 미국의 전술핵무기 배치는 중국의 거센 불만과 비판을 불러올 것이다. 그러나 무엇보다도 이는 북한에게 핵 보유의 정당성을 강화시켜 주는 꼴이 될 것이다.

혹자는 남북한 모두가 핵무기를 보유한 상황에서 다시 핵 게임을 시작하자고 주장할지도 모르겠다. 즉, 남북한 모두에 핵무기가 배치된 상태에서 감축 협상을 벌이자는 것이다. 그러나 이런 발상의 제일 큰 함정은 미국과 북한 간의 '빅딜' 결과에 우리가 수긍하겠다는 의도치 않은 동의에 있다.

상술했듯 주한미군기지는 한국의 관할이 아니기 때문에 발상 속에서 주체는 한국이 아닌 미국과 북한이 된다. 협상 대상 역시 주한미군기지의 전술핵무기와 북한의 핵무기가 된다. 따라서 이의 감축 논의에서 우리가 배제되는 것, 이른바 '코리아 패싱'은 자연스러운 일이다.

미국과 북한의 핵 감축 협상에서 우리의 자리는 이미 구조적으로 존재하지 않는다. 결국 우리는 이 두 나라가 어떠한 협상 결과를 낳을지에 대해 무지해질 수밖에 없을 것이다. 그리고 이는 곧 한반도의 운명을 이 두 나라에 넘기는 셈이 될 것이다.

이상을 종합해 보면, 북한의 핵 보유국 지위 인정 문제는 동북아 및 한반도의 지정학적 전략 균형의 판세를 완전히 거꾸로 뒤집어 놓는 것이다. 특히 미국이 북한의 핵 보유국 지위를 인정할 경우 미북 관계 정상화 수순은 너무나도 자명한 일이다. 그러나 미북의 관계 정상화는 중국에게 새로운 두통거리로 다가올 것 역시 분명하다.

북한의 전략적 가치에 대한 중국의 재평가가 이뤄지지 않는 이상 중국은 북한이 미국에 기울어지는 것을 필사적으로 막으려 할 것이다. 왜냐하면 핵무기를 보유한 북한이 미국에 우호적인 국가가 되고 미국 역시 북한을 우방으로 인식하는 날, 이젠 중국이 이 지역에서 고립될 게 자명하기 때문이다.

북한은 전통적으로 중국에 대한 불신이 강했다. 김일성과 김정일의 일화(우리 언론을 통해 잘 알려진 '중국을 믿지 말라'는 이들의 유훈은 유명하다.) 등이 이를 증명한다. 그래서 북한의 핵 개발 동기에는 잘 알려진 대로 미 제국주의의 핵 위협도 있지만 북한의 등 뒤에 서있는 믿을 수 없는 존재, 중국과 러시아(당시는 소련)로부터 받은 핵 위협의 기억도 도사리고 있다. 때문에 북한은 주체사상에 의거한 독립자주적인 나라로 성장하길 간절히 꿈꾸고 있다. 다시 말해 북한은 미 제국주의의 위협으로부터, 나아가 중국에 대한 위협과 의존으로부터 해방되기를 바라고 있다.

북한에게 핵은 이러한 꿈을 실현시켜 줄 (적어도 북한에게 있어선) 가장 효과적인 도구다. 북한은 핵을 통해 미국과의 관계 개선과 평화협정 체결을 희망한다. 이 둘은 북한에게 있어 미국의 무릎을 꿇렸다는 의미를 지니는 것으로 핵 목표를 달성시키는 동시에 미국과의 관계 정상화에 자연스레 정당성과 당위성을 부여할 것이다. 그러면 북한은 미국으로부터 상당한 지원과 원조를 핵의 대가로 확보할 수 있게 될 것이고 자연스레 중국의 것은 상대적으로 덜 필요해질 것이다.

미국의 입장에서는 핵무기를 보유한 북한이 미국의 품에 안기는 결과를 보게 될 것이다. 물론 미북 양국 간의 신뢰가 결정적이고 관건적인 변수임에는 틀림이 없다. 그러나 미중 경쟁 구도 속에서 핵을 보유한 북한을 끌어안는 나라에게 전세가 더욱 유리해질 것 역시 확실하다.

혹자는 북한이 과연 그런 선택과 결정을 할 것인지에

대해 의문을 제기할 수 있다. 그러나 필자의 대답은 "국가 관계는 이익 중심으로 돌아간다"라는 한 마디 뿐이다. 북한은 그 선택을 통해 미국으로부터 더 많은 이익과 이득을 취할 수 있다. 그리고 중국의 경우 차후의 일이라고 할 수 있겠다.

북한의 선택이 중국에게 아무런 이득도 되지 못하는 것은 아니다. 북한이 미국과의 관계 개선을 통해 제한적이나마 개혁개방을 하고 경제 발전에 매진하는 게 한편으론 중국이 바라던 북한의 모습이기 때문이다. 그리고 그 과정에서 북한이 중국의 동북지역을 경제적으로 활용하겠다고 제안하면 중국으로선 이를 거절할 이유도 없을 것이다. 그때는 미국과 러시아, 그리고 일본과 한국 모두가 한반도를 관문 삼아 유라시아로 통하고 싶어할 것이기 때문이다.

중국의 전략적 선택?

시진핑 정권은 출범과 함께 북핵 관련 위기사태에 대한 해법으로 두 가지를 제시했다. 하나는 '쌍중단雙中斷'으로 북한의 핵·미사일 개발 활동과 대규모 한미 연합훈련

의 동시 중단을 의미한다. 다른 하나는 '쌍궤병행雙軌竝行'
으로 한반도 비핵화 프로세스와 북미 평화협정체제 협상
을 병행해서 추진할 것을 요구한다.

　그러나 문제는 북한의 핵기술과 핵 개발 능력이 거의
완성 단계에 이르렀다는 공통된 인식을 세계가 공유하고
있다는 사실이다. 그리고 선례에 비춰 봐도 핵 개발 야욕
과 결의를 가진 나라가 중도 포기한 사례는 극히 드물다.
즉, 핵 개발 결심을 한 나라에게 중도 포기는 없었다. 이라
크, 리비아와 이란이 반박 사례로 시도될 순 있겠으나, 이
라크와 리비아의 경우는 이미 북한과 동일 선상에서 비교
하기에 무리가 있다는 사실이 입증되었다. 이란의 경우도
핵 개발에 직접 간여한 나라들이 의기투합해 중단할 수
있었기 때문에 자체적으로 그 결심을 꺾었다고 보기엔 무
리가 있다.

　무엇보다 북한의 상황은 이들과 본질적으로 큰 차이가
있다. 북한 핵 개발의 동기와 동력이 미국과 미국의 핵 위
협 요인에 있기 때문에 주한미군과 한미동맹, 그리고 미국
의 한국에 대한 핵우산 제공이 견지되는 한 북한의 핵 포
기는 요원한 일이다. 이 점에서 북한의 핵 개발은 과거 소

런, 중국, 영국, 프랑스, 인도, 파키스탄과 그 맥을 같이 한다고 볼 수 있다. 이들 모두 당시 국제사회의 반대를 무릅쓰고 결국 핵 개발 야욕을 실현시켰으므로 북한도 예외가 될 순 없을 것이다.

이런 선례와 북한 핵 개발은 중단될 수 없다는 전제 하에서 보면 중국의 전략적 옵션은 북한이 핵능력을 완전히 구비하게 된 이후, 중국이 북한의 전략적 자산을 어떻게 관리할지에 의해 결정될 것이다. 북한의 핵능력이 완성되어 가는 과정에서 중국이 택할 수 있는 방법을 대략 세 가지 정도로 정리해 볼 수 있겠다. (1) 북한이 핵을 포기할 때까지 채찍(제재)과 당근(제재의 일부나 전면 해제)의 양면 전략을 활용하는 것; (2) 북한이 핵을 완성했으나 국제사회로부터 인정받지 못했을 경우, 북한의 이탈을 막으면서 북한의 전략 자산인 핵을 관리하는 것; (3) 국제사회와 함께 북한의 핵 보유국 지위를 인정하면서 북한의 이탈을 저지하는 한편 북한의 전략 자산을 자신의 안보 이익에 이용하는 것이다. 그리고 이런 세 가지의 전략적 옵션을 바탕으로 다음의 세 가지 시나리오를 예상해볼 수 있겠다.

첫째, 북한을 전략 자산으로 유지하기 위한 노력을 배

가하는 것이다. 다시 말해 국제사회의 흐름에 맞춰 북한이 핵을 포기할 때까지 UN과 국제사회가 채택하는 더 강한 제재에 더 적극적으로 참여하는 동시에 제재의 수위를 조절하기 위해 더 노력하는 것이다. 즉, 중국은 북한을 대화로 끌어내기 위해 끊임없이 압박과 설득을 병행하는 전략에 의존할 것이다.

이 과정에서 몇 가지 변수가 출현할 수 있다. 북한이 대화를 할 용의나 태도를 보이는 것, 북한이 일부 지역의 개방을 통해 제한적이나마 개혁개방의 의사를 보이는 것, 북한이 핵동결을 선언하는 것 등이다.

북한이 대화에 응할 때 제재가 해제/완화된 선례를 2005년 방코델타의 케이스에서 볼 수 있다. 일부 지역의 개방 케이스는 2010~2011년 중국과 추진한 황금평, 위화도 지역 개발 사업이 있다. 마지막으로 핵동결을 일시적으로나마 선언한 90년대엔 이른바 제네바합의(1994)로 미국과 주변국의 경제 지원을 획득할 수 있었다. 물론 오늘날의 북한 핵발전 수준이나 안보 상황이 과거와 다른 것은 사실이다. 그러나 북한의 입장이나 태도 변화를 유발할 수 있으면 중국이 북한을 전략 자산으로 유지하기가 수월했다는 점을 역사로 읽어낼 수 있다.

둘째, 완전한 핵능력 보유로 북한이 중국의 국익에 전략 자산으로서의 가치를 상실했음에도 불구하고 중국이 북한의 유실을 방지하는 것이다. 즉, 북한이 중국의 영향권에서 독립하거나 이탈하는 것을 막는 것이다. 이를 위해 중국이 가용할 수 있는 전략적 옵션은 유화책이나 더 강한 제재와 압박뿐이다.

중국의 유화책은 북한의 핵 개발 성공 여부와 긴밀한 관계가 있다. 만약 7차 핵 실험이 북한의 핵 개발 완성을 알리는 마지막 시험이 된다면 이는 곧 중국으로부터 북한의 군사적 독립을 선언하는 셈이 된다. 이 경우 중국은 북한의 이탈을 저지하는 데 총력을 기울일 것이다. 북한에 유화책을 쓰거나 국제사회와 더 강력한 공조체제를 형성함으로써 북한에 더 강력한 제재를 가하는 것 등의 방식으로 말이다.

그런데 유화책이 성립되려면 중국은 UN과 국제사회의 더 강력한 제재 채택을 반대해야 한다. 이 과정에서 중국과 국제사회의 갈등은 격화될 것이 자명하다. 만약 북한의 마지막 핵 실험 성공으로 북한이 군사적으로 중국으로부터 독립했음에도 불구하고 북한의 전략적 자산 가치가 귀중하다면 중국은 이를 수호하기 위해 적극적으로 나설 것이다.

북한의 전략적 자산 가치를 수호할 결의가 있다는 것은 중국이 국제사회와의 갈등을 감수하겠다는 의미다. 그러나 이 경우 북한의 전략 자산 가치 수호를 통해 중국이 얻는 이익이 국제사회와의 마찰로 발생할 수 있는 손실보다 더 커야 할 것이다. 만약 반대의 경우라면 중국은 북한의 핵 보유국 지위를 인정하지 않기 위한 국제사회의 노력에 동참해야 할 것이다.

마지막으로 국제사회가 북한의 핵 보유국 지위를 인정하면 중국은 북한의 완전한 이탈을 막기 위해 모든 수단과 방법을 동원할 수밖에 없다. 국제사회가 북한의 핵 보유국 지위를 인정하는 것은 곧 북한이 염원하던 미국과의 관계 개선 창구를 열어주는 결과를 가져다 줄 것이다. 즉, 북한과 미국은 관계 정상화(수교)의 수순을 자연스레 밟게 될 것이다.

이런 상황이 발생할 경우 북한은 당연히 미국 쪽으로 기울어지게 될 것이고 자연히 중국은 미국과의 권력 경쟁에서 불리한 위치에 처할 것이다. 이를 사전에 방지하기 위해 중국은 두 가지 전략 옵션을 고려할 수 있다. 하나는 북한을 파키스탄화(化)하는 것이다. 즉, 북한의 국가 경제 개발과 국가로서의 생존 능력을 강화시키는 데 아낌없는 경제 지원과 원조를 제공하는 한편, 핵능력을 향상시킬 수 있도록 기술을 지원해주는 것이다. 이는 중국에 대한 북한의 의존도를 인위적으로 상승시키는 동시에 소원해졌던 정치외교 관계까지 강화시킬 수 있는 전략이다.

다른 하나는 이 전략이 실패로 끝나서 여의치 않을 경우 남한과의 유대나 연대를 강화하려고 최선을 다하는 것이다. 북한이 미국과의 관계 개선을 통해 그 의존도를 높여갈 경우 중국은 반대로 한반도에서 고립될 가능성이 커질 것이다. 때문에 이를 방지하고 한반도에서의 세력 균형에 새로운 균형점을 마련하기 위해서 중국은 새로운 전략을 도모해야 할 것이다. 실현 가능성의 여부를 떠나 이 경우 중국이 유일하게 가용할 수 있는 전략은 한국에 대한 '매혹 공세(charm offensive)' 전략뿐일 것이다. 이때 우리의 결정이 동북아에서의 중국의 입지나 위상에 지대한 영향을 미칠 수 있다. 그러므로 이를 대비한 우리의 전략적 옵션이 지금부터라도 차근차근 준비되어야 할 것이다.

09

우리에게도 꽃놀이패가 있다

미국과 중국 관계는 말 그대로 복잡하다. 모순에 변수가 너무 많기 때문이다. 어디서 심기가 불편해져 오는지 파악도 하기 전에 불똥이 날아온다. 이 불똥을 피해야 우리가 다치지 않을 것이다. 문제는 이 불똥이 어떤 연유에서 어디서 날아오는지를 파악하는 것이다. 파악하지 못하면 다치기 마련이다. 그래서 눈을 크게 뜨고 정신을 바짝 차려야 한다.

동북아시아는 세계 4대 강국이 집결된 지역이다. 이들 간의 파워 게임은 한치 앞을 내다보기 힘들게 돌아간다. 이들의 파워 게임은 지정학에 근원을 둔 것이다. 21세기에 지정학 전략이 그 빛을 바랜다 해도 동북아만큼은 그렇지 않다.

이유는 간단하다. 미국은 이 지역에서 리더십을 앞으로 100년 동안은 상실하고 싶지 않다. 중국은 이번 세기 안에 자기 중심의 질서를 확립하려 한다. 일본은 '정상국가'가 되기 위해 정치적, 외교적, 경제적으로 끊임없이 몸부림칠 것이다. 러시아는 역내 영향력을 보존하고 확대하기 위해 조커(joker) 역할을 계속 하려고 할 것이다. 북한은 이런 강국들을 자신 앞에 무릎 꿇게 하기 위해 어떤 군사적 수단과 방법도 마다하지 않는다.

우리 주변의 4대 강국과 도발 강국 북한이 존재하는 한 우리도 우리만의 전략을 마련해야 할 것이다. 우리의 국익이 무엇인지, 우리가 추구하는 장기적인 목표가 무엇인지, 이를 구현하기 위한 전략이 무엇인지를 조속히 강구해야 할 것이다. 주변국들의 것은 이미 다 알려졌는데 우리의 것만은 여전히 요원해 보이기 때문이다.

미국의 동북아 꿈은 중국을 효과적으로 견제하면서 자신의 리더십을 보존하고, 중국의 시장을 제패하는 것이다. 중국의 꿈은 중화민족의 부흥을 이뤄내고 중화주의 중심의 질서를 확립하는 것이다. 일본은 패전으로 빼앗긴 군권 軍權을 회복하고 '정상국가'로서 민족의 자존심을 다시 세우는 것이다. 러시아는 동아시아에서 고려하지 않으면 안 되는 변수가 되길 희망한다. 북한은 이들 강국과 어깨를 나란히 할 수 있는 강국을 꿈꾼다.

우리의 장기적인 꿈은 무엇일까. 흔히들 이야기하는 한 반도의 통일일까? 미국과 동맹국으로 지난 70년을 잘 지 냈지만 정작 우리가 미국에서 추구하는 국익은 무엇일까. 중국에서 경제 이익을 제외하고 우리가 추구하는 것은 무 엇일까. 일본과 역사문제로 인해 일본에서 추구할 수 있는 모든 국익을 배척하는 것이 옳을까. 러시아는 우리가 홀대 할 정도로 우리와 정말 별개의 나라인가. 북한은 주적 말 고 우리에게 어떠한 대상인가. 우리가 먹여살려야 할 나라 인가, 통일을 해야 할 나라인가.

이 모든 것이 불명확한 상황에서 우리는 지금 주변 강 대국들과 포커 게임을 하고 있다. 우리의 상대는 많은 패 를 가지고 게임에 임하고 있다. 그럼 우리의 패는 어떠한 가. 불행하게도 우리는 우리의 패가 계속 죽을 수밖에 없 는, 쓸모없는 패라고 경시만 하고 있다. 그래서 눈치만 보고 있다. 손에 든 패를 최선을 다해 활용할 생각도 하기 전에 던져 버리려고만 한다. 이를 극복할 수 있는 전략은 무엇일까.

첫째, 미중 양국을 분리시키고 양분화하여 '도 아니면 모' 식의 이분법적 사고로 스스로의 발목을 잡는 외교 패러다임에서 자유로워야 한다. 우리의 안보 상황을 분석하고 외교 정책을 논의하는 데 있어 친미나 친중, 친일이나 친북 등의 이분법적 사고에서 벗어나야 한다. 우리가 이들 강대국과 상대하기 위해서는 다양한 아이디어와 전략 구상이 필요하다. 어느 한 나라로 기울 때도 있을 것이다. 그러나 이를 가리켜 친미, 친중, 친일, 종북 등이라 비난하며 폐기 처분할 필요는 없다.

우리는 다양한 패를 가지고 흔들어야 한다. 예컨대 중국을 견제하기 위해서라면 우리의 패가 친미일지언정 흔들어야 효과적일 것이다. 또 북한을 견제하는 데는 미국과 중국, 심지어는 일본과의 협력도 추구하는 패를 흔들어야 효과적일 것이다. 중국에서의 이익이 더 크면 미국의 패도 때로는 과감하게 버릴 줄도 알아야 대미 협상에서 우위를 점할 수 있고 주도권도 가질 수 있다.

지난 70년의 역사를 통해 미국과 중국은 행동의 동인이 동맹이 아닌 철저히 자국의 전략적 이익에 있음을 증명해왔다. 특히 이들은 양국의 전략 이익이 일치하면 한반도의 안정이 더 쉽게 유지되나, 불일치한 경우라도 한반도의 안정에는 아무런 영향이 없다는 인식을 가지고 있다.

탈냉전 시기 미중 관계가 양호하다고 북한의 도발이 감소되거나, 갈등을 겪는다고 중국이 북한을 더 끌어안는 경우는 거의 없었다. 미중 관계, 한중 관계와 남북 관계가 양호했던 김대중, 노무현 정부 시기에도 북한의 도발은 끊이지 않았다. 더 나아가 미중 데탕트 시기인 70년대와 80년대에도 북한의 도발은 지속되었다.

미중 관계가 갈등을 겪었지만 한미 관계와 한중 관계가 양호했던 박근혜 정부 시기에 시진핑이 한국을 선先방문한 사실도 중국의 경제적 전략 이익에 의해 결정된 것이지 한국을 미국으로부터 끌어안기 위한 전략이 아니었다는 사실을 인식해야 한다. (중국은 한미동맹의 불변성에 대한 확신이 강하고 북중 동맹관계에 대한 중국의 확신도 마찬가지로 존재한다.) 그러므로 이제는 미중 관계의 성질로부터 벗어나 우리만의 대미, 대중 전략을 구상하는 것이 우리의 국가 이익을 보다 독립·자주적으로 추구하는 데 유리할 것이다.

두 번째 전략은 유연한 사고로 주변 강대국의 먹이사슬을 정확하고 신속하게 파악하는 것이다. 주변 4강이 강대국으로 보이지만 누구에게나 약점은 있다. 이게 앞의 서언에서 말한 모순이다. 주변 4강 사이에도 모순은 존재하고 그 모순은 서로의 약점과 강점으로 나타난다. 이 모순적인 관계를 시급히 파악할 줄 알아야 한다.

중국의 외교적 약점은 어디에 있을까. 일본에 있다. 중국은 무슨 연유에서인지 일본을 두려워한다. 중국이 지금껏 체결한 동맹조약의 공통된 적은 일본이었다. 미국의 약점은 어디에 있을까. 중국이다. 미국은 미중 관계 개선 때부터, 아니 19세기 중국의 문호개방 때부터 중국에 러브콜을 먼저 보냈다. 닉슨이 중국의 문을 열기 위해 중국에 맞춰주는 방식으로 먼저 접근한 것이 미중 관계의 첫 단추를 잘못 끼웠다. 이후 미중 간의 협상 주도권은 중국으로 넘어갔다. 중국이 의제를 검토하고 중국의 결정에 따라 협상의 방향이 정해졌다. 이를 변화시키는 게 오늘날 미국의 대중국 정책 최고 목표다.

일본의 아킬레스건은 어디에 있을까. 당연히 미국이다. 중국은 이를 파악했기 때문에 일본 문제, 특히 군사안보적인 문제를 미국에게 일임한 것이다. 그럼 러시아의 취약점은 어디에 있을까. 일본, 미국, 중국 등에 다 있다. 러시아가 이들 3국 사이에서 매우 유연하고 유동적으로 행동하는 이유가 여기에 있다.

북한의 경우는 없다고 해도 과언이 아니다. 그래서 꽃놀이패로 존재하기가 가능하다. 북한은 줄타기 외교, 벼랑끝 전술 등으로 이미 자신의 취약점을 보완했다. 국제사회의 제재에도 아랑곳없이 핵무기 개발에 전념할 수 있는 이유 역시 여기에 있다.

이런 먹이사슬 구조를 파악하면 우리도 꽃놀이패를 가질 수 있다. 우선 '미국 카드', '일본 카드', '중국 카드', '러시아 카드' 등을 적극 활용할 줄 알아야 한다. 그러자면 이분법적인 전략 사고에서 벗어나야 한다. 그렇지 않을 경우 우리는 어떠한 패가 손에 들어와도 버릴 수밖에 없다.

우리 국민의 40%가 미국과 같이하는 것을 반대한다. 또 다른 40% 이상이 중국과 협력하는 것을 반대한다. 일본 패는 온 국민이 싫어한다. 러시아 카드는 무용지물이라고 생각한다. 북한 카드는 우리에게 해를 주는 카드로 인식한다.

이 모든 패를 다 버리고 나면 우리 손에는 아무 패도 없다. 다 버리면 우리는 포커판이나 화투판에서 계속 죽을 수밖에 없다. 계속 죽다보면 돈을 따지 못한다. 돈을 따기 위해서는 손에 쥐어진 패를 잘 돌리고 잘 활용하는 수밖에 없다.

우리 상대 선수의 패를 읽으면 다음과 같은 결론이 나온다. 미국의 패가 제일 좋다. 비록 중국에 끌려 다니지만, 미국은 중국, 일본, 러시아, 한국, 북한 패를 모두 가지고 있어 제일 다양하다. 북한은 미국 다음으로 패가 제일 좋다. 일본은 미국과 러시아 카드를 손에 쥐고 있다. 러시아도 나쁜 패는 아니다. 미국, 중국과 일본 패를 흔들 수 있기 때문이다.

중국이야말로 패가 제일 안 좋다. 중국은 비록 대미 관계에서 주도권을 잡고 있지만 북한 패밖에 없다. 하나 덧붙이면 러시아 패가 있기는 하다. 우리 패는 우리 스스로가 다 버리기 때문에 맨날 죽을 수밖에 없다. 이제는 어떠한 패도 우리에게 유익하고 유리한 패로 전환시킬 줄 알아야 한다. 그러기 위해서는 판세를 잘 읽어야 할 것이다.

셋째, 패를 잘 돌리고 활용하기 위해서는 주변 강대국과의 소통 방식을 다양화하고 제도화할 수밖에 없다. 판세를 읽기 위해서는 소통이 필요하다. 우리와 주변국 외교 소통을 강화하기 위한 대화 채널의 다양화가 필요하다. 대국 외교에서 가장 강조되는 것이 소통이다. 대국들은 이미이 소통의 원활함을 강화하기 위해 부단한 노력으로 다양한 대화 방법과 채널을 구축하고 있다. 이는 실무진의 접촉, 교류, 대화, 협의를 위한 기제 운영도 포함된다.

우리의 주변 4강 외교가 가진 가장 큰 문제점은 수장과 수장이 만나는 정상회담에 대한 이상한 집착이다. 전시성 효과를 기대해서인지 이 방식을 가장 선호해왔다. 그리고 그 덕에 우리 외교의 현주소는 고위급 인사와 소통하는 것만이 정답이라는 인식에 머물러 있다.

이제는 실무진에게도 협상력을 부여해야 한다. 부처 장관은 그야말로 사안의 최종 결정권에 대한 승인만 책임지면 된다. 그러나 우리는 장관에게 모든 협상부터 결정까지 일괄 책임질 것을 기대한다. 장관이 할 일이 아니다.

또한 국내에서 우리가 사용 가능한 대화 채널을 더욱

적극 활용해야 하겠다. 즉, 주한 대사를 통한 소통과 대화 방식을 더 적극적으로 활용해야 할 것이다. 지금까지 우리는 사후 처리를 위해 주한 대사를 소환하는 데만 급급했다. 사전 협의를 위한 채널로 활용하지 않았다.

주한 대사와의 소통엔 이로운 점이 많다. 우선 시차가 없어 시간을 아낄 수 있다. 또한 이들은 본국의 유관 최고위급 인사에게 직보할 수 있는 능력을 갖추고 있다. 따라서 우리의 의견이 바로 전달되는 효율성과 기밀 및 보안 효과도 기대할 수 있다.

미중 관계나 북중, 러(소련)중, 중일 관계의 발전사를 보게 되면 이들 강국은 자국의 수도에 머무는 상대국의 대사들과 대화를 우선적으로 꽤 빈번하게 갖는 양상을 보였다. 대사를 활용하는 것은 이점이 있다. 사전 협의를 비공개로 할 수 있다. 상대국의 의사를 먼저 타진해 볼 수도 있다. 즉 간보기가 가능하다.

대사와의 사전 협의를 통해 정부는 향후 논의될 현안에 대한 현재의 판단이 정확한 것인지를 판가름할 수 있다. 이것이 대사와의 대화가 지닌 두 번째 이점이다. 대사는 본국의 최고 지도자에게 직보가 가능한 인물이다. 모든 사안이 자국의 원수에게 직보되는 것은 아니다. 그러나 현안의 중요도에 따라 직보가 가능하다. 그리고 대사의 회답이나 회신은 본국의 결정에 따른 것이기 때문에 그 나라의 입장을 더욱 정확하고 명확하게 알 수 있는 확실한 근거가 된다.

또 다른 이로운 점은 홈코트라는 사실이다. 우리가 중국 대사와 대화를 하는 것은 우리의 홈코트에서 진행하는 것이기 때문에 이로운 점이 많다. 심리적 압박감이나 부담을 지울 수 있는 것부터 종용할 수 있는 레버리지, 그리고 결과를 우리에게 유리하게끔 유도할 수 있는 것 등 홈코트는 시간적 공간적 이점을 지니고 있다.

시간적 이점은 우리가 타임테이블을 설정해놓고 대화를 이끌 수 있는 것이다. 공간적으로도 우리의 청사나 대통령의 공관 등에 초대해 주도권이 우리에게 있다는 인식을 심어줄 수 있다. 심리적으로도 피초청인인 대사가 더 많은 압박과 부담을 느끼게 만들 수 있어 우리가 선호하는 방향으로 정식 대화를 이끌 수 있는 사전 공략이 가능하다.

이 모든 것이 효과를 발휘하기 위해서 충족되어야 할 조건이 있다. 우리 외교 패러다임을 '사후事後 처리 외교'

에서 '사전事前 협의의 외교'로 전환해야 한다. 지금까지 우리의 외교는 '사후 처리'에 집중하는 양상을 보였는데 이는 엄밀히 말하면 영사 외교 차원에서 나타나는 행태로 볼 수밖에 없다. '사전 협의 외교'는 신뢰 부족 국가와는 신뢰 구축의 계기를 제공한다. 그리고 신뢰 국가와는 신뢰 강화의 계기로 작용한다.

넷째, 우리의 주어진 환경 속에서 한반도 안보 환경을 개선하려면 우리의 주도적 노력이 요구된다. 우리는 우리의 외교 업적을 우리 노력의 결과라고 자화자찬하는 경우가 많다. 그러나 우리나라 밖의 인식은 사뭇 다르다. 왜냐하면 우리에게 주도권이 있던 경우가 드물었기 때문이다. 우리는 특히 남북 관계에서 주도권을 확보하기 위해 노력했다. 그 결과로 우리는 2000년 6월 15일의 첫 남북정상회담을 성공적 개최라고 자부한다.

남북회담을 경험한 사람들이 알듯이 북한이 자주 하는 말은 '때가 맞으면', '때를 기다려 보자' 등이다. 북한이 의미하는 '때'는 자신의 외교안보 환경이 매우 양호할 때이다. 주변 4강이 모두 북한에 적극 유화적으로 접근할 때 북한의 대남 태도도 유해지고 긍정적으로 변한다.

남북한 첫 고위급 회담의 결과로 채택되었던 1972년의 〈7.4 남북공동성명〉도 세계 데탕트의 분위기 속에서 나온 결실이다. 2000년 남북한 첫 정상회담도 북한의 외교 환경이 북한에 매우 유리하게 돌아간 결과였다. 1999년부터 미국은 대북 관계 개선을 위해 처음으로 고위급 인사(윌리엄 페리, 2000년의 올브라이트 국무장관 등)들을 평양으로 파견했다.

1999년 북중이 관계 정상화를 선언한다. 2000년 5월 김정일은 1980년대 이후 처음 북경을 방문한다. 2000년 7월 러시아 대통령 푸틴이 60년 만에 러시아 정상으로 평양을 처음 방문했다. 일본은 1999년 12월부터 북한과의 수교를 논의하기 위해 고위급 인사 방문에 이어 실무 회담을 연속해서 개최했다.

이 모든 것이 이뤄지는 과정에서 북한은 주변 4강과 고위급 및 실무급 회담을 지속해서 가졌다. 북한은 외교적으로 편안해졌고 자신의 제고된 위상에 상당히 만족할 수 있었다. 이런 분위기 속에 2000년 3월에서야 남북한 정상회담을 위한 실무급 회담이 가능해졌다. 어떻게 보면 북한의 우선순위에서 우리가 제일 꼴등인 셈이었다.

다섯 번째 전략으로, 때로는 마이 웨이(My Way)가 필요하다. 이유는 간단하다. 그 누구도 우리의 국익이나 생존을 책임져주지 않기 때문이다. 미국과 중국의 안보 전략 구상에 한반도만 유일하게 존재하는 것이 아니라는 사실을 명심해야 한다. 중국의 한반도 전략은 주변국가와의 관계에 따라 설정되고, 그 전략적 행위는 주변국과의 상호작용과 상호 영향을 모두 종합적으로 판단한 결과에 따라 실천되는 양상을 보인다.

우리만의 전략적 사고 판단 능력을 고양시키기 위해 주변국 외교 전략의 명제 확립, 주변국의 전략에 동요되지 않는 냉정함, 그리고 역으로 이들을 설득할 수 있는 지혜의 발휘가 필요하다. 통일과 대북 관계에서 우리가 제일 우려하는 바는 주변국의 강경한 대북 정책이 통일을 저해하고 한반도의 불안 상황을 초래하는 것이다. 그러므로 주변국의 역학관계와 상호 전략 인식을 간파해서 이를 우리의 주변국 외교 전략의 명제로 수용하는 것이 필요하다.

그 명제는 미국과 중국의 직접적인 무력 충돌/전쟁 불가능, 중국의 안보 아킬레스건은 일본이므로 '일본 카드' 적극 활용, 미국과 중국의 북한에 대한 단독 행동은 상호 양해와 이해, 그리고 협조나 묵인 없인 절대 불가능 등 몇 가지로 짚어볼 수 있다. 과거의 사례를 기반으로 효과적인 외교 정책 운용을 위한 만반의 준비를 갖춰야 한다.

사드 배치 문제에서도 우리가 일본 카드를 좀 더 전략적으로 활용했으면 좋았을 것이다. 안보적인 측면에서 중국은 일본의 군국주의 부활과 정상화 국가 야욕을 제일 두려워한다. 다시 말해, 일본은 중국에게 가장 큰 안보 위협이다. 중국의 지역 안보 외교에서 가장 큰 목표이자 핵심은 일본을 군사적으로나 외교적으로 견제하는 것이다. 과거 세 개의 동맹조약이 이를 방증한다.

그러므로 우리와 일본 간의 군사 협력 강화는 중국에게 가장 큰 골칫거리가 될 것이다. 미국은 이를 원하고 있다. 일본도 원하고 있다. 그러나 과거사 문제로 우리에겐 일본과의 군사적 유대관계나 동맹을 맺는 것이 아직까지는 어불성설이다.

피상적으로 우리와 일본이 아직까지 동맹 수준의 군사 관계로 가지 못하는 것이 현실이지만, 외교의 가상 세계에서는 우리가 이를 포기할 필요가 없다. 외교는 카드 게임이다. 조커도 있고 뺑카도 칠 수 있고 액면가로 밀고 나갈 수도 있다. 즉, 패를 변화시킬 수 있는 조커 카드도 활용하고, 없는 패를 있는 척하면서 상대방을 제압할 수도 있어야 하고, 보여주는 패만으로도 상대방의 기를 꺾을 수 있는 배짱도 있어야 한다.

일본과의 관계가 온전치 못하다고 해서 일본 카드를 우리 외교 전략 상 그냥 버릴 필요는 없다. 때로는 이를 흔들면서 조커로도 활용하고 뺑카로도 이용해야 한다. 일본과의 관계가 두터워지고 강화되는 것을 중국이 가장 두려워 한다는 전제 하에 우리는 일본 카드를 제대로 활용해야 한다.

안타깝게도 우리는 일본과의 군사 관계를 강화하는 첫 단추였던 한일군사정보보호협정(GSOMIA)을 전략적으로 활용도 못해보고 버렸다. 사드 배치 문제로 급랭해진 한중 관계와 중국의 간접적인 제재들을 다독이기 위해 우리는 외교적 노력을 아끼지 않았다. 정부 인사부터 많은 전문가들이 다양한 경로를 통해 중국의 이해를 강구하고자 수많은 설득 작업을 펼쳤다. 그러나 하나같이 수포로 돌아갔다. 이유는 간단하다. 설득력이 없었다. 대신 중국의 간접 제재만 계속되었다.

우리가 중국에게 사드 배치 대신 정보력과 대응 능력

이 강한 일본에 의존하겠다는 일본 카드를 꺼냈으면 중국의 반응은 어땠을까. 일본과 군사 관계를 강화하고 협력을 증대하겠다고 했으면 말이다. 장기적으로 일본과 군사 협력을 동맹 수준으로 승화시키고 궁극적으로 미국이 바라는 한미일 군사동맹 체제로 가겠다고 했으면 중국이 어떻게 반응했을까.

아마도 키신저와 닉슨이 미중 관계 정상화 회담에서 일본 카드를 꺼냈을 때처럼 중국은 마오쩌둥이나 저우언라이와 유사한 반응을 보였을 것이다. 일본 카드는 외교적으로나 군사적으로 우리의 대중 외교에서 활용도가 매우 높은 가치 있는 카드가 될 수 있었다. 그러나 이를 제대로 사용도 한번 못해보고 사드는 사드대로, GSOMIA는 GSOMIA로 가버렸다.

마지막 전략으로 비선을 통해 소통하는 방식을 지양해야 한다. 21세기에 통하지 않는 방식이다. 오늘날까지 베일에 싸여 있다는 중국공산당과의 관계에서도 마찬가지다. 그러나 우리나라는 아직까지도 비선 방식을 통해 소통하고자 하는 노력을 포기하지 못하고 있다.

문재인 정부 출범 전부터 오늘날 여당은 야당 시절부

터 사드와 관련해 중국공산당이나 중국 정부의 고위관료와의 접촉에서 비선 라인을 통해 대화를 추진했다. 비선 라인을 통한 중국과의 대화는 우리를 참으로 어렵게 만들 수밖에 없기 때문에 앞으로는 피해야 할 것이다. 더 전략적으로 우리 국익을 수호하고 더 주도적으로 중국과 대화하고자 한다면 비선을 통한 대화 방식은 피해야 한다.

제임스 만(James Mann)의 책 『어바웃 페이스(About Face)』에서도 자주 지적되었듯이 비선의 대화 방식에는 내재적인 문제가 도사리고 있다. 우선 비선 대화 방식은 중국이 우위를 점할 수밖에 없는 구조를 생성한다. 비선을 통해 우리가 먼저 접근하기 때문이다. 우리는 중국공산당의 고위 인사가 접근하기 힘들고 비공개 대화나 비공개 장소에서 만나는 걸 선호한다고 스스로에게 최면을 걸고 있다. 그리고 이런 것이 오늘날에도 우리 의식 속에 신화로 존재한다.

21세기의 중국과는 이제 공개적인 루트를 통해 공개적인 장소에서 공개적으로 기록에 남는 대화를 해야 한다. 중국도 이를 선호한다. 중국을 포함한 나라들이 비공개 대화를 선호할 때는 극단적 사안을 다룰 때뿐이다. 실무 차원에서 때론 민감한 사안을 협상하기 위해 진행될 수 있다. 또는 사안의 민감성과 입장의 불확실성으로 국내 정치의 반향이나 혹평을 일시적으로나마 의식적으로 피할 필요가 있을 때 이뤄질 수 있다.

그런데 모든 사안을 비선을 통해 진행하면 상대방은 그런 가치가 없다고 생각하는 데서부터 첫 단추가 잘못 끼워질 수밖에 없다. 사드 문제도 이미 공개되고 공론화된 문제이다. 비선을 통해 접근해 대화의 장이 마련되어도 우리의 주도권은 상실될 수밖에 없다.

미국은 천안문사태 시기에 비선/비밀 대화를 진행했다가 뼈저린 실수였다는 것을 뒤늦게 깨달은 적이 있다. 물론 닉슨과 키신저, 특히 키신저가 냉전이라는 특수한 국제적 배경 하에 중국과의 비선 대화를 선호한 것은 사실이다. 그러나 이것이 누적되면서 중국과의 대화에 있어 미국은 항상 수동적으로 끌려다닐 수밖에 없도록 구조화되었다. 일례로, 키신저가 아젠다나 의제를 제안할 수 있었지만 이의 결정권은 항상 중국에 있었다.

결국 중국이 원하지 않거나 피하고 싶은 의제에 대한 논의는 미뤄야 할 수밖에 없는 형국이 연출된다. 미국이 능동적으로 대화를 주도하기 어려운 구조를 키신저가 일단 깔아놓고 들어간 셈이다. 미중 대화가 항상 중국의 요구나 중국이 원하는 대로 결과를 양산한 것도 이 같은 비선 대화를 선호한 이유 때문이다. 결국 미국은 중국과의 대화가 자가당착과 같은 결론을 피할 수 없었다.

중국과의 비선 대화는 공개 논의가 끝난 후 중국 인사들과의 개인적인 만남에서 이뤄져야 한다. 처음부터 비선 대화를 진행하면 공개 논의의 결과도 비선 대화가 설정한 범주에서 벗어나기 어렵다. 무조건 비선 대화가 능사는 아니라는 것이다.

특히 중국과의 1대 1 대화에서 국력이 상대적으로 불리할 수밖에 없는 우리에게는 공개적인 것이 유리하다. 몸집이 작은 친구가 몸집이 두세 배 되는 친구와 언쟁이나 싸움을 할 때 아무도 안 보이는 골목길에서 맞짱을 뜨는 것보다 사람들 앞에서 하는 것이 더욱 유리하다. 극도로 불리해지면 외부의 도움을 빌릴 수 있다.

오늘날 미국이 미중 경제전략대화의 큰 틀 안에서 70여 개가 넘는 실무회담 기제를 설정해 양국의 현안을 대화 방식으로 해결하고자 하는 의도도 역사적 교훈에 기반하고 있다. "삼인행필유아사三人行必有我師"라 했다. 더 나은 외교, 더 똑똑한 나라가 되고자 한다면 우리 역시 이웃의 사례로부터 교훈을 얻어야 할 것이다.

주재우朱宰佑

현재 경희대학교 중국어학과 교수로 재직 중이다.

국가안보정책연구소(현 국가안보전략연구원), 무역협회 무역연구소
(현 국제무역연구원)의 연구위원을 역임했다.

스웨덴의 안보개발정책연구소(ISDP, 2003), 싱가포르국립대학교 동아
시아연구원(2005, 2006, 2008), 조지아공대(Georgia Tech) 샘넌국제관계
학원(Sam Nunn School of International Affairs, 2011~12), 브루킹스연구
원(Brookings Institution, 2014) 등에서 펠로우십(fellowship)을 받았다.

《아시아 타임즈(Asia Times)》(2002~2005), 《International Public
Policy Review》(IPP Review, 2016~현재), 환구시보環球時報의 영문판
《Global Times》(2014~현재)에 한반도 문제 관련 기고가로 활동하고
있다.

학력으로 미국 웨슬리언대학교(Wesleyan University) 정치학 학사
(1989), 북경대학교 국제관계학원 석사(1994), 박사(1997) 학위를 취득
했다.

연구 관심 분야는 중국대외관계, 미중 관계, 북중관계, 다자안보협력
등이다. 현재 *China-North Korea relations in Kim Jong-Il era*, 『북중관
계의 오독과 현실』, *China's foreign policy and strategies* 등을 집필 중
이다.

저서 『한국인을 위한 미중 관계사』(경인문화사, 2017)를 냈다.

팩트로 읽는 미중의 한반도 전략
북핵, 사드보복, 그리고 미중전쟁 시나리오

2018년 01월 29일 | 1쇄 발행
2018년 04월 15일 | 2쇄 발행

지은이   주재우
펴낸이   한정희

총괄이사 김환기
편집·디자인 김지선 박수진 한명진 유지혜 장동주
마케팅 김선규 하재일 유인순

펴낸곳 종이와나무
출판신고 2015년 12월 21일 제406-2007-000158호
주소 경기도 파주시 회동길 445-1 경인빌딩 B동 4층
대표전화 031-955-9300 | 팩스 031-955-9310
홈페이지 http://www.kyunginp.co.kr
전자우편 kyungin@kyunginp.co.kr

ISBN 979-11-88293-01-8 03810
값 18,000원
ⓒ 주재우, 2018

종이와나무는 경인문화사의 브랜드입니다.